AUTHENTIC

红发安妮系列 之

Goods

彩虹幽谷

[加]露西·莫德·蒙格玛丽 ／ 著

刘千玲　李华彪 ／ 译

四川文艺出版社

推荐序

寻访露西·莫德·蒙格玛丽

◎ 李文俊

　　1989年的6月，我寻访了一位女作家。这次走得还真够远的，一直去到大西洋西北角圣劳伦斯湾的一个海岛上。这一次我寻访的是加拿大儿童文学作家，《绿山墙的安妮》(*Anne of Green Gables*)一书的作者露西·莫德·蒙格玛丽(Lucy Maud Montgomery)。

　　我最早知道这位作家的名字，还是得自1986年我国某份报纸上的一篇报道。那篇《渥太华来讯》里说："加拿大青年导演凯文·沙利文将加拿大著名女作家露西·莫德·蒙格玛丽的名著《绿山墙的安妮》改编为电视连续剧，该剧在加拿大广播公司电视台播放，收看人数达550万，超过了其他电视片。"报道里还提到：小说《绿山墙的安妮》发表于1908年，写的是一个孤女的故事。马克·吐温读了这部小说后曾说："安妮是继不朽的艾丽丝之后最令人感动与喜爱的儿童形象。"

　　1988年的夏天，我出乎意料地看到了《绿山墙的安妮》一书的中译本，马爱农译，中国文联出版公司出版。

　　我也曾注意过一些书评报刊，却从未见到有文章提到《绿山墙的安妮》的中译本，哪怕是一句。小安妮在中国的遭遇太可怜了。要知道这本书不但在英语国家是一本历久不衰的畅销书，而且被译成数十种文字，拍摄成无声、有声电影，搬上舞台，又改编成音乐喜剧。我一直为安妮在中国的命运感到不平，正因如此，在一次加方资助的学术考察活动中，我报了去蒙格玛丽故乡参观并写介绍文章的计划。

我动身之前仔细阅读了莫莉·吉伦(Mollie Gillen)所著的蒙格玛丽的传记《事物的轮子》（*The Wheel of Things*，1976）一书。下面的叙述基本上都取材于这部著作。

蒙格玛丽出生于1874年11月30日。她出生的地点是加拿大最小的省份爱德华王子岛北部一个叫克利夫顿的小村子。她的父亲是个商人，经常在加拿大中部经商，母亲在小莫德出生21个月后就去世了。莫德只得与外祖父母一起生活，她来到卡文迪许，这也是一个小村庄，离她出生地只有几英里。莫德对大自然的热爱贯穿了她的一生，也在她的作品中得到强烈的表现，这是与她在海岛上度过的童年生活分不开的。这个小女孩在森林、牧场与沙滩间奔跑。美丽的景色也培养了她对美好事物的追求。

母亲早逝，父亲经商在外，她没有兄弟姐妹，无疑有些孤独，她有时会对着碗柜玻璃门上自己的影子诉说心事。小莫德9岁时开始写诗，用的是外公邮务所里废弃的汇单。莫德15岁时写的一篇《马可·波罗号沉没记》在一次全加作文竞赛中得到三等奖。这是她根据亲眼所见的一次发生在海岛北岸的沉船事故写成的。1890年8月，莫德由外公带着来到父亲经商的艾伯特王子城。继母要她帮着带孩子。她不能上学，自然觉得很痛苦。但是她能通过写作把痛苦化解掉。她写了一首四行一节共三十九节的长诗，投稿后居然被一家报纸头版一整版登出来。当时她还不到16岁。她继续投稿，报纸上当时已称呼她为"lady writer"(女作家)

了。不久，她的短篇小说又在蒙特利尔得奖。1891年，父亲把她带回到故乡，此后，在父亲1900年去世前的几年里，父女很少见面。莫德幼年丧母，又得不到父亲的抚爱，她作品中经常出现孤儿形象与孤儿意识，便不是一件偶然的事了。

莫德回到爱德华王子岛后进了首府夏洛特敦的威尔士王子学院，1894年毕业，得到二级师范证书。在岛上教了一年书后，她又进了哈利法克斯的达尔胡西大学学文学。在大学念书时，她仍不断投稿。

1895年7月，莫德得到一级师范证书，她教了两年书。1898年3月，外祖父去世，莫德为了不使外祖母孤独地生活，回到故乡。从这时起除了当中不到一年在哈利法克斯一家报馆里当编辑兼记者兼校对兼杂差，直到1911年外婆去世，她都过着普通农妇的生活。但是不管在什么情况下，莫德都没有停止写作。她仍然不断向加、美各刊物投稿。有时，发表一首诗只拿到两元钱。

说起《绿山墙的安妮》之所以能写成，还得归功于莫德的记事本，她平时看到什么想到什么，就喜欢往本子上涂上几行。有一天她翻记事本，看到两行不知何时写下的字："一对年老的夫妻向孤儿院申请领养一个男孩。由于误会给他们送来了一个女孩。"这两行字启发了她，使她开始写小孤女来到一个不想要她的陌生家庭的故事。莫德把"一对夫妻"改成"两个上了年纪的单身的兄妹"，因为单身者脾气总是有点孤僻，这样，与想象力丰富、快言快语的红头发、一脸雀斑的小姑娘之间的冲突就越发尖锐了。小说的第一、二、三章的标题都是"×××的惊讶"，使读者莫不为小孤女的遭遇捏了一把汗。小安妮也确实因为性格直率、不肯让步与粗心大意吃了不少苦。但是最终的结局还是令人宽慰的。儿童文学作品总不能没有一个"快乐的结局"嘛。

《绿山墙的安妮》在1908年出版，很快就成为一本畅销书，到9月中旬已经4版，月底6版。到1909年5月英国版也印行了15版。1914年，佩奇公司出了一种"普及版"，一次就印了15万册。以后的印数就难以统计了[①]。

在这样的形势下，读者都想知道"小安妮后来怎么样了"，出版社看准了"安妮系列"是一棵摇钱树，蒙格玛丽自然是欲罢不能了。其结果是她一共写了8部以安妮与其子女为主人公的小说。它们按安妮一家生活的年代次序(而不是按出版次序)为：《绿山墙的安妮》(1908年出版，写安妮的童年)、《安维利镇的安妮》(1909，写安妮当小学教师)、《小岛上的安妮》(1915，写安妮在学院里的进修生活)、《白杨山庄的安妮》(1936，写安妮当校长时与男友书信来往)、《梦中小屋的安妮》(1918，写她的婚姻与生第一个孩子)、《壁炉山庄的安妮》(1939，写她又生了五个孩子)、《彩虹幽谷》(1919，孩子们长大的情景)、《壁炉山庄的里拉》(1921，写安妮的女儿，当时在打第一次世界大战)。这样的创作方式自然会使真正的艺术家感到难以忍受。出了第一部"安妮"之后莫德就在给友人的信里说："这样下去，他们要让我写她怎样念完大学了。这个主意使我倒胃口。我感到自己很像东方故事里的那个魔术师，他把那个'精怪'从瓶子里释放出来之后反倒成了它的奴隶。要是我今后的岁月真的被捆绑在安妮的车轮上，那我会因为'创造'出她而痛悔不已的。"

尽管莫德自己这样说，她的"安妮系列"后几部都还是有

[①] 笔者本人就见过中国出版的一种"海盗"影印本，上面没有任何说明。从版式、纸张、封面推测，大约是20世纪40年代上海印制的。

可取之处，其中以《小岛上的安妮》更为出色。作者笔下对大自然景色的诗意描写，对乡村淳朴生活的刻画，对少女的纯洁心态的摹写，还有那幽默的文笔，似乎能超越时空博得大半个世纪以来各个阶层各种年龄读者的欢心。这样的一个女作家不是什么高不可攀的哲人与思想家，而像是读者们自己的姑姑、姐妹或是侄女甥女。给莫德写信的除了世界各地的小姑娘之外，还有小男孩与白发苍苍的老人，有海员，也有传教士。两位英国首相斯·鲍德温与拉·麦克唐纳都承认自己是"安妮迷"。一位加拿大评论家在探讨"安妮"受到欢迎的原因时说，这是因为英语国家的人民喜欢小姑娘。不说英语的民族又何尝不是如此呢?人们在生活与艺术中对天真幼稚避之唯恐不及。但是率直的天真，不扭扭捏捏的天真，却又是一种难以企及的美的境界了。凡人都有天真的阶段，当他们处在这个阶段的时候莫不希望早日脱离，避之唯恐不及；但是一旦走出天真，离天真日益遥远，反倒越来越留恋天真，渴求天真，仰慕天真了。也许正是基于这种心理，连城府极深的政坛老手也希望能有几分钟让自己的灵魂放松放松?也许正是由于这个原因，71岁的马克·吐温给34岁的莫德写去了那样的一封"读者来信"?

美学家们对这样的现象可能早已有极为透彻的论述，还是让我回到莫德生平上来吧。她的外祖母于1911年逝世，莫德不愿一个人住在空荡荡的大房子里，搬到几英里外另一个村子去与亲戚一起住，不久便与埃温·麦克唐纳牧师结婚。他们恋爱已有8年，订婚也已有5年了。婚后除了做妻子和母亲(她生了三个儿子，活下来两个)需要做的一切家务事外，她还要担当起牧师太太的一切"社会工作"。

除了8本"安妮系列"之外，莫德还写了自传性很强的"埃米莉"三部曲。当然，还有其他长篇小说、短篇小说集和诗歌、自传之类的作品。莫德是1942年4月24日去世的。丈夫和两个儿子把她的遗体送回到卡文迪许小小的公墓，她的墓碑与如今已成为"蒙格玛丽博物馆"的"绿山墙房子"遥遥相望。

此后便是我去"绿山墙的房子"朝圣的日子了。

"绿山墙的房子"不算大，呈曲尺形，两层，每层也就有四五个房间。我们听完讲解员的话便拾级而上，到楼上去看"小安妮的卧室"。房间里沿墙放着一张硬板床，旁边是一只茶几。

莫德就葬在西边不远的地方。小说里写到的"情人巷""闪光的湖"和"闹鬼的林子"也都在附近。每年都有数以千计的游客慕名而来，其中不少是来验证自己读小说时所留下的印象的。

第二天，我冒着蒙蒙细雨，步行了几英里去看爱德华王子岛大学。校园的气氛有点像旧时上海的沪江大学或圣约翰大学。我在楼里楼外漫步了近1小时，几乎没有见到一个人，似乎是苍天有意安排，让我可以独自与莫德的幽灵相处，细细体味一个未踏进社会的女学生的多彩幻想与美丽憧憬。

我在岛上住了3夜之后按原定日程经由哈利法克斯飞往多伦多。我唯一感到遗憾的是未能看到音乐剧《绿山墙的安妮》，它要到7月才开始上演。

目录

又回到家了

那是五月的一个苹果绿的晴朗傍晚，金色的晚霞洒在四风港和海岸上。大海即使在春日里也悲惨地号叫着，可红色的海港口却吹拂着快活的微风，此时的科尼莉娅小姐正向圣玛丽溪谷村走去。科尼莉娅小姐实际上应该叫作马歇尔·艾略特太太，她已经结婚十三年了，但即便如此，大多数人还是更愿意称她为科尼莉娅小姐而不是艾略特太太。前面的称呼对她的老朋友来说显得更为亲切，只有少数的人不肯再那样叫她。壁炉山庄布里兹家的那位忠诚女佣苏珊·贝克就是这样一个例外，她从不会放过任何一个机会称她为"马歇尔·艾略特太太"，而且她每次还要特意加强语气，好像在说："你既然想当太太，那就得为此付出代价。"

科尼莉娅小姐正准备去壁炉山庄看布里兹医生和太太，他们刚从欧洲回来。他们离开已经有三个月了。二月份的时候他们到伦敦去参加了一个著名的医学会。在他们不在家的这段日子里，出现了一些事情，科尼莉娅小姐急于想和他们讨论。其中有一件事就是新来了一家牧师。这是怎样的一户人家啊！科尼莉娅小姐想着他们，不禁摇了摇头。

苏珊·贝克和安妮·雪莉——如今的安妮·布里兹看到了她

的到来，她们那时正坐在壁炉山庄的门廊处欣赏迷人的风景，打瞌睡的知更鸟在枫树林里叽叽喳喳地叫着，草坪边那古老的红色墙角开满了一朵朵水仙花。

安妮双手抱膝坐在台阶上，她看起来更像是一位少女，而不是六个孩子的母亲。她那美丽的灰绿色的眼睛正凝望着港口大道，仍旧充满了梦幻的色彩。她身后的吊床上躺着一个胖嘟嘟的六岁小姑娘，她叫里拉，是壁炉山庄最小的孩子。小里拉有着红色的鬈发和淡褐色的眼睛，不过她现在正闭着眼睛睡觉呢。

雪莱，家里人都称之为"小布朗"的小男孩正在苏珊怀中熟睡。他有着褐色的头发，褐色的眼睛，褐色的皮肤，红彤彤的脸颊，他可是苏珊最宠爱的宝贝，她对他就如同自己的孩子一般疼爱。安妮自从生下他后，身体一直不太好，苏珊便无微不至地照顾着他，那种待遇是其他孩子都不曾享受过的。连布里兹医生都不得不承认，要是没有苏珊，雪莱可能活不下来。

"亲爱的医生太太，我和你一样给予了他生命。"苏珊自豪地说道，"他是你的宝贝，也是我的宝贝。"雪莱也很喜欢苏珊，经常跑到她怀里去，哪里碰疼了都要她亲，还要她摇着睡觉，要挨打的时候就跑到苏珊那儿去躲起来。苏珊惩罚其他孩子的时候绝不会觉得良心不安，可她就是舍不得打这个孩子，而且也不允许孩子的父母动手打他。有一次，布里兹医生打了他，苏珊对此大为不快。

"亲爱的医生太太，他居然会打一个天使，他居然下得了手。"她生气地说。接下来的几个星期她都不为医生做水果馅饼。

当他们去度假的时候，苏珊就带着雪莱到了她兄弟家，而其他几个孩子都去了安维利。这三个月她和雪莱过得很愉快，不过苏珊很高兴再次回到壁炉山庄，回到周围喜爱的事物当中。壁炉山庄就是她的全部世界，一切都在她的掌控之中。即便是安妮，有时候也会向她征询意见，这可让绿山墙的雷切尔·林德太太不高兴，每当她拜访四风港的时候，都会告诫安妮不要让苏珊太掌权了，否则她以后会以下犯上的。

"亲爱的医生太太，科尼莉娅·布朗特从港口大道走过来了。"苏珊说着，"她会把这三个月发生的事情向你说个遍的。"

"我希望如此。"安妮拍了拍膝盖，说道，"苏珊，我真想听听溪谷村这三个月都发生了什么。我希望科尼莉娅小姐能把一切都告诉我——一切——谁又生孩子了，谁又结婚了，谁喝醉了，谁去世了，谁远走了，谁回来了，谁打架了，谁丢了头牛，谁恋爱了……回到家真好啊，又可以见到溪谷村的人了，我真想知道他们的所有事情。啊，我记得在参观威斯敏斯特教堂时，心里还惦记着米莉森特·德鲁究竟会和两个小伙子中的哪个结婚。你知道吗，苏珊，我觉得我特别喜欢这些八卦消息。"

"那当然了，亲爱的医生太太。"苏珊附和道，"每个正常的女人都对这些感兴趣。我自己也对米莉森特·德鲁的事情很感兴趣呢。我连一个情人也没有，更别说两个了，可我现在已经不在乎了，时间久了就慢慢习惯了当老姑娘。米莉森特的头发在我看来就跟扫帚扫过一样乱糟糟的，可我真不明白为什么那些男的却一点儿也不在乎。"

"他们只在乎她那迷人可爱的小脸蛋，苏珊。"

"可能是吧，亲爱的医生太太，《圣经》上不是说了吗，'欲望是欺人的，美丽是徒劳的'，如果真是命中注定的话，我也不介意自己的外貌。我相信等上了天堂，变成了天使就都漂亮了，可那时又有什么用呢？说到八卦，港口上面的哈里森·米勒的太太上个星期企图上吊自杀。"

"天啊，苏珊。"

"别紧张，亲爱的医生太太，她并没有成功。我真的不会去责备她，因为她的丈夫实在是一个恶棍。可她也真是够蠢的，居然想要上吊自杀，然后让男人随心所欲地娶另外一个女人。要是我的话，亲爱的医生太太，我就会让他日子不好过，把他逼着去上吊而不是我自己。我这么说并不是赞同那些上吊自杀的行为，亲爱的医生太太。"

"哈里森·米勒究竟怎么回事啊？"安妮急切地问道，"他总是容易走极端。"

"是的，有人说这是命中注定的，也有人说这是中了邪，请原谅我使用这个词，亲爱的医生太太。似乎大家都弄不明白他到底是怎么想的。有一段日子，他总是对人大吼大叫，因为他觉得自己命中注定要受苦。又有一段日子，他说他不在乎，天天喝醉酒。依我看，他是神志不清，米勒家的人都那样。他的祖父就精神失常，他认为自己被黑色大蜘蛛包围了，蜘蛛在他身上爬来爬去。我真希望我将来不要发疯，亲爱的医生太太，我想我应该不会的，因为我们贝克家就没有这样的传统。但是，如果万能的主非要让我发疯，那我希望不要是什么大黑蜘蛛，因为我讨厌动物。至于米勒太太，我就不知道她是不是真的值得怜悯了。有人说她之所以嫁给哈里森主要是为了气理查德·泰勒，这在我看来倒是个奇特的结婚理由。当然，对于结婚这种事我也没有发言权。亲爱的医生太太，科尼莉娅·布朗特快到门口了，我先把这孩子抱到床上去，再把我的毛线拿过来织。"

家长里短

"其他的孩子都到哪儿去了？"科尼莉娅小姐问道。她一来便挺有礼貌地问候了安妮和苏珊，这让安妮非常高兴，也让苏珊有了被尊重的感觉。

"雪莱在睡觉，杰姆、沃尔特和那对双胞胎在楼下他们最爱的彩虹幽谷里玩耍。"安妮说道，"他们下午才回到家，你知道的，他们都迫不及待地等着吃完晚饭，便冲到下面的幽谷去了。那是他们最喜欢玩耍的地方，就连这美丽的枫树林也不能与之媲美。"

"我担心他们太过于喜欢去那里了，"苏珊忧心忡忡地说道，"小杰姆有次还说死后他们宁愿去彩虹幽谷，而不去天堂，这可不是什么好兆头啊。"

"我想他们在安维利还玩得开心吧？"科尼莉娅小姐问道。

"开心极了。玛莉拉太宠他们了。特别是杰姆，在她眼里，几乎挑不出任何毛病。"

"卡斯伯特小姐现在年纪一定很大了吧。"科尼莉娅小姐一边说着，一边伸手去拿出针线，这样她就可以和苏珊一起做了。科尼莉娅小姐坚持认为那些手上有活的女人总比两手空空的女人好得多。

"玛莉拉都八十五岁了，"安妮叹息道，"她的头发全都花白了，但说来奇怪，她的眼神却比六十岁时要好些。"

"嗯，亲爱的，我真的非常高兴你们回来了，我真的是太孤独了。但溪谷村的生活并不枯燥，相信我。特别是关于教堂的事，我还从没有哪个春天像今年这样激动过。我们终于有牧师了，亲爱的安妮。"

"他就是令人尊敬的约翰·诺克斯·梅瑞狄斯，亲爱的医生太太。"苏珊说道。她决定不能让科尼莉娅小姐一个人把所有事情讲完了。

"他人还好吧？"安妮关切地问道。

科尼莉娅小姐叹了叹气，苏珊也叹息了一声。

"是的，就某方面来说，他人确实很好，"科尼莉娅小姐说，"他很和善，知识渊博，品德高尚。但是，亲爱的安妮，他不懂得人情世故。"

"那你当时为什么要请他呢？"

"嗯，毫无疑问到目前为止，他是整个溪谷村教堂中最好的牧师，"科尼莉娅小姐说，然后话锋一转，"我想可能是因为他自己的疏忽大意，才导致镇上的教堂没有邀请他。可他的布道却是那么的精彩，相信我。每个人对此都很着迷，对他的外貌也如此。"

"他非常英俊，亲爱的医生太太，总之一句话，我确实喜欢看到一个长相俊俏的人站在布道坛上。"苏珊插话说道，她认为是时候再次发表意见了。

"而且，"科尼莉娅小姐说，"我们都想早点儿把这事定下来。梅瑞狄斯先生是第一个我们全体一致通过的候选人。即便如此，还是有人对此表示反对。之前也有个叫福森的先生来试讲，他也是个不错的牧师，但有人就是不喜欢他的长相，长得黢黑滚圆。"

"他看起来就像一只肥胖的黑猫，真的，亲爱的医生太太，"苏珊说道，"我可绝不能忍受每个礼拜天看到这样一个男士站在布道坛上。"

"然后罗杰先生又来了，他长得就犹如粥里的一根薯条，既不算很好，也不算太坏，"科尼莉娅小姐继续说道，"但要是他像往常一样布道也没什么，可那天恰恰碰到老卡勒·拉姆斯家的绵羊闯进了教堂，对着他的布道咩咩直叫。大家都捧腹大笑，之后可怜的罗杰再也没机会了。有人认为我们应该邀请斯图亚特先生，因为他学历很高，而且他会用五种语言朗读《新约》。"

"但是我认为他并不一定因此就能让我们更接近天堂。"苏珊插话道。

"我们大多数都不喜欢他的演讲，"科尼莉娅小姐说道，"他说话好像在咕哝一样，至于爱雷特先生，他根本就不懂布道，他在试讲的时候选了一段最难的《诅咒米诺斯》。"

"每当他被难住的时候，他就会摔《圣经》，而且痛苦地喊道：'诅咒米诺斯。'不管米诺斯是谁，反正那天是被他痛痛快快地诅咒了一番，亲爱的医生太太。"苏珊说道。

"候选牧师在选择试讲章节时都不太细心，"科尼莉娅小姐严肃地说道，"我想要是皮尔森先生选一段别的，他可能就有机会了。但当他大声宣读'我要向高山举目'①。时，他就彻底完蛋了。因为大家都知道在过去十五年里，港口边的两位希尔家②的姑

---

① 出自赞美诗
② "我要向高山举目"中的高山（Hill），发音与希尔同。

娘对溪谷村来的每位单身牧师都是虎视眈眈。至于纽曼先生，他已经有一大家子人了。"

"他去过我的姐夫詹姆斯·克洛家，"苏珊说道，"'你有几个小孩？'我问他。'九个男孩，外加他们的妹妹。'他说。'十八个！'我说，'天啊，好大一家人！'然后他就哈哈大笑了。但我不知道为什么，亲爱的医生太太，我觉得十八个孩子对任何一个牧师家庭来说都实在是太多了。"

"纽曼先生只有十个孩子，苏珊。"科尼莉娅小姐轻蔑地解释道，"十个好孩子要胜过目前牧师家庭的这四个孩子。亲爱的安妮，我并不是说他们坏。我喜欢他们，每个人都喜欢他们，大家都不由自主地喜欢他们。如果有人来关注他们的言行，教他们明辨是非，那他们将会是很好的孩子。比如说，学校里老师说他们是模范生，可在家里他们就很不听话。"

"梅瑞狄斯太太怎么样呢？"安妮问道。

"根本就没有梅瑞狄斯太太这个人，这就是问题所在了。梅瑞狄斯先生是个鳏夫，他的妻子四年前就去世了。如果我们早知道这点，我想我们就不会邀请他了，因为鳏夫比起单身男子来说，在讲道方面会差些。我们听他提起过他的孩子，因此当时我们以为应该也有一位母亲。但当他们来到这儿的时候，我们却发现只有一位老太太，人们都叫她玛莎。她是梅瑞狄斯先生母亲的表妹，我想他之所以带她来，是不想让她到养老院。她已经七十五岁了，老眼昏花，耳朵有些背，脾气也有些坏。"

"而且厨艺也很糟糕，亲爱的医生太太。"

"她应该是最糟糕的牧师管家，"科尼莉娅小姐毫不吝啬地说道，"梅瑞狄斯还说他不会请其他管家了，因为这会伤害到玛莎姨婆的感情。亲爱的安妮，相信我，那位牧师家的一切糟糕极了。每件物品上都落满了灰尘，没有哪一件东西放在该放的位置，我们在他到来之前还把房子粉刷了，真是枉费了我们一番心意呢。"

"你说他有四个孩子？"安妮问道。她心里已经对这些孩子产生了母亲般温暖的感情。

"是的。他们就在楼道阶梯跑上跑下。杰拉德最大，十二岁，大家都叫他杰瑞，他是个聪明的男孩。菲斯十一岁，她就像一个假小子，但长得还很漂亮，我不得不承认这点。"

"她看起来就像个天使，但是十分调皮，亲爱的医生太太。"苏珊严肃地说道，"上个星期有天晚上我到他们家去的时候，詹姆斯·米利森夫人也正好在那里。她给他们送去了一打鸡蛋和一小桶牛奶，只是很小一桶，亲爱的医生太太。菲斯拿去放到地窖里，结果在楼梯处摔了一跤，鸡蛋、牛奶全都倒在地上了。你可以想象接下来的事情，亲爱的医生太太。但是那个孩子却笑着站了起来，说道：'我不知道我会不会变成一块蛋黄馅饼呢。'詹姆斯·米利森太太非常生气。她说如果他们再这样浪费食物，她决不会再拿任何东西给牧师家了。"

"詹姆斯·米利森太太才不想送东西给牧师家呢，"科尼莉娅小姐冷笑道，"她只不过是想借此满足她的好奇心。但可怜的菲斯总是麻烦不断。她总是很粗心，像个冒失鬼。"

"就和我一样。我会喜欢上这个菲斯的。"安妮确信。

"她充满了活力——我也确实很喜欢有活力的孩子，亲爱的医生太太。"苏珊附和道。

"那是她的优点，"科尼莉娅小姐也承认道，"你不管什么时候看到她，她总是笑呵呵的，让你忍不住想笑。即便在教堂，她也不会严肃地板着脸。尤娜十岁，她是个小甜心，长得不很漂亮，但很甜美。托马斯·卡莱九岁了，大家都叫他卡尔，他总喜欢收集蟾蜍、青蛙，并把这些东西带到家中。"

"我想他应该为客厅椅子上的那只死耗子负责，那天下午格兰特太太来访的时候，着实把她吓了一跳。"苏珊说道，"我对此毫不怀疑，因为客厅不可能出现死耗子。很显然也有可能是那只猫做的好事。这家伙可狡猾了，亲爱的医生太太。在我看来，不管怎样，牧师家的猫应该要庄重些才对，可我却从来没有见过如此猖狂的畜生。亲爱的医生太太，每天傍晚日落的时候它都会爬到牧师家房子的屋顶上，大摇大摆地走着，样子非常不体面。"

"最糟糕的是，他们从不体面地穿衣服。"科尼莉娅小姐叹气道，"雪刚下完，他们就赤脚去学校。亲爱的安妮，你知道的，这对牧师家的孩子来说是极不应该的——尤其是在卫理公会牧师的女儿还常穿着漂亮的带扣靴子的时候。我真的希望他们不要在卫理公会教徒的墓地里玩耍。"

"那确实很诱人，因为墓地就在他们房子旁边，"安妮说，"我一直都认为墓地是个非常好玩的地方。"

"啊，不，您不会这样认为的，亲爱的医生太太，"忠诚的苏珊赶紧说道，她极力想要保护安妮的声誉，"您一向都是知书达礼的。"

"为什么刚开始的时候要把牧师的房子建在墓地旁呢？"安妮问道，"那里草坪太小，他们除了墓地根本就没有其他地方可玩了。"

"这原本是个错误。"科尼莉娅小姐承认道，"但那里的地便宜，且以前那些牧师的孩子从来没在那里玩过。梅瑞狄斯先生不应该允许他的孩子到那里去。但他一回到家就一头扎进书堆里。他总是一门心思地看书，或者在书房里如梦游一般的踱来踱去。到目前为止，他倒是还没忘记礼拜天的时候去教堂，但已经有两次忘记祈祷会了，长老不得不到他家里去提醒他。而且他还忘记了范妮·库伯的婚礼。他们只好给他打电话，然后他就急急忙忙地穿着拖鞋赶了过来。要不是卫理公会教徒笑得那么猖狂，我们也不会把这事放在心上。还好，唯一令人欣慰的就是他的布道非常好，让人无可挑剔。他一站在布道台上人就清醒了，相信我。卫理公会的牧师根本不会布道，这是他们告诉我的。我从没听过他们布道，真是谢天谢地啊。"

科尼莉娅小姐自从结婚后对男人的攻击便有所缓和，但她对卫理公会的攻击却火力不减。苏珊狡猾地笑了笑。

"马歇尔·艾略特太太，听说卫理公会和长老会正在商量合并的事。"苏珊说道。

"嗯，我只希望如果当真发生了这事，那时我已经不在人世了。"科尼莉娅小姐反驳道，"我是决不会和卫理公会的人来往的。梅瑞狄斯先生最好也离他们远一点儿。他和他们走得太近了，相信我，而且他还参加了雅各布·德鲁的银婚晚宴，可没想到这却给他带来了麻烦。"

"怎么回事呢？"

"德鲁太太请他切烤鹅——因为雅各布·德鲁从没切过，也不知道怎么切。梅瑞狄斯先生就答应了，可在切的过程中却打翻了盘子，烤鹅从盘子里滑了出去，掉在他身旁瑞斯太太的大腿上。而他却不急不慢地说：'瑞斯太太，你可不可以把烤鹅还给我呢？'瑞斯太太倒是如摩西般温顺地把烤鹅'还'给了他，但她肯定气疯了，因为她那天穿的是她的新丝绸裙子。而且更糟的是，她是卫理公会教徒。"

"但这总比她是长老会教徒好。"苏珊反驳道，"她要是长老会的，肯定会离开教堂，损失一个教徒，我们可承受不起啊。瑞斯太太在她自己的教堂很不受欢迎，因为她总是很傲慢无礼。因此梅瑞狄斯先生弄脏她的裙子，这倒让卫理公会那些教徒很开心。"

"问题是，他让自己出丑了，而且我很不喜欢看到我们的牧师被卫理公会的人笑话。"科尼莉娅小姐气愤地说道，"要是他有个妻子，就不会出现这种事了。"

"我倒是不这样认为，即便他有一群老婆，也没法阻止德鲁太太在宴会上端出那只老雄鹅。"苏珊固执地说道。

"听说是她丈夫要杀那只老雄鹅，"科尼莉娅小姐说道，"雅各布·德鲁先生是个自满、吝啬、专横的人。"

"而且也有人说他和他老婆都彼此讨厌对方——在我看来，这可不是夫妻的相处之道。当然，我对这方面没有什么经验，"苏珊说着摇了摇头，"我也不是什么都怪罪到男人头上的那种人。德鲁太太她自己是个吝啬鬼，听说她唯一捐献的东西就是一罐曾经淹死过老鼠的奶油做成的奶酪，她还把它捐给了教堂。此后人们再也没有听说过关于老鼠的事情了。"

"幸运的是，梅瑞狄斯家到此为止所冒犯的全是卫理公会的教徒。"科尼莉娅小姐说，"那个杰瑞两个星期前的一个晚上去了卫理公会的一个祈祷会，而且坐在了老威廉·玛希旁边，老威廉像往常一样站起来，用那种可怕的呻吟祷告着。当他坐下时，杰瑞好心地低声问道：'现在感觉好点儿了吗？'但是玛希先生却觉得他很鲁莽，因此非常生气。当然杰瑞根本不该去参加卫理公会的祷告会。但他们就是想去哪儿就去哪儿。"

"我希望他们不要去冒犯港口上头的埃里克·戴维斯太太，"苏珊说道，"据我了解，她是个很小气的女人，但她却十分富有，给教堂捐的款最多。我听说她认为梅瑞狄斯家的孩子是最缺乏教养的。"

"你们所说的让我越来越相信梅瑞狄斯一家应该是属于认识约瑟的那类人。"安妮十分肯定地说。

"总而言之，他们确实是约瑟的同类。"科尼莉娅小姐承认道，"这样想心理也就平衡了。不管怎样，现在我们都得尽量支持他们，不让卫理公会的人看笑话。嗯，我想我也该回去了。马歇尔很快就要回来，他今天到港口那边去了，他一回到家就要吃饭，这可真像个男人。真遗憾今天没能看到其他几个孩子。对了，医生去哪里了呢？"

"到港口上头去了。我们回来才三天，他这三天里就在家里睡了三个小时，吃了两顿饭。"

"过去六个星期生病的人都在等着他回家——这也不能怪他们。自从港口那边的医生娶了葬礼承办人家的女儿后，人们对那位医生就心存疑虑了。这可不算什么好事。你和医生可要尽快过来玩，给我们讲讲你们旅行中的事，我想你们一定过得非常愉快。"

"是的。"安妮承认道，"我们终于实现了多年来的梦想。欧洲非常美丽。但这次我们回来，对我们自己的国家也很满意。加拿大是世界上最美丽的国家，科尼莉娅小姐。"

"确实是这样的。"科尼莉娅小姐满足地说道。

"而爱德华王子岛是加拿大最美丽的省份，四风港又是最美丽的港口。"安妮笑道。她满心欢喜地眺望着夕阳映照下的山谷、港口和海湾，她朝它们挥了挥手。"在欧洲我也没见过这么美丽的景致。科尼莉娅小姐，你非要走吗？没有见着你，孩子们一定会很失望的。"

"他们可要尽快来看我啊。告诉他们，我家的甜圈罐可装得满满的，等着他们呢。"

"嗯，吃晚饭的时候他们已经在商量着什么时候来拜访你了。他们很快就会来的，不过他们现在又得重回学校，那对双胞胎也要上音乐课了。"

"我希望她们不会是跟那位卫理公会教徒的妻子学吧。"科尼莉娅小姐急切地说。

"不是的，是跟罗斯玛丽·威斯特学的。昨天晚上我跟她谈妥了。她长得可真漂亮啊。"

"罗斯玛丽保养得很好，但她已经没有以前那么好看了。"

"我觉得她很迷人。你知道的，我和她算不上很熟。我们家的房子太偏了，除了在教堂以外，我很少看见过她。"

"人们都很喜欢罗斯玛丽·威斯特，尽管人们不怎么了解她。"科尼莉娅小姐说。她为安妮对罗斯玛丽的高度评价感到极不舒服。"她姐姐艾伦一直控制着她，而她也一直任由她姐姐摆布。你知道吗，罗斯玛丽还曾经和年轻的马丁·克劳福德订过婚，他的船在马格达林下沉了，所有的船员都溺水身亡。罗斯玛丽那时还是个孩子——仅仅十七岁，从那以后她就完全像变了个人似的。她母亲死后，她和她姐姐相依为命。她们很少去罗布里奇的教堂，我想主要是因为艾伦不赞成常去长老会教堂。但平心而论，她们从来不去卫理公会教堂，威斯特一家一直是虔诚的圣公会教徒。罗斯玛丽和艾伦都很富有，罗斯玛丽并不是需要上音乐课来补贴家用，她这样做是因为她喜欢上课。你知道吗，她们还是莱丝丽的远方亲戚。福德家今年夏天会来港口吗？"

"不会，他们要去日本旅行，可能会离开一年。欧文的新书是以日本为背景的。这将是自从我们搬走后，亲爱的梦中小屋第一个空置的夏天。"

"我觉得欧文在加拿大就可以找到足够的素材，根本用不着大老远拖着老婆孩子跑到日本那样一个异教徒国家去。"科尼莉娅小姐不以为然地说，"他写得最好的《吉姆船长的人生录》，不就是在港口搜集的素材吗？"

"吉姆船长给他提供了大量素材，你知道的，而那些素材是吉姆船长周游世界积累起来的。不过我觉得欧文的书确实很好看。"

"嗯，写得还不错，他的书我也看了。但亲爱的安妮，我始终认为读小说是浪费时间。相信我，我一定要写信告诉他我对他日本之行的看法。他难道想让肯尼斯和帕西丝成为异教徒吗？"

科尼莉娅丢下这样难解的问题走了，苏珊抱着里拉回房睡觉。安妮坐在星光璀璨的游廊台阶上，做着美妙的梦，再一次重温四风港那迷人的月出。

壁炉山庄的孩子们

白天，布里兹家的孩子都特别喜欢在壁炉山庄和圣玛丽溪谷村之间的枫树林里玩耍，那里有茂密柔软的草地，郁郁葱葱的枫树。但到了晚上，就没有什么地方比得上枫树林后面的小山谷更适合玩耍了，对他们来说，那就是一处浪漫的美丽王国。早些年的某一天，在夏天的雷雨过后，他们从壁炉山庄的阁楼窗户望去，正好看到一道绚丽的彩虹横跨天空，彩虹的一端似乎笔直地插进山谷的池塘里。

"那我们就叫它'彩虹幽谷'吧。"沃尔特兴奋地说道。从此大家都叫它彩虹幽谷。

彩虹幽谷外面可能狂风席卷，可在小山谷里面，风永远都是那么温柔。蜿蜒的小径覆盖着一层薄薄的苔藓，在云杉中间蔓延。野樱桃树和深色云杉混杂在一起，在开花时节，雪白的花朵像云雾一样笼罩着山谷。一条流经溪谷村的小溪从山谷中穿过。村里的房子都坐落在远处，山谷尽头有一间歪斜的废弃小屋，人们称之为"巴里老屋"。这间老屋已经多年没人居住了，小屋周围杂草丛生，里面还有个古老的花园，壁炉山庄的孩子们在里面找到了紫罗兰、雏菊、六月百合，每当花季时节，它们芬芳吐艳、竞相绽放。除此之外，屋里还长满了香菜，它们在夏日月光的辉映下摇摆起伏，就像大海的银色波光。

彩虹幽谷的南边是池塘，池塘对面是一片紫色的森林，高高的小山上有着一间灰色小屋，它俯瞰着整个溪谷村和四风港。虽然彩虹幽谷紧靠着村子，但它却有一种与世隔绝的闲趣，深受孩子们喜爱。

彩虹幽谷有着许多亲切、友好的低洼地，其中最大那片低洼地是孩子们最爱的地方。在这个特别的夜晚，他们全都集中在那儿。一片幼小的云杉树生长其中，中间有一小块林间空地，小溪从旁边潺潺流过。小溪旁生长着一棵挺拔的银桦树，它出奇的笔直，沃尔特给它取名为"白衣少女"。在这个林间空地里，还有一对"情人树"，是一棵云杉和一棵枫树，它们紧挨在一起，枝叶交错相连，所以沃尔特给它们取了这个名字。杰姆还把从雪橇上取下的一串铃铛挂在情人树上，那是溪谷村的铁匠送给他的。每当微风吹过，铃铛就会发出清脆美妙的乐音。

"回来真好啊！"楠说，"安维利的任何地方都比不上彩虹幽谷这么美丽。"

但尽管如此，他们还是非常喜欢安维利，而且每次拜访绿山墙都会受到盛情款待。坞莉拉姨婆对他们非常好，雷切尔·林德太太也一样对他们很好，她一有空闲就忙着缝制棉被，说是要给安妮的女儿们做"嫁妆"。那里还有好玩的伙伴——戴维叔叔的孩子和戴安娜阿姨的孩子们。他们的母亲在绿山墙度过了少女时期，所有她喜爱的地方他们全都知道——长长的"情人之路"，野玫瑰盛开时镶上粉红的花边；"悠闲的旷野"，被柳树和白杨包围着；"仙女泉"，如往昔般明亮可爱；"阳光水湖"和"杨柳池塘"风采依旧。这对双胞胎住在她们母亲以前住的东山墙的房间里，玛莉拉姨婆经常会在夜里悄悄溜到房间，慈爱地看着她们酣睡的样子。不过，她们都清楚姨婆最喜欢的是杰姆。

杰姆现在正忙着煎刚从池塘里抓到的小鳟鱼。他的炉子是用红色石头围成的，火堆在中央，他的炊具就是一个旧的罐头瓶和一支只剩一个齿的叉子。虽然条件是简陋了些，可别有一番风味。

杰姆是在梦中小屋里出生的，而其他的孩子都是在壁炉山庄出生的。他有着母亲那样的红色鬈发，父亲那样的淡褐色眼睛；母亲那样的漂亮鼻子，父亲那样的坚定、幽默的嘴巴。而且他是家里唯一一个耳朵长得让苏珊赞叹不已的孩子。不过他似乎对苏珊有些不满，因为她老是叫他小杰姆，十三岁的杰姆对此有些恼火。他总觉得母亲比较通情达理。

"妈妈，我不再是小孩子了。"他在八岁生日的时候生气地大叫道，"我已经非常大了。"

妈妈只是叹了叹气，笑了笑，再叹了叹气，然后她就真的再也没叫过他小杰姆了，至少当着他的面没叫过。

他一直是个健壮、老实的小男子汉，话不多，但从不食言。老师也不认为他有多么出类拔萃，但他却是一个优秀的全面发展的好学生。他从不人云亦云，凡事都要亲自调查求证。有一次苏珊告诉他如果他用舌头去舔冰冻的门锁，舌头会掉一层皮的。杰姆听后立即那样做了，他想试试是不是真的，结果还真的是那样，他的舌头疼了好几天。但是杰姆对科学的兴趣一点儿也没有因为这些挫折有丝毫减少。通过长期的试验和观察，他学到了很多东西，他的兄弟姐妹也觉得他是个见多识广、知识渊博的人。杰姆总是知道哪里的草莓最早成熟，哪里的紫罗兰最先从冬眠中苏醒，枫树林里某个知更鸟的鸟巢中有多少枚蓝色的蛋。他还可以从雏菊的花瓣中看出天气，从红色苜蓿中吸取蜂蜜，并在池塘边挖出所有可吃的树根，害得苏珊整天为他们提心吊胆，害怕他们被毒死。他知道在青苔丛生的树皮上的白色琥珀结里能找到最好的琥珀树胶；他知道港口上头的山毛榉林中哪里的坚果最丰盛；他知道小溪的哪一段鳟鱼最多。他会模仿四风港所有野生动物、鸟类的叫声，而且他还知道从春天到秋天每一处鲜花盛开的地方。

沃尔特·布里兹正坐在"白衣少女"树下，旁边放着几本诗集，但他并没有看诗。他正凝望着池塘边翠绿的杨柳，以及天空飘过来的一片云朵，那云朵就像一群群小绵羊，被风儿赶着聚在了一起，飘浮在彩虹幽谷的上方。他欣喜地看着这一切。沃尔特的眼睛实在是与众不同，似乎许多世纪的悲欢喜乐、忠诚渴望都蕴涵在他深邃的眼睛里。

沃尔特是个非同一般的孩子，至少外表是这样的。他长得不像任何一个家人，但他却是壁炉山庄最英俊的孩子。他有着黑色的直发和精致的五官，继承了母亲的丰富想象力和对美的热爱。冬日的寒露、春日的到来、夏日的梦想以及秋日的美妙对他来说都有着非比寻常的意义。

在学校里，杰姆是孩子中的领袖，但沃尔特却得不到太多的关注。大家认为他有点儿"娘娘腔"，有些奶气，因为他从不打架，也很少参加体育运动。他喜欢一个人躲在角落里静静地看书——特别是看诗集。沃尔特对诗歌情有独钟，自从会识字起，他就一头扎进了诗的海洋，诗的旋律已经渗透到了他的心灵，特别是关于不朽的主题旋律。他渴望自己有一天也能成为诗人，这个梦想是可以实现的，一位叫作保罗的叔叔——出于礼貌暂且这样称呼——现在就居住在那个被称为"美国"的神秘国家里——是沃尔特的偶像。保罗叔叔曾经就读过安维利的一所学校，现在他的诗流传各地。但是溪谷村的孩子们并不知道沃尔特的梦想，即便他们知道了，也不会觉得有什么大不了的。尽管沃尔特不具有强健的体魄，但因为他有着一种"像书本一样说话"的能力，大家对他都有着某种说不出的敬佩。溪谷村没有哪个孩子能够像他那样谈吐自如。"他说话就像一个牧师。"有个男孩这样评价道。正因为这样，他总是形单影只，但却没有像其他那些不合群的男孩一样遭人欺负。

壁炉山庄十岁的双胞胎一反双胞胎的常态，两人长得几乎没有一处相似。大家经常叫着楠的这位姑娘，长得非常漂亮，有着天鹅绒般的淡褐色眼睛和丝绸般的淡褐色头发。她的长相简直无可挑剔，就如她老师所评价的那样，肌肤雪白，天生活泼。这让安妮非常得意。

"我真高兴，我有一个能穿粉色衣服的女儿。"布里兹太太总是这样自豪地说。

黛安娜·布里兹，大家都叫她黛，长得很像她母亲，有着灰绿色的眼睛和闪亮的红头发。或许这正是她为什么最得父亲宠爱的缘故。她和沃尔特最知心，她是唯一一个沃尔特愿意念他写的诗给她听的人，也是唯一一个知道他在秘密撰写史诗的人。她保守所有的秘密，即便对楠也不会透露半句。她也会把她自己的全部秘密告诉他。

"杰姆，你是不是很快就把鱼煎好了？"楠吸了吸鼻子，问道，"这味道让我直流口水。"

"差不多了，"杰姆边说边把鱼翻了一下，"姑娘们，摆好面包和盘子，沃尔特，醒醒。"

"今晚的空气可真新鲜啊。"沃尔特痴痴地说道。他并不是不喜欢煎鱼，只是对他来说，精神的粮食总是比真正的食物更重要。"花仙子今天在凡间漫步，拜访每一朵鲜花。我透过那片树林可以看见她那蓝色的翅膀。"

"我见过的所有天使的翅膀都是白色的。"楠说道。

"花仙子的翅膀不一样，那是淡淡的蓝色，就如这山谷中的雾霭一般。啊，我多么希望我也能够飞翔，那肯定美妙极了。"

"人在梦中确实能飞起来。"黛说道。

"可我还真没梦见我飞起来过，"沃尔特说，"但是我经常梦到我从地面升起来，然后飘浮到篱笆上、树上。我觉得那种感觉实在是太美妙了，可当我醒来的时候，发现是场梦，真是让人伤心啊。"

"快点儿，楠！"杰姆命令道。

楠已经摆好了餐桌，这餐桌在其他地方是见不到的，它是彩虹幽谷所独有的。那是一块木板，放在两块长青苔的大石头上，就变成桌子了。几张报纸做了桌布，缺了口的盘子和掉了柄的杯子都是苏珊丢弃不要的。楠还从一只藏在云杉树下的铁盒子里取出了盐和面包。小溪赐予了孩子们独特芬芳的美酒。这里的新鲜空气、青春气息增添了美味的作料。孩子们坐在彩虹幽谷里，沉浸在金色和紫水晶相间的薄雾中，空气中弥漫着松脂的香气，野草莓白色的小花星星点点点缀其间，微风吹过树梢，树叶的沙沙声和铃铛清脆的响声交织成动听的乐章。吃着油炸鳟鱼和干面包，一切都是那么享受，足以让世人羡慕不已。

"请坐。"楠说道。这时杰姆刚好把吱吱作响的炸鱼放到桌上。"祷告吧，杰姆。"

"我已经完成任务，把鱼煎好了。"杰姆反抗道，他讨厌祷告，"让沃尔特祷告吧，他喜欢祷告。沃尔特，祷告快一点儿，简短一点儿哦。我饿了。"

但不管是长还是短，沃尔特都没有祷告，因为就在那时，黛突然喊了起来："谁从牧师家那边的山上跑下来了？"

牧师家的孩子

　　玛莎可能是，也确实是一个非常糟糕的管家；约翰·诺克斯·梅瑞狄斯可能是，也确实是一个心不在焉的人。虽然圣玛丽溪谷村的牧师家非常凌乱，但难以否认这是一个温馨的家庭，就连溪谷村最挑剔的家庭主妇都可以感觉到这一点，而且在不知不觉间改变着对这一家人的看法。或许它的魅力与周围的环境有关——茂密的葡萄藤爬满了整个墙壁，友好的洋槐和香脂树随意生长在房子周围，从前面的窗子望出去的美丽港口景色和沙丘，这些在梅瑞狄斯先生到来之前就是这个样子。在以前的入住者手中，这所房子一直是溪谷村最整洁、最肃穆的房子。新的入住者给这所房子带来了全新的个性，里面充满了欢笑和友爱，而且屋子大门总是打开着，屋里屋外友好地牵着手。爱是圣玛丽溪谷村唯一的法则。

　　教区的人都说梅瑞狄斯溺爱孩子，这倒是很有可能，很显然他根本舍不得责备他们。"没有母亲的可怜孩子。"当孩子们闯祸后，他时常这样对自己说道，并叹上口气，可大多数时候他也不知道孩子们在做什么。他是那种沉浸在梦想中的人。他书房的窗子虽是朝向墓地开着的，但当他来回在书房踱步，深深地沉浸在对灵魂不朽的思考中时，根本注意不到杰瑞和卡尔正在卫理公会教徒的墓地里玩青蛙跳。梅瑞狄斯先生有时突然意识到自己的孩子不管是身体上还是思想上都不像妻子生前那么好管教了，而且他也偶尔察觉，现在在玛莎的管理下，家里的一切与从前西西莉亚管理时有着天壤之别。除此之外，他就活在了书和抽象化的世界里。因此，虽然他的衣服很少被刷洗，虽然溪谷村的妇女从他那苍白瘦削的脸庞和细长的手指猜测他从来没有吃饱过，但他却并不是一个不快活的人。

如果说墓地也是一个充满乐趣的地方，那么圣玛丽溪谷村卫理公会教徒的墓地当之无愧。新的墓地在卫理公会教堂的另一边，是一个整洁的和适合哀悼的地方。但这块老墓地受到大自然多年的眷顾，因此变得十分亲切。

墓地的三面都用石头和土垒成了一道沟垄，上面还有一道灰色的稀疏篱笆，篱笆外面有一排高大的冷杉。这个沟垄是由村里的第一批移民修建的，非常古老，也非常漂亮。在早春时节，裂缝间长满了苔藓和一些绿色的小草，盛开的紫罗兰把沟垄装扮成紫色。到了秋天，紫菀和秋麒麟把沟垄点缀得金灿灿的。小羊齿蕨长满了整个石头缝，大羊齿蕨也随意生长着。

墓地的东面，既无围墙也无沟垄。墓地的边界几乎被一片新种植的冷杉林所覆盖，一直向东，森林愈加茂密。空气中总是弥漫着竖琴一般的海涛声和灰色老树的音乐声。在春天的清晨，鸟儿们会在两座教堂附近的灰色老榆树上齐声合唱，歌唱生命，而非死亡。梅瑞狄斯家的孩子特别喜欢这片老墓地。

墓地上的常春藤、花园水杉和薄荷竞相生长。在云杉丛旁边的沙地上长满了蓝莓。墓地里可以看到三代居民不同式样的墓碑。最早的居住者也就是从旧大陆刚搬迁到这片土地的居民，他们的墓碑是用长方形、扁平的红色砂岩做成的，上面的字迹已经有些模糊。最近的一代，是有点儿畸形的高高的"纪念碑"和骨坛。墓地里最大最丑陋的骨坛，是纪念一个叫作埃里克·戴维斯的人，他本是一个卫理公会的教徒，可后来娶了一位长老会中的道格拉斯家的女人，她迫使他改投长老会，并且让他一生都不得改弦更张。但当他去世后，她不敢把他孤独地葬在长老会的墓地里，因为他的祖上所有人都葬在卫理公会的墓地里。因此埃里克·戴维斯死后终于回归到自己的教派，他的太太为他立了一个大大的"墓碑"，这么气派的墓碑是任何卫理公会教徒都负担不起的。可不知道为什么，梅瑞狄斯家的孩子却不喜欢这个墓碑，他们只是喜欢墓碑旁的那些杂草和平坦得像长椅子一样的老墓石。因为他们可以把这些墓石当作椅子，现在他们就坐在一块墓石上，杰瑞玩累了青蛙跳，现在正饶有兴趣地吹着口琴呢；卡尔正仔细地观察着一只刚被发现的奇怪甲壳虫；尤娜则正忙于为一个洋娃娃做衣服；菲斯则坐在那里，上身往后倾着，两只光脚丫随着口琴的节拍快活地摆动着。

杰瑞有着父亲一样的黑发和大黑眼睛，但是他的大黑眼睛却没有父亲眼睛那样梦幻游离。坐在他旁边的菲斯是一个像玫瑰一样美丽的姑娘，但她却很粗心，容易冲动。她有着金褐色的眼睛、金褐色的鬈发和红润的双颊。她太喜欢笑了，导致她父亲教区的有些人颇为不满，而且她还惹怒了失去几任丈夫的老泰勒太太，因为菲斯曾在教堂的门廊里骄傲地说："世界不是泪的海洋，泰勒太太，它应该是一片欢乐的海洋。"

小尤娜却不怎么喜欢笑。她那乌黑的直发梳成了两条整洁的辫子，她那大大的杏仁般的眼睛里透着某种智慧和忧伤。她的嘴微微张着，露出了洁白的小牙齿，偶尔小脸上会泛着一丝腼腆的微笑。比起菲斯来说，她对公众意见更加敏感，而且她也很忧虑地意识到家里的生活方式有些不对劲。她渴望能够挽救这种局面，但却不知道怎么做。有时她会拿起掸子打扫一下家具上的灰尘，但是下一次她就再也找不到掸子了，因为这些东西从来都不会放在原来的地方。如果她能找到刷子，那她就会帮助爸爸把他礼拜天要穿的最好的衣服刷一刷。有一次她发现衣服掉了一颗纽扣，她就用白色的粗线给缝上了。第二天当梅瑞狄斯先生到教堂去的时候，每位妇女的眼睛都好奇地盯着那颗纽扣，而且一连好几星期，妇女救助会的讨论话题都在围绕这颗纽扣转。

卡尔有着他母亲一样清澈明亮的深蓝色眼睛，眼神里透露出一种无畏和坦诚，而且他也有着母亲那样的褐色头发。他知道许多关于昆虫的秘密，而且他和蜜蜂、甲壳虫等都心灵相通。尤娜一点儿都不喜欢挨着他坐，因为她永远不知道他身上藏着什么奇怪的动物。杰瑞也拒绝和他一起睡觉，因为卡尔有一次把一条小黄蛇带到了床上。所以卡尔就睡在他那张狭小的旧床上，床很小，他几乎都不能伸直，但他却可以带着他那些奇怪的伙伴一起入睡。或许也是这个原因，玛莎姨婆在整理这个床的时候，总是睁只眼闭只眼。总的来说，他们是一群快乐可爱的小家伙。西西莉亚当初知道自己要永远离开他们，一定难过得肝肠寸断。

"如果你是一位卫理公会教徒，你死后愿意埋在哪里？"菲斯愉悦地问道。

这个话题引起了大家的讨论兴趣。

"没多少地方可以挑了，全都满了。"杰瑞说道，"我想，我愿意埋在大路的拐角处，这样我就可以听见牛群经过，也可以听到人们的谈话。"

"我想埋在垂枝桦树下的洼地里。"尤娜说道，"那树上有好多的鸟儿，每天早上它们都会欢快地歌唱。"

"我想埋在波特家的那块地里，那里埋了好多小孩子，这样我就有伴儿了。"菲斯说道，"卡尔，你呢？"

"我一点儿也不想被埋葬，"卡尔说道，"如果非得这样的话，那就选蚂蚁窝吧，蚂蚁实在太有意思了。"

"埋在这里的肯定都是好人，"尤娜看着墓志铭说道，"似乎这块墓地里一个坏人也没有。可能卫理公会的人都比长老会的人要善良吧。"

"可能卫理公会的人把那些坏人像猫狗一样安葬了，"卡尔说道，"或许他们根本懒得把这些坏人带到这个地方来葬。"

"胡说。"菲斯说道，"埋在这里的人不会比其他人好到哪儿去，尤娜。当人死后，你就只能说他的好话，要不然他们就会回来找你算账。这是玛莎姨婆告诉我的。我问过父亲这是不是真的，他看着我，自言自语道：'真的？真的？什么是真的？只是比拉多的玩笑吗？①'我想他这样说，应该就是真的了。"

"我在想，如果我往埃里克·戴维斯的墓碑扔一块石头，他会不会回来找我算账呢？"杰瑞说道。

"戴维斯太太会找你算账的。"菲斯笑道，"在教堂里，她就如猫看着老鼠一样地看着我们。上个礼拜天，我朝她侄儿做了

---

① 比拉多是判处耶稣死刑的罗马总督。罗马总督比拉多在审理犹太人控告耶稣的案件中，明知这纯属诬告，他也三次声明耶稣无罪，但最终还是判了耶稣死刑。

个鬼脸，他也回了我一个鬼脸，你们真应该看看她的眼神。我想他们出去后，她肯定给了她侄儿一记耳光。要不是马歇尔·艾略特太太告诉我千万不能得罪她，我早就朝她做鬼脸了。"

"听说杰姆·布里兹有次朝她吐了吐舌头，她从此就再不找他父亲看病了，即便是在她丈夫病危的时候也是这样。"杰瑞说道，"不知道布里兹家的人怎么样？"

"我喜欢他们的长相。"菲斯说道。布里兹家的孩子回家的那个下午，牧师家的孩子也正好在车站。"我特别喜欢杰姆的长相。"

"他们说沃尔特是个娘娘腔。"杰瑞说道。

"我不信。"尤娜说道，她认为沃尔特长得很英俊。

"嗯，不管怎样，他会写诗。贝迪·莎士比亚·德鲁告诉我，去年他还获得了老师举办的诗歌比赛奖。贝迪的妈妈倒认为他儿子应该获奖，因为他的名字叫莎士比亚，但贝迪说，管他名字不名字的，他才不会写什么诗来拯救灵魂呢。"

"我想只要他们去上学了，我们就会很快认识的。"菲斯高兴地说道，"我希望这家的姑娘都很友善，我不太喜欢这里的姑娘，大部分都笨头笨脑的。但是布里兹家的那对双胞胎看起来很有意思，我一直以为双胞胎都是长得一模一样的，但她们却一点儿也不像。我猜那个红头发的应该更友善一些。"

"我喜欢他们妈妈的样子。"尤娜低声叹道。尤娜羡慕所有孩子的母亲。当母亲去世的时候，她虽然才六岁，但她还保存着珍贵的记忆——清晨的嬉戏，黄昏时候的拥抱，慈爱的双眼，温柔的声音，还有最最甜美快乐的欢笑声，这些就像珠宝一样珍藏在她心底。

"据说她和其他人不太一样。"杰瑞说道。

"艾略特太太说那是因为她还没长大的缘故。"菲斯说道。

"可她的个儿比艾略特太太还高。"

"是的，是的，但我指的是内在的东西——艾略特太太说布里兹太太内心还是一个小姑娘。"

"我闻到什么了？"卡尔吸了吸鼻子。

现在他们全都闻到了。一股美味的香气从牧师家的小山下面的小山谷飘了过来，在静谧的空气里，这香味是那么诱人。

"闻得我都肚子饿了。"杰瑞说道。

"晚饭我们就只吃了面包和蜜糖，午饭也是一些冷的'同上'。"尤娜抱怨道。

玛莎姨婆习惯每个星期煮上一大锅羊肉，油腻腻地冻起来，然后天天都吃这个。为此，菲斯突然灵机一动，给它起了一个名字叫作"同上"，这个名字已经获得大家的认同。

"我们去看看，这味道是从哪里飘来的。"杰瑞说道。

他们一下子全都跳了起来，像小狗一样离开草坪，翻过围墙，跑下斜坡，顺着弥漫着浓浓香味的地方跑去。几分钟后他们就气喘吁吁地到达了彩虹幽谷的秘密花园，那时布里兹家的孩子正准备祷告，享用晚餐呢。

他们不好意思地停了下来，尤娜真希望他们当时没那么冲动。但是楠·布里兹已经朝他们走了过来，并带着那种友好的微笑。

"我想我知道你们是谁，"她说道，"你们是牧师家的孩子吧？"

菲斯点了点头，她的脸上露出了两个可爱的酒窝，说道："我们闻到了你们这儿的美味，就想看看这是从哪里飘来的。"

"坐下来和我们一起吃吧。"黛说道。

"也许你们自己都不够吃呢。"杰瑞说着，眼馋地看了看那个大盘子。

"我们每个人都可以分到三块，"杰姆说道，"快坐下吧。"

他们就毫不客气地坐在了青苔石头上。这个宴会很愉快，持续了很久。要是楠和黛知道卡尔夹克里有两只小老鼠，她们肯定会吓得尖叫起来，不过尤娜和菲斯对此却很清楚。既然楠和黛现在毫不知情，因此也就相安无事。还有什么地方比在餐桌上更容易让人一见如故呢？当吃完最后一块鳟鱼时，牧师家的孩子和壁炉山庄的孩子已经成了好朋友，就好像他们之前早就认识一样。认识约瑟的人总是彼此相识的。

他们互相分享着彼此的经历。牧师家的孩子听说了安维利的绿山墙，听说了彩虹幽谷的传统，杰姆出生的港口那边的小房子。壁炉山庄的孩子们听说了梅沃特，那是梅瑞狄斯搬到溪谷村来之前住过的地方，他们还听说了尤娜那心爱的独眼玩具娃娃以及菲斯的宠物公鸡。

菲斯之前很生气，因为大家似乎都嘲笑她养了只公鸡当宠物。但布里兹家的孩子们毫无疑问地接受了它，所以她便喜欢上了他们。

"我认为，像亚当这样帅气的公鸡是完全可以像猫啊狗啊一样作为宠物的，"她说，"它要是一只金丝雀，就没人说闲话了。我从它还是一只毛茸茸的小黄鸡就开始养它，它是梅沃特的约翰逊太太送给我的。它的兄弟姐妹都给一只黄鼠狼吃掉了，我于是用约翰逊太太丈夫的名字给它取名为亚当。我不太喜欢洋娃娃或猫，猫看起来鬼鬼祟祟的，而洋娃娃又是没有生命的。"

"谁住在那幢房子里面？"杰瑞问道。

"威斯特小姐住那里——罗斯玛丽和艾伦小姐。"楠回答道，"今年夏天我和黛就要跟着罗斯玛丽上音乐课。"

尤娜羡慕地望着这对双胞胎，啊，要是她也可以上钢琴课该多好啊！那可是她心里的小小梦想，可没人知道这个梦想。

"罗斯玛丽很亲切，她的衣服穿得漂漂亮亮，"黛说，"她的头发是太妃糖的颜色。"她和她母亲一样，对自己的红头发特别在意。

"我也非常喜欢艾伦小姐，"楠说，"每当她去教堂的时候，她总是会给我们一些糖果吃，但是黛很怕她。"

"她的眉毛那么粗黑，她的声音又是那么低沉。"黛说道，"啊，对了，肯尼斯·福德小时候还被她吓哭过呢。妈妈说福德太太第一次带他去教堂的时候，艾伦小姐也刚好在那里，她就坐在他们身后，小肯尼斯一见着她，就哇哇地哭起来，直到福德太太把他抱走才停了下来。"

"谁是福德太太啊？"尤娜不解地问道。

"哦，福德一家不住这里了，他们夏天的时候才会过来。但是今年夏天他们也不会回来了，他们住在港口海岸那边的很远很远的房子里，我爸爸妈妈曾经在那里住过。我希望你能见到帕西丝·福德，她就像画一样美。"

"我听说过福德太太，"菲斯插话道，"贝迪·莎士比亚·德鲁告诉过我她的故事。据说她十四年前嫁给了一个死人，然后他又复活了。"

"胡说，"楠说道，"完全不是这样的。贝迪·莎士比亚从来都不说实话。我知道整个故事，我以后会告诉你们的，但不是现在，因为故事太长了，现在我们该回家了。妈妈不喜欢我们在这样潮湿的夜晚待在外面太久。"

没人在乎牧师家的孩子是否在潮湿中待多长时间。玛莎姨婆已经睡了，牧师正陷入沉思，思考着灵魂的不朽以及肉体的短暂。但是孩子们还是怀着对未来的无限期盼回家去了。

"我认为彩虹幽谷比墓地更加漂亮，"尤娜说道，"我也非常喜欢布里兹家的孩子。能够找到你喜欢的人真是太好了，因为这样的人太少。爸爸上星期在布道的时候说，我们应该爱着每个人，但怎么可能呢？我们怎么可能去爱埃里克·戴维斯太太呢？"

"啊，爸爸只是在布道坛上才那样说，"菲斯轻轻地说，"在别的时候他也不一定真的那么认为。"

除了杰姆，布里兹家的孩子都回壁炉山庄了。杰姆已经悄悄地溜到彩虹幽谷的一个偏僻角落，那里生长着五月花，只要花朵盛开，杰姆就从不会忘记给母亲带一束鲜花回去。

玛丽·范斯的出现

"今天就好像要发生什么事情一样。"菲斯望着水晶般澄澈明净的空气和蓝色的山丘自言自语。她愉快地在海希盖亚·波洛克的长长墓石上跳起了舞。正当菲斯在墓石上手舞足蹈地跳来跳去时，两位坐车经过的老姑娘看到了这一幕，着实吃惊不小。

"那个，"其中一个老姑娘叹道，"就是牧师的女儿。"

"一个鳏夫家的孩子还能指望她怎么样？"另一个老姑娘说道。然后她们俩都摇了摇头。

这是星期六的清晨，梅瑞狄斯家的孩子已经踏着露水出门了。他们喜欢假日，在假日里不需要干任何活儿。就连布里兹家的楠和黛在星期六的早上也要做一些家务活，但牧师家的孩子，只要他们愿意，就可以从清晨一直玩到傍晚，谁也不会阻拦他们。菲斯对此非常满意，但是尤娜却感到有些悲哀，因为他们什么也没有学会。班上其他的姑娘都会做饭、缝衣、编织，只有她一个人傻傻的，什么都不会做。

杰瑞建议他们去探险，因此他们就沿着冷杉林往前走，路上还喊上了正在玩蚂蚁的卡尔。穿过冷杉林，他们就来到了泰勒先生的牧场，那里开满了白色的蒲公英。在牧场的一个偏远角落里还有一座摇摇欲坠的旧谷仓，是泰勒先生放多余的干草用的。牧师家的孩子在谷仓那儿待了几分钟。

"那是什么？"尤娜突然低声问道。

他们全都竖起耳朵仔细倾听，原来从上面的干草棚里发出一阵轻微的沙沙声。孩子们面面相觑。

"上面有东西。"菲斯低声说道。

"我要上去看看究竟是什么。"杰瑞果断地说。

"啊，别去。"尤娜抓住杰瑞的胳膊恳求道。

"我就要去！"

"那我们一起去。"菲斯说道。

四个人爬上摇摇晃晃的梯子，杰瑞和菲斯倒是相当镇定，但尤娜的脸色吓得苍白，卡尔心不在焉地爬着，心里在想着上面会不会有一只蝙蝠。他希望在白天看见一只蝙蝠。

当他们爬到尽头的时候，终于看到那个发出沙沙声的东西了。他们被眼前的这一幕惊得目瞪口呆。

在干草堆里，一个小姑娘蜷缩成一团，好像刚睡醒一样。当她见到他们时，她颤抖着站了起来。阳光从她身后那结着蜘蛛网的窗户照进来，他们看见她瘦骨嶙峋、皮肤黧黑。她拖着两条粗辫子，眼睛长得很奇怪——"眼珠好像是白的一样。"当她略带恐惧的眼神看着他们的时候，牧师家的孩子们就是这样想的。其实她的眼睛是很浅的蓝色，当被深色的虹膜包围着的时候，看起来就像白色的。她光着脚丫，没戴帽子，身上穿了一件褪色的破破烂烂的格子裙，显得又小又短。从她那干巴巴的小脸看不出她到底多少岁了，但从她的身高看，她应该是十二岁左右。

"你是谁？"杰瑞问道。

姑娘四周张望，好像要寻找道路逃跑，然后她绝望地哆嗦着，似乎已经放弃了这个打算。

　　"我叫玛丽·范斯。"她回答道。

　　"你从哪里来的？"杰瑞继续问道。

　　玛丽这次没有回答，反倒一下子跌坐在了干草丛里，然后放声大哭起来。菲斯立即坐在她身旁，把手放在她那瘦削的战抖着的双肩上，轻轻地摇了摇。

　　"别烦她了。"她对杰瑞命令道。然后抱住这个流浪儿，安慰道："别哭了，亲爱的，告诉我们你怎么了。我们是朋友啊。"

　　"我——我——饿了，"玛丽哭道，"从星期四开始，我就没吃过东西了，只是从小溪里喝了点儿水。"

　　牧师家的孩子惊讶地瞪大了眼睛。菲斯跳了起来。

　　"你先跟我们一起到牧师家去吃点儿东西，然后再告诉我们这个故事。"

　　玛丽退缩了。

　　"啊，可我不能去，你爸爸和妈妈会怎么说我呢？而且他们还会把我送回去的。"

　　"我们没有妈妈了，我们爸爸是不会为难你的。玛莎姨婆也不会。走吧，听我的。"菲斯不耐烦地跺了跺脚。难道能任凭这个奇怪的姑娘在他们面前活活饿死吗？

　　玛丽屈服了。她太虚弱了，几乎不能爬下楼梯，但他们还是想办法把她弄下了楼梯，穿过田野，来到了牧师家的厨房。玛莎姨婆正忙着做星期六的午餐，几乎没注意到她。菲斯和尤娜飞快地跑进厨房，在里面搜刮了一些吃的，比如"同上"、面包、黄油、牛奶和一些不太像样的馅饼。玛丽狼吞虎咽地吃了起来，牧师家的孩子就站在旁边看着她吃。杰瑞发现她其实有一张漂亮的嘴巴，她的牙齿也很白，长得非常整齐。菲斯惊讶地发现她那破烂的裙子里面，可能什么也没有穿。尤娜对她充满了同情，卡尔则充满了好奇。其实他们都很好奇。

"现在到墓地去，告诉我们你的故事吧。"菲斯看玛丽已经再也吃不下东西了，便命令道。玛丽现在也没什么不情愿了，食物已经恢复了她快活的天性，而且也解放了她原来就喜欢喋喋不休的舌头。

"如果我告诉你们了，你们可不能告诉你们的爸爸，或是任何其他人。"当她到达了波罗克先生的墓石时，她这样叮嘱道。牧师家的孩子并排坐在墓石上，觉得充满了刺激、神秘和冒险，菲斯之前预言的什么事真的就要发生了。

"我们不会说的。"

"你们发誓？"

"我们发誓。"

"好吧，我是从家里跑出来的，我和威利太太住在港口那边。你认识威利太太吗？"

"不认识。"

"嗯，你们不会想认识她的。她是一个可恶的女人。啊，我是多么恨她啊！她每天让我干活，把我累得半死，可从不让我吃饱。而且她每天还要抽打我，你们看看这里。"

玛丽卷起她那破烂的袖子，露出她那细细的胳膊和骨瘦如柴的手，它们全都青一块、紫一块的。牧师家的孩子不禁打了个寒战，菲斯气得满脸通红，尤娜的蓝眼睛噙满了泪水。

"星期三的晚上她又用棍子狠狠地揍了我一顿，"玛丽若无其事地说，"就因为母牛把牛奶桶给踢翻了，我怎么知道那该死的母牛会踢翻奶桶呢。"

她的听众都深受震动。他们做梦也想不到用这样的字眼，现在这样的字眼竟然从一个姑娘的嘴里冒出来，这实在是太有趣了。因此可以看出玛丽·范斯是个很有趣的人。

"难怪你会逃跑。"菲斯说道。

"不，我不是因为挨打才逃出来的。挨打只是家常便饭，我早已习惯了。我只打算逃跑一个星期，因为我发现威利太太要把她的农场租出去，然后搬到罗布里奇去住。她要把我送给她在夏洛特敦的表妹。我不能接受这个，因为她表妹比她更残忍，去年夏天，威利太太曾把我借给她一个月。我宁可和魔鬼一起住，也不愿意和她一起住。"

孩子们又一次被震动了，但尤娜却露出了怀疑之色。

"所以我就决定逃走。我存有七毛钱，今年春季，我帮约翰·克劳福德太太种土豆，她给我的。威利太太并不知道这事，我种土豆的时候她去看她表妹了。本来我以为可以溜到这里，到溪谷村买张去夏洛特敦的车票，然后在那里找份工作。我是一个勤快的人，我告诉你们，我身上一根懒骨头都没有。所以星期四早上，趁威利太太还没起床，我就悄悄溜了出来。我徒步走了十公里，到达了溪谷村。可当我到达车站的时候，才发现把钱弄丢了，我不知道是怎么丢的，也不知道是在哪里弄丢的。反正钱不见了。我不知道该怎么办，要是再回去的话，威利老太婆肯定会剥掉我的皮。所以我就藏在那个谷仓里了。"

"那你现在打算怎么办呢？"杰瑞问道。

"不知道。我想我只能回去，继续受苦吧。现在我肚子已经填饱了，我可以忍受的。"

但玛丽的眼里却透着几分恐惧，尤娜突然从墓石上滑下来，来到玛丽坐的墓石旁，一把抱住了她。

"别回去了，就和我们住在一起吧。"

"噢，威利太太会找到我的。"玛丽说，"很有可能她已经追过来了。不过只要你们不介意，我就待在这里，直到她找到我为止。我真傻，居然会想到逃跑，就算我逃到天边去，也一样会被她抓回去的。我真的很害怕。"

玛丽的声音在战抖。在众人面前暴露了自己的软弱，让她感到有些难为情。

"过去的四年我过着猪狗不如的生活。"她解释说。

"你和威利太太一起四年了？"

"是的，我八岁的时候她把我从惠普敦的一个孤儿院带回了家。"

"布里兹太太也是从那里来的。"菲斯感叹道。

"我在孤儿院里待了两年。我六岁的时候进去的。我妈妈上吊自杀了，我爸爸也割喉自杀了。"

"天啊，为什么啊？"杰瑞问道。

"酗酒。"玛丽简短地答道。

"那你没亲戚了吗？"

"该死的，我一个也不认识，但也可能会有一两个吧。我的名字就是依据他们的名字取的。我的全名叫着玛丽·玛莎·露西拉·摩尔·波尔·范斯，你们能够记住吗？我的爷爷是个有钱人，但是爸爸把钱全都拿来喝酒了，我妈妈也好不到哪里去。他们也经常打我。老天啊，我真是被打大的。"

玛丽抬起了头。她想牧师家的孩子大概都在同情她，但她不想被同情，她想得到别人的羡慕。她四处张望着，由于不再感到饥饿，她的那双奇怪的眼睛显得神采奕奕。她要这些孩子知道她是一个多么厉害的人。

"我什么病都生过。"她自豪地说着，"没几个孩子能像我一样生了这么多病还能活下来。我得过猩红热、麻疹、水痘、腮腺炎、百日咳和肺炎。"

"你得过什么致命的病没有？"尤娜问道。

"我不知道。"玛丽迟疑地答道。

"当然你没得过，"杰瑞嘲笑道，"要不然，你早就死了。"

"嗯，是的，我确实没有死过。"玛丽说道，"但是我有一次差点儿就死了，他们都以为我死了，而且都准备埋葬我了，可是我又活了过来。"

"半死不活是什么感觉？"杰瑞好奇地问道。

"什么感觉也没有。我昏迷了好几天，那是我得肺炎的那次。威利太太不愿意请大夫，她说她不愿意为一个小女佣花那么多钱。多亏了老克丽丝蒂娜·麦克阿利斯特阿姨一直照顾我，才把我救了回米。叮是有时候我宁愿死了算了，这样或许还更好呢。"

"如果你能去天堂，那还不错。"菲斯低声说道。

"除了天堂，还能去什么地方？"玛丽不解地问。

"还有地狱啊，你知道的。"尤娜低声说道，她抱着玛丽，想借以减轻玛丽的痛苦。

"地狱，那是什么？"

"当然是魔鬼居住的地方了。"杰瑞说道，"你听说过魔鬼，你刚才还提到呢。"

"哦，是的，但我不知道魔鬼住在哪里，我还以为它们只是飘浮着的呢。威利先生活着的时候也提到过地狱，他总是说让人们见鬼去。我还以为那是新不伦瑞克的什么地方，他自己就是从那里来的。"

"地狱是一个恐怖的地方，"菲斯说道，她总是兴致勃勃地说着那些恐怖的事情，"坏人死后就去地狱，还要被火一直不停地烧啊烧。"

"谁告诉你的？"玛丽好奇地问道。

"《圣经》里这样写的。梅沃特的依沙克·克罗瑟先生在教堂里也是这样告诉我们的。他是教堂的一位长老，是教堂的权威，他无所不知。但你不用担心，如果你是好人，你就会去天堂，如果你是坏人，恐怕就要下地狱了。"

"我不会的。"玛丽肯定地说道，"不管我有多么坏，我都不想被火烧。我有一次不小心捡起一根烧红的铁棒，可把我烫死了。那要怎么做才算是好人呢？"

"你必须去教堂做礼拜，读《圣经》，每晚祷告，给教堂捐献。"尤娜说道。

"听起来要求还挺多的，"玛丽说道，"还有吗？"

"你还必须请求上帝宽恕你所犯下的罪行。"

"但是我从没犯过罪啊。"玛丽说，"罪是什么？"

"啊，玛丽，你肯定犯过的，每个人都会犯错。你从来没撒过谎吗？"

"经常撒谎。"玛丽说。

"那可是很可怕的罪啊。"尤娜严肃地说。

"你是不是要告诉我，"玛丽问道，"我因为偶尔撒谎就要下地狱吗？为什么啊，我不得不说谎啊。如果我不说谎，威利先生会打断我的每根骨头。我告诉你们，撒谎可救了我好多次呢。"

尤娜叹了叹气。这个问题太复杂了，想到那残忍的鞭打，她不禁战栗起来。要是她，她也会撒谎的。她紧紧地握着玛丽那僵硬的小手。

"你只有这件衣服吗？"菲斯问道。她那活泼的性格不想在一个难缠的问题上纠缠半天。

"我特意选了这样一件破旧的裙子，"玛丽红着脸说道，"威利太太给我买了一些衣服，但是我比较诚实，如果我要走的话，我是不会带走任何属于她的值钱的东西。我长大后，要给自己做一件蓝色的缎子裙。你们的衣服看起来也不是很漂亮啊，我还以为牧师家的孩子都穿得很漂亮呢。"

看来玛丽脾气还不小，在某些问题上还是很敏感。但是她却有一种奇特的、野性的魅力，这种魅力深深地吸引了这帮孩子。当天下午，大家带她到了彩虹幽谷，还把她介绍给布里兹家的孩子们，说她是"从港口那边来拜访他们的一位朋友"。布里兹家的孩子们二话不说就接受了她，或许因为她外表看起来比较让人容易接受吧。晚饭后，玛莎姨婆在忙着收拾，梅瑞狄斯先生神思恍惚，正在琢磨礼拜天的布道，菲斯迅速给玛丽打扮好，给她穿上了自己的裙子，再把辫子梳好，现在的玛丽看起来无可挑剔。而且她还是一位不错的玩伴，因为她知道几样新的刺激游戏，她的谈话也并不枯燥乏味。事实上，她的有些措辞让楠和黛都极为惊讶，她们不知道妈妈会怎么看待玛丽，但她们知道苏珊会怎么评价她。不过，既然她是牧师家的客人，那应该也没什么问题。

该睡觉了，问题是玛丽该和谁一起睡呢。

"我们不能让她睡客房。"菲斯为难地对尤娜说。

"我头上又没有虱子。"玛丽很伤心地说道。

"我们不是那个意思。"菲斯说，"客房里太凌乱了，而且老鼠还在羽毛床垫上咬出了一个大洞，并在那里做了一个窝。我们本来不知道这件事的，可上个星期玛莎姨婆让从夏洛特教来的费什牧师在那里睡的时候，他发现了。然后爸爸就只好让出他的房间，他自己跑到书房去睡了。玛莎姨婆还没有时间修理客房的那张床，所以我们才不让你去。不管你的头有多干净，都不能去那里睡，而且我们的房间又这么小，床也很小，你跟我们一起睡不下。"

"如果你们肯借我一条被子的话，我还可以回到那个仓库的草堆里去睡。"玛丽满不在乎地说，"昨晚没有被子，差点儿把我冻死了。"

"啊，不行，你不能那样做。"尤娜说，"菲斯，我想到办法了。你知道的，阁楼上有个小折叠床，上面还有张旧床垫，那是上个牧师留下来的。我们到客房去拿床单，然后在那里为玛丽铺床，怎么样？你不介意在阁楼里睡吧？阁楼就在我们房间的正上方。"

"在哪里都一样。上帝啊，我还没在像样的地方睡过。在威利太太家，我睡的是厨房上面那个小房间。夏天雨水滴下来，冬天雪花飘进来，我的床就是在地板上铺上一层干草，所以我根本不会对睡的地方挑三拣四的。"

牧师家的阁楼是一个狭长、低矮、阴暗的房间，一半是山形墙的屋顶。床上为玛丽铺着的是干净的床单和印花被子，被子上面还有着西西莉亚·梅瑞狄斯曾经引以为傲的美丽刺绣，这被子经过玛莎姨婆随意的洗涤，居然还没有变形。道过晚安，牧师一家便变得寂静无声。尤娜刚刚睡着，突然被阁楼上传来的声音给惊醒了，她立刻坐了起来。

"听，菲斯，玛丽在哭。"她悄悄地说。菲斯已经睡着了，没有回答。尤娜穿着她的白色小睡袍，蹑手蹑脚地爬上阁楼的楼梯，楼上的地板吱吱嘎嘎地响着。当她来到阁楼时，发现月光笼罩着整个房间，一切都是静悄悄的，折叠床上的被子中央隆起了一块。

"玛丽。"尤娜低声叫道。

没人回答。

尤娜爬到床边，拉了拉被子，说道："玛丽，我知道你在哭，我都听到了。你感到孤独了吗？"

玛丽突然把头伸出来，却没有说话。

"让我进来吧，我好冷啊。"尤娜在冷风中瑟瑟发抖，因为阁楼的窗户是开着的，北部海岸的夜风直驱而入。

玛丽往里面挪了挪身子，尤娜钻进了被窝。

"现在你不孤独了吧，我们不应该第一个晚上就让你一个人在这里睡。"

"我没有感到孤独。"玛丽吸了吸鼻子说道。

"那你为什么哭啊？"

"哦，刚才我一个人的时候，想起了一些事情。我在想我应该回到威利太太那里去，还想编个什么谎言来解释为什么要逃走，还……还有……还有因为撒谎要下地狱，所以我越想越害怕。"

"啊，玛丽。"尤娜难过地说，"如果你不知道撒谎是错误而撒了谎，我想上帝不会因此而让你下地狱的。上帝很善良很亲切。当然了，既然现在你知道撒谎不对，你以后就不要再撒谎了。"

"要是我不撒谎，那我怎么办呢？"玛丽哭着说，"你不理解的，你不了解整个事情。你有家，有好心的爸爸，虽然在我看来他一半的心思都不在家里。但无论如何，他不会打你们，而且你们也不缺吃穿，虽然那位姨婆不大会做饭菜，可这也是我记忆中唯一吃饱的一天。除了在孤儿院的那两年，我这辈子几乎天天都要挨打。在孤儿院的时候，他们虽然不打我，可那个女监工脾气很暴躁，她好像随时准备把我们的脑袋拧掉。至于威利太太，简直是个恐怖的魔鬼，所以我一想到要回那个地方，就吓得直哆嗦。"

"或许你不用回去，或许我们可以想个办法。让我们祈求上帝，求他不要让你再回到威利太太那里去。你会祷告吗，玛丽？"

"嗯，是的，我会祷告，在睡觉之前我就经常祷告。"玛丽冷冷地说道，"可我从未想过要向他祈祷什么。这个世界上没人在乎我，我觉得上帝也一样。他可能会比较关照你，因为你是牧师的女儿。"

"玛丽，他也一样会关注你的。我敢肯定。"尤娜说，"这和你是谁的女儿无关。向他祈祷吧，我也一样会这么做。"

"好吧。"玛丽说，"即使没有好处，也应该没什么坏处吧。你要是和我一样了解威利太太的话，我想上帝也不会愿意和她打交道的。不管怎样，我不会再为此烦恼了。比起昨晚那个老鼠成群的旧谷仓，今晚已经相当不错了。看看四风港的那灯塔，多漂亮啊！"

"这是我们家唯一可以观看风景的窗户，我也很喜欢看灯塔。"尤娜说道。

"是吗？我也喜欢。我在威利家的阁楼上也可以看见，那是住在那里的唯一好处。当我被打得遍体鳞伤的时候，我就躺在那里看着灯塔，忘记身上的伤痛。我想象着远方航行的船只，多么希望我能随着这些船一起航行到很远很远的地方，再也不回来。冬天的晚上，当我看不见灯塔的时候，我就感到特别孤单。对了，尤娜，为什么你们会对一个陌生人如此好呢？"

"因为这么做是对的。《圣经》告诉我们要善待每一个人。"

"是吗？嗯，我想大多数人都没有注意到这句话。我真的不记得以前有谁对我这么好过。对了，你看墙壁上的那些影子多么漂亮，就像一群小鸟在跳舞。而且，尤娜，我很喜欢你们，也很喜欢布里兹家的那些孩子，还有黛，但我不喜欢楠，她很骄傲。"

"啊，不，玛丽，她一点儿也不骄傲，"尤娜急切地说，"真的一点儿也不。"

"别告诉我，她把头抬那么高还不算骄傲，我可不喜欢她。"

"我们都很喜欢她。"

"嗯，我想，比起我，你更喜欢她吧？"玛丽忌妒地说，"是不是？"

"可是，玛丽，我和她认识都几个星期了，我们认识才几个小时啊。"尤娜吞吞吐吐地说。

"那么说来，你确实是更喜欢她了？"玛丽生气地说道，"好吧！你爱喜欢谁就喜欢谁吧。我才不在乎呢。没有你我也可以活。"

她气呼呼地转过身子，把脸贴着墙壁不出声了。

"哎呀，玛丽，"尤娜轻轻地拍了拍玛丽那倔强的肩膀，"你不要这么说嘛，我也很喜欢你的，你这样说让我很难过。"

玛丽没有回答她，尤娜哭了起来。玛丽突然转过身来，抱住尤娜。

"好了。"她带命令的语气说道，"别再把我的话放在心上。我那样说真是和魔鬼一样坏。我真应该被活活剥皮，你对我真的很好。我应该明白你应该更喜欢任何其他人的。我活该被打。好了，你要是再哭，我就要穿着这睡衣到港口去跳海自杀了。"

这个可怕的威胁马上制止了尤娜的泪水，玛丽用枕巾角拭去了她脸上的泪水。宽恕者和被宽恕者又和睦相处了。她们一起看了会儿月光投射在墙壁上的葡萄影子，然后就一起睡着了。

而楼下的书房里，约翰·梅瑞狄斯还在全神贯注地踱来踱去，两眼炯炯有神，他已经想好了明天的布道。但他却不知道，就在他自己家的屋顶下，寄居着一个孤独的小灵魂，正被黑暗、无助和恐惧所包围，苦苦地与一个冷漠的大世界抗争着。

玛丽留在牧师家

第二天，牧师家的孩子带着玛丽·范斯一起去了教堂。刚开始玛丽还不肯去。

"难道你们在威利家就不去教堂了吗？"尤娜问。

"怎么会呢？虽然威利太太从来都懒得去教堂，但是我如果脱得了身都会去的。能有个地方让我安静地坐下来歇一歇那是多么幸福啊。但是我不能穿着这样的破衣服去教堂。"

菲斯拿出她的第二好衣服给玛丽穿上，这个难题迎刃而解。

"有点儿褪色了，而且两个纽扣也掉了，但我想还可以穿。"

"我很快就可以把纽扣缝好的。"玛丽说。

"今天是礼拜天，千万别缝啊。"尤娜无比震惊地说道。

"当然可以了，有什么不可以啊。你们不必大惊小怪，只需把针线给我就可以了。"

穿着菲斯的靴子，戴着西西莉亚·梅瑞狄斯留下来的黑色天鹅绒帽子，玛丽就这样去了教堂。她的举止十分得体，虽然也有些人奇怪和牧师家小孩坐在一起的这个穿着寒酸的小姑娘是谁，但她终究没有引起太多人的注意。她端正地坐着，聚精会神地听牧师布道，并且积极地和唱诗班的人一起歌唱，她的声音清脆嘹亮。

"他的血能使紫罗兰变得洁净①……"玛丽兴奋地高声唱着赞美诗，却不知道自己已经唱错了。坐在前排的吉米·米尔格里夫太太惊讶地转过头来，上上下下打量着玛丽。玛丽也毫不示弱，冲着米尔格里夫太太吐了吐舌头，这一举动让旁边的尤娜大惊失色。

"我就是忍不住，"她走出教堂时说，"她那样盯着我看干吗？真没礼貌！我真庆幸当时向她吐了舌头。我还真希望能把舌头吐得更长一点儿呢。对了，我还看见港口那边的罗勃·麦克阿利斯特了。不知道他会不会把看见我的事告诉威利太太。"

然而，接下来的几天，威利太太并没有出现，孩子们差不多忘记了这件事，玛丽俨然已经成为牧师家的一分子。但是她就是不愿意和其他孩子一起去上学。

当菲斯试图说服她的时候，玛丽说："不，我已经完成了我的学业。在来威利太太家之前，我就上过四年学了，而且该学的东西我都学过了。我讨厌每次被老师骂，因为我总是要一遍又一遍地向他解释，'我没有完成家庭作业，因为我根本没有时间去做家庭作业。'"

"我们的老师不会骂你的，他很善良。"菲斯说。

"嗯，我还是不会去的，我会写会读还会算，这就足够了。你们去吧，我就待在家里，你们放心我是不会偷任何东西的，我发誓我是很诚实的。"

当其他孩子上学的时候，玛丽就动手将牧师家里里外外进行了彻底的大扫除。没过几天，屋子里就焕然一新。地板打扫干净了，家具上的灰尘擦拭了，东西都摆放整齐了。而且她修好了客

---

① 应该是"他的血能使最污浊的变得洁净"。

房的床垫，缝好了掉了的纽扣，补好了破衣服。她甚至还带着扫帚和簸箕潜入书房，并命令梅瑞狄斯先生出去，因为她要彻底将书房打扫干净。但是有一个地方她却始终没法进去打扫。玛莎姨婆虽然半聋半瞎而且还糊里糊涂，但她坚决不让别人侵犯她的领地，无论玛丽说什么也不行。

"我告诉你们，如果玛莎姨婆肯让我来做饭的话，我保证让你们吃得更好。"玛丽愤愤然地说，"那样，你们就不会老是吃'同上'的食物，也不会吃到半生不熟的麦片粥和蓝色的牛奶。她拿那些乳酪干什么用？"

"喂猫啊，她养了一只猫。"菲斯说道。

"我讨厌猫。"玛丽怨恨地宣称，"我不知道猫养来有什么用。它们可是魔鬼的走狗，你们看它那眼睛就知道。好吧，玛莎姨婆愿意养就养吧。我只是讨厌看见粮食这么被糟蹋。"

放学后，他们经常去彩虹幽谷玩。玛丽不愿意在墓地里玩耍，因为她说她怕鬼。

"根本就没有鬼。"杰姆·布里兹说道。

"哦，真没有吗？"

"那你看见过吗？"

"成百上千个呢。"玛丽不假思索地说。

"它们都长得啥样？"卡尔问。

"很凶恶。穿着一身白衣服，手和头都是骷髅。"玛丽说。

"那你当时怎么办呢？"尤娜问。

"没命地跑啊。"玛丽说。然后她看到沃尔特的眼睛，脸一下就红了。玛丽似乎很敬畏沃尔特。她告诉牧师家的孩子说，沃尔特的眼睛让她感到紧张。

"当我看到他的眼睛时，我就想起了我说过的所有谎话。"她说，"我真希望我没讲过那些谎话。"

玛丽最喜欢杰姆。当他带她到壁炉山庄的阁楼，给她看吉姆·博伊德船长留给他的那些古董的时候，玛丽可乐坏了，她对那些古董啧啧称赞。由于她对甲壳虫和蚂蚁也有着浓厚的兴趣，她和卡尔也成了好朋友。不可否认，她和壁炉山庄里的男孩们相处得更好一些。她和楠·布里兹认识的第二天就吵得不可开交。

"你母亲是个巫婆。"她轻蔑地告诉楠，"红头发的女人总是巫婆。"然后她又和菲斯因为公鸡的问题吵了起来。玛丽说它的尾巴太短了，然后菲斯愤怒地反驳说上帝知道公鸡的尾巴该有多长。为了这事，她们一天都没说话。玛丽非常喜欢尤娜的独眼洋娃娃，可当尤娜拿出她的另外一件宝贝——一张抱着婴儿的天使图片时，玛丽却说那个天使和她见过的鬼一样难看。尤娜哭着跑出了房间，但是玛丽后来又找到她，后悔地抱着她，恳请她的原谅。没有人会生玛丽的气太长时间，甚至连楠也不例外。不过她至今也不能原谅玛丽辱骂她的母亲。玛丽十分讨人喜欢，自从她来了后，彩虹幽谷就更好玩了。玛丽会讲恐怖的鬼故事，而且还学会了吹口琴，甚至很快比杰姆吹得还要好。

"只要我用心去学，没什么东西是学不好的。"她宣称。她从不放过任何一个吹嘘自己的机会。她教大家如何用那棵长生不老树的叶子做"炸弹"，她还带着他们在墓地沟渠里寻找可口的酸酸草。最令人吃惊的是，她还能用她那纤细的手指在墙上做出许多活灵活现的影子来。他们在彩虹幽谷玩的时候，玛丽总能找到最大的树胶，吹出最大的泡泡。他们对她又爱又恨，但不管怎么说，他们都觉得她很有趣，所以就心甘情愿听从她的指挥。玛丽虽然才来两个星期，但他们却希望她能一直和他们在一起。

"威利太太居然没有来找我，真是太奇怪了。"玛丽说，"我真是想不明白。"

"或许她懒得去找你。"尤娜说，"这样你就可以和我们在一起了。"

"可这个房子容不下我和玛莎姨婆两个人。"玛丽闷闷不乐地说，"能吃饱喝足是不错——我以前总是梦想有吃的——但是我现在特别想自己动手煮东西吃。而且威利太太很可能马上就要来了，她迟早要把我抓回去的。白天的时候我不会去想这个问题，可说真的，到了晚上，一个人在阁楼的时候，我就会翻来覆去想这个问题，有时候我真的希望她来把我抓回去好了。自从我逃跑后，每天都过得提心吊胆的，还不如狠狠地挨一顿鞭子呢。你们当中有谁挨过鞭子吗？"

"当然没有了。"菲斯生气地说道，"爸爸从来不打我们。"

"你们真不知你们有多幸福啊。"玛丽叹了叹气，有些羡慕，又有些骄傲地说，"你们不知道我经历了什么，我想布里兹家的孩子也应该没有被抽打过吧。"

"我想，应该没有吧。不过我想他们小时候应该被打过屁股。"

"打屁股算得了什么。"玛丽轻蔑地说，"要是我家人打我屁股，我还以为他们是在疼爱我呢。嗯，真是一个不公平的世界啊！我并不介意挨了打，可是我挨的该死的打也太多了！"

"玛丽，不要说那个字眼了。"尤娜严厉地说，"你答应过我们，不再说这个的。"

"好吧。"玛丽答道，"要是你们明白我的话，我也就不必再唠唠叨叨的了。但你们应该清楚，自从我到了这个地方，我就再没说过谎。"

"那你说的那些鬼又算什么呢？"菲斯问道。

玛丽的脸一下子就红了。

"那不一样。"她辩解道，"我知道你们不会相信的，我也没指望你们相信，但是我真的见过，有一天晚上我在港口那边的一块墓地走的时候，我不知道那到底是鬼还是桑迪·克劳福德家的那匹老白马，但它看起来特别奇怪，我吓得撒腿就跑，绝对没人能追得上我。"

一个关于鱼的小插曲

里拉·布里兹带着高傲的、或许还有点儿装模作样的神情，小心翼翼地提着一小篮子草莓，穿过溪谷村的街道，朝牧师家走去。草莓是苏珊在壁炉山庄一个阳光充足的园子里栽种的，味道十分甘甜。出发前，苏珊嘱咐里拉要把草莓篮子亲手交给玛莎姨婆或是梅瑞狄斯先生。里拉十分自豪地接受了这个光荣任务，心里美滋滋的。

苏珊把里拉精心打扮了一番，她穿着白色的印花裙子，系上蓝色的腰带，穿着带珠子的凉鞋。她那长长的鬈发如滑丝一般披在肩上，出于对牧师家的尊重，苏珊还特地让里拉戴上她最好的帽子。这顶帽子看起来有些夸张，与其说是安妮的品位，倒不如说是苏珊的选择。不过，里拉倒是非常喜欢这顶丝质的带花边的帽子。或许是她戴上这顶帽子太得意了，因此她昂首阔步、神采奕奕地到达了牧师家。不知道是她的这副神态，还是她的帽子，也或者两者都有，触痛了坐在门前草坪上的玛丽的某根神经。那会儿她被玛莎姨婆请出了厨房，因为玛莎姨婆不想让她削土豆。

"好吧。你一定会端着带皮的土豆到餐桌上来，而且还是像往常那样半生不熟的！哎呀，这端到你的葬礼上去吃还差不多。"玛丽说着走出了房间，并把门砰的一声关上了。这声音是那么大，就连玛莎姨婆都听见了，书房里的梅瑞狄斯先生也听到了，他还以为是哪儿发生了小地震呢，然后他又埋头准备他的布道了。

玛丽走出大门，看到眼前这个穿得花枝招展的壁炉山庄的小姑娘。

"你拿着什么东西？"她说着，伸手要去接篮子。

里拉不肯给她。"这系（是）给梅瑞狄斯牧西（师）的。"她口齿不清地说。

"给我吧，我给他。"玛丽说。

"不，苏香（珊）说了，只能给玛莎姨婆或梅瑞狄斯牧西（师），其他人都不能给。"里拉坚持。

玛丽酸溜溜地白了她一眼。

"你真以为你是谁啊？穿得像个洋娃娃一样！看看我，我的裙子很破，可我不在乎。我宁愿穿得破破烂烂，也不要看起来像个洋娃娃。回家去让他们把你放到橱窗里吧。看我呀——看我呀——看我呀！"

玛丽在不知所措的里拉面前手舞足蹈了一番，还掀起她的破裙子绕着里拉转圈子。不停地摆弄自己那破旧的裙子，大声嚷道："看我呀——看我呀。"把小里拉弄得晕头转向，试图从门缝儿溜进去，可再一次被玛丽逮住了。

"把篮子给我！"玛丽给里拉做了一个鬼脸，她可擅长做鬼脸了，她能把脸扭曲到不可思议的程度，再配上她那诡异的白眼，绝对让人见了毛骨悚然。

"就不给。"里拉虽然害怕，但还是不肯松手，"放开我，玛丽·范西（斯）。"

玛丽松开了手，张望了一下四周，发现门前有个小鱼架，里面晒着一些大鳕鱼。这是梅瑞狄斯先生的一个教区居民送来的，他可能打算把这当作支付牧师的薪水。梅瑞狄斯先生向他表示了感谢，随后便把这事忘得一干二净，要不是玛丽发现了，并做一个晒鱼架来晒这些鱼，恐怕它们早就坏了。

玛丽突然想到了一个办法。她冲到鱼架旁，抓起最大的一条鱼，那鱼差不多有她人那么大。她怪叫了一声，便挥舞着手中的鱼，向里拉猛扑过去。里拉吓得魂飞魄散，她完全不能想象自己会被一条鳕鱼追打。她尖叫一声，丢下篮子，没命似的跑走了。可怜苏珊精心挑选的草莓，全都滚落在地上，有些还直接被逃跑者和追赶者踩了个稀烂，鲜红的果汁顺着地面直流淌。玛丽那时已经忘了篮子和草莓，她只沉浸在追赶里拉的乐趣中。她决定要教训教训她，别以为有漂亮衣服穿就了不起。

里拉飞快地跑下小山，沿着街道没命地跑着。恐惧似乎给她插上了一对翅膀，使得她一直跑在玛丽的前面。玛丽一边跑着，一边笑着，所以影响了速度，但是她还是有办法一边挥动着鳕鱼一边发出可怕的叫声。她们沿着街道奔跑，大家都跑到窗边和门口看着她们。玛丽因为自己引来了大家的注意，变得越发兴奋。里拉跑得上气不接下气，而且十分紧张害怕。她感觉自己再也跑不动了，那个可怕的姑娘马上就要把鳕鱼扔到她的身上。可怜的里拉跑得精疲力竭，在街道的尽头摔了一跤，掉进了泥坑里。就在这时，科尼莉娅小姐正好在卡特·弗拉格的商店里。

科尼莉娅小姐一下就看明白了整个情形，玛丽也明白了自己的处境。她停止了她的疯狂举动，在科尼莉娅小姐还没来得及开口前，一溜烟就跑开了。科尼莉娅小姐生气地紧抿着嘴，她知道现在去追她也没有用，只好扶起可怜巴巴、呜呜哭着、蓬头垢面的里拉，并把她带回家。里拉的心都碎了，她的漂亮裙子、鞋子和帽子全都给弄脏，而且她六岁的自尊心深深地受挫了。

苏珊听科尼莉娅小姐讲完那个玛丽·范斯的古怪行为，气得咬牙切齿。

"啊，这个野丫头，这个野丫头。"苏珊带里拉去洗澡时，还气急败坏地说。

"亲爱的安妮，这件事确实太过分了。"科尼莉娅小姐坚决地说道，"不能再这样放任不管了。待在牧师家的那个小孩究竟是谁呢，她是从什么地方来的？这事一定得搞清楚。"

"我听说，她是从港口那边过来拜访牧师家的一个小姑娘。"安妮说。安妮倒是觉得拿着鳕鱼追赶有点儿喜剧，而且私底下觉得里拉有些爱慕虚荣，让她挨点教训未尝不可。

"我认识港口那边到这儿来做礼拜的所有家庭里的小孩，但这个孩子都不属于任何一个家庭啊。"科尼莉娅说道，"她去教堂时，还穿着菲斯·梅瑞狄斯的旧衣服，这倒奇怪得很，既然没人管这事，那我就得去调查一下。我相信前几天沃伦·米德家云杉林里的事，肯定也是她在捣鬼。你知道吗，他们把沃伦的母亲吓得病倒了。"

"没听说啊，我知道吉尔伯特被请去看病了，但不知道究竟出了什么事。"

"哦，你知道她的心脏不好。上个星期有一天，当她一个人坐在阳台上的时候，突然听到云杉林里传来可怕的尖叫声，有人喊'杀人啦''快救命啊'。亲爱的安妮啊，她的心脏病一下就发作了。沃伦在谷仓里也听到了这些叫声，然后亲自去云杉林中看个究竟，结果发现牧师家的孩子们正坐在一棵倒下来的树干上，扯破喉咙在喊'杀人啦'。孩子们告诉他，他们只是在玩游戏，而且他们没想到会有人听见。沃伦回到家，发现自己的母亲已经晕倒在了阳台上。"

苏珊那时已经回来了，她对这件事简直嗤之以鼻。

"我想她根本就没有晕倒，马歇尔·艾略特太太，虽然你要把这两件事情联系起来。我已经听说她的心脏不好有四十年了，她二十岁的时候就有了心脏病。她喜欢大惊小怪的，而且绝不会放过任何一个可以请医生的机会。"

"吉尔伯特也不觉得她的情况有多严重。"安妮说道。

"啊，那样好。"科尼莉娅小姐说道，"但是这件事情已经被闹得沸沸扬扬，而且更糟糕的是米德是卫理公会教徒。那些孩子该怎么办啊？有时候，一想到他们，我就睡不好觉。亲爱的安妮，我真的怀疑他们是否吃饱了饭，因为他们的父亲总是那么心不在焉，他几乎不知道他还有一个胃，而且那个懒女人又从来不肯做顿像样的饭菜。这些孩子们就知道瞎跑，现在学校即将放假，他们只会变得更糟糕。"

"他们确实玩得很开心。"安妮想起了孩子们告诉她的一些关于彩虹幽谷里发生的事情，不禁笑了，"而且他们都很勇敢、率直、忠诚和诚实。"

"那倒是真的，亲爱的安妮。比起上个牧师家的那两个口无遮拦的孩子给教堂带来的麻烦，这些孩子确实要规矩得多。"

"所以不管怎么说，亲爱的医生太太，他们都还算是好孩子。"苏珊说，"他们身上只是有一些原始的东西，而且我不得不承认，要是他们没有那些原始的东西，就会很讨人喜爱。可我实在觉得他们不该到墓地去玩，这一点我要保留我的意见。"

"但他们在那里玩的时候倒是很安静。"安妮说道，"他们不像在其他地方那样大喊大叫。有时候从彩虹幽谷里传来的叫声的确让人胆战心惊！而且我想那也少不了我家孩子的份儿！昨天晚上他们就在玩战斗游戏，杰姆告诉我，因为他们没有大炮，就只有大声吼叫。杰姆现在正处于向往成为一名军人的年龄阶段。"

"啊，天啊，他可不要当军人。"科尼莉娅小姐说，"我从不赞成男孩子去南非打仗。仗已经打完了，而且不会再有战争了，我觉得世界变得更加理智了。至于梅瑞狄斯，我还是那句话，他要是有个妻子，一切就好了。"

"听说，上星期他去了两趟柯克家。"苏珊说道。

"嗯，"科尼莉娅小姐若有所思地说，"按理说，我不太赞成牧师在他的教区结婚，这只会影响他的事业。不过在这件事情上，我觉得没什么问题，因为大家都是那么喜欢伊丽莎白·柯克小姐，而且根本没有人愿意去当那几个孩子的后妈，即便希尔家的姑娘也都打退堂鼓。要是梅瑞狄斯先生愿意，伊丽莎白会成为一个好妻子的。但问题是，亲爱的安妮，她长得太普通了。虽然梅瑞狄斯先生总是心不在焉，但他毕竟是个男人，同样希望有一个漂亮妻子啊。在这个问题上，他和其他人绝无两样，相信我。"

"伊丽莎白·柯克确实不错，但是听说有人差点儿在她母亲的客房里冻死，亲爱的医生太太。"苏珊说，"我在想我是否该说这样一句话，说到梅瑞狄斯先生的婚姻，其实伊丽莎白的表妹萨拉更适合做他的妻子，她就住在港口那边。"

"什么？萨拉·柯克可是个卫理公会教徒啊。"科尼莉娅小姐着急地说，就好像苏珊建议梅瑞狄斯先生娶一位野蛮人一样。

"她要是和梅瑞狄斯先生结婚了，就可以改信长老会教的。"苏珊说。

科尼莉娅小姐摇了摇头。对她来说，一旦成了卫理公会教徒，就永远是卫理公会教徒。

"萨拉·柯克绝对不可能。"然后她又肯定地说，"还有艾米丽·德鲁也不可能——虽然德鲁家一直在撮合这件事，他们总是提到可怜的艾米丽，可人家牧师根本没那个想法。"

"艾米丽·德鲁完全不可能，她太笨拙了。"苏珊说，"亲爱的医生太太，她就是那种在大热天往你床上放暖瓶，然后还期望得到你感激的那种女人，你要是不感激她，她就会觉得很受伤害。她母亲也是个很糟糕的管家。你听说过她家的抹布吗？有一天她丢了抹布，然后第二天又找到了，是的，她找到了，那可是在鹅的饲料栏处找到的，抹布上还沾满了饲料。你觉得那样的女人也能成为牧师的岳母吗？我觉得不行。当然，我还是最好去给杰姆把裤子缝好，不要在这里说邻居的闲话了。昨晚杰姆在彩虹幽谷里把裤子都给撕破了。"

"沃尔特在哪里？"安妮问道。

"我想应该在楼上吧。亲爱的医生太太，他在阁楼上写什么东西呢。这学期他的数学可没考好啊，这是老师告诉我的。我可知道这是为什么，他把做算术的时间都花在写什么诗上去了。亲爱的医生太太，我想他可能要成为一个诗人。"

"他现在就已经是诗人了，苏珊。"

"啊，亲爱的医生太太，你说得可真轻松啊。如果四肢健全，写诗可不是最好的出路。我有一个叔叔，也是诗人，可最后却沦落成了流浪汉。他可把我们家的脸丢尽了。"

"你似乎不太喜欢诗人啊，苏珊。"安妮笑道。

"谁会喜欢啊？亲爱的医生太太。"苏珊吃惊地问道。

"那弥尔顿和莎士比亚呢？还有写《圣经》的那些诗人呢？"

"我听说弥尔顿和他的妻子可不大合得来，而且莎士比亚在他那个时代也不太受人尊重。至于《圣经》，古时候和现在不一样，但是我从不喜欢大卫王。说真的，我真不知道写诗有什么好，啊，我真要祈祷这个男孩不要朝那方面发展。如果他坚持那样，我只好看看鱼肝油能不能起点儿作用了。"

科尼莉娅小姐出面

　　科尼莉娅小姐第二天便到了牧师家。玛丽是个很识时务的孩子，立刻把整个事情的来龙去脉一五一十交代出来，既没有怨天尤人，也没有添油加醋，给科尼莉娅小姐留下了良好的印象。不过，科尼莉娅小姐认为自己有责任严格要求每一个孩子。

　　"你认为你昨天那么追赶、侮辱一个小朋友对吗？他们对你那么友善，你就是这样来报答他们吗？"她严肃地问道。

　　"嗯，都是我不好。"玛丽承认道，"我不知道我是怎么了，那个该死的鳕鱼似乎拿起来太顺手了，但是我真的很抱歉——我昨晚睡觉后都哭了，我真的后悔得哭了，不信你问尤娜。我不愿告诉她我为什么哭，因为我不好意思说，然后她也哭了，她以为别人伤害了我的感情，天啊，别人哪会伤害我的什么感情啊。我烦恼的是为什么威利太太还不来把我抓回去，这可不像她的做法啊。"

　　科尼莉娅小姐自己也觉得奇怪，但她还是严厉地告诫玛丽，不要再把牧师家的鳕鱼拿来玩，然后就去壁炉山庄报告事情的前因后果了。

　　"要是那孩子所说的都是真的，这件事情就应该好好调查一下。"她说，"我知道一些关于威利太太的事情，相信我，马歇尔住在港口那边的时候，和她还挺熟的。去年夏天我还听他说起过她和她领养的那个姑娘，这应该就是玛丽。他说别人告诉他，威利太太每天都把这姑娘累得半死不活，可从不给她吃饱穿暖。亲爱的安妮，你知道的，我从来不喜欢插手港口那边的事。但我明天就要派马歇尔去那边调查一下，这到底是怎么一回事，然后我会向牧师汇报的。你知道吗，亲爱的安妮，梅瑞狄斯家的孩子是在詹姆斯·泰勒家的旧谷仓的干草堆里发现玛丽的，她在那里度过了一个寒冷、饥饿、孤单的夜晚，而我们吃饱喝足后就舒舒服服地睡在床上。"

"可怜的小东西。"安妮感慨道，想象着她的孩子要是也处在那种又冷又饿、孤苦伶仃的情形中，不禁心疼极了，"她要是真的受尽虐待，我们可不能再把她送回去了，科尼莉娅小姐。我曾经也是这样的一个孤儿。"

"我们应该去问问惠普顿孤儿院的人，"科尼莉娅小姐说，"不管怎样，她不能再待在牧师家了。天知道，那些孩子会从她那里学到什么。我知道她满口粗话。可你想想啊，她在那里住了两星期，梅瑞狄斯先生居然都不知道！像他那样的人对家里还有什么照顾？亲爱的安妮，我说，他应该去做和尚。"

过了两晚，科尼莉娅小姐又来到了壁炉山庄。

"简直不可思议啊！"她说道，"就在玛丽这家伙逃跑的那天早上，威利太太被人发现死在了床上。医生已经警告过她要注意心脏，因为心脏病随时都可能发作。她赶走了家里的用人，家里就没有任何人了，第二天邻居发现她的时候她已经死了。他们都很想念这个小姑娘，但都以为她被威利太太送到夏洛特敦了，因为她之前就给大家这样说过。她夏洛特敦的那个表妹没有来参加葬礼，所以大家都不知道玛丽是否和她表妹一起。告诉马歇尔这些事情的人还告诉他一些威利太太对待玛丽的事情，马歇尔听后怒不可遏。你知道的，马歇尔最受不了有人虐待小孩。他们说威利太太动不动就为一些鸡毛蒜皮的事狠狠鞭打玛丽一顿。有些人也提过要给孤儿院写信，但是'大家的事大家都不管'，写信这事就这样不了了之。"

"真遗憾，这个威利太太死了。"苏珊气愤地说，"我真想跑到港口那边狠狠臭骂她一顿。亲爱的医生太太，她居然对一个孩子打骂，还让孩子挨饿，真是不可饶恕！你知道，我顶多也是拍拍孩子的屁股。现在这个可怜的孩子怎么办呢，马歇尔·艾略特太太？"

"我想只好送她回惠普顿了。"科尼莉娅小姐说，"这里想要领养孩子的家庭都已经领养了。明天我就去见见梅瑞狄斯先生，把整件事情告诉他。"

"她肯定会去的，亲爱的医生太太。"苏珊在科尼莉娅小姐走后这样说，"只要她下定决心，哪怕是给教堂的屋顶盖瓦片，她都会去的。但我就不知道这位科尼莉娅·布朗特小姐会不会和牧师搭上话。他可不是一般的人啊。"

当科尼莉娅小姐离开后，正蜷在吊床上做功课的楠从床上爬下来，溜到了彩虹幽谷，其他孩子都已经在那里了。杰姆和杰瑞在玩掷套环，用的是从铁匠那儿借来的旧马蹄铁。卡尔正悄悄地蹲在一个阳光充足的小山丘上观察蚂蚁。沃尔特躺在羊齿蕨上，给玛丽、黛、菲斯和尤娜大声读着一本神话故事书，书里的故事妙趣横生，有祭祀王约翰，流浪的犹太人，占卜杖，蓄长发的男子，能劈山开路、寻找宝藏的虫子，金银岛和天鹅仙子……让沃尔特吃惊的是，威廉姆·特尔和吉尔特都是神话故事里的人物，而美茵茨主教哈托二世的"鼠塔"故事吓得他晚上睡不着觉。但是所有的故事里，他最喜欢花衣魔笛手①和圣杯的故事。情人树上的铃铛在夏日的微风中发出叮叮当当的乐音，夜晚的阴影爬上山谷的时候，他会津津有味地读着这些故事，读得自己都不寒而栗。

"你说，这些瞎话是不是编得很有意思？"当沃尔特合上书的时候，玛丽高兴地说。

"它们不是瞎话。"黛生气地说。

"你不会说它们都是真的吧？"玛丽惊讶地问。

"也不是真的，它们就和你讲的鬼故事一样。它们不是真的——但是也并不是说来骗我们的，因此，它们不是瞎话。"

"不过，那个占卜杖的故事倒真不是假的。"玛丽说道，"港口那边的杰克·克劳福德就有那东西。每当人们要打井的时候，四处的人都会来找他。而且我也见过流浪的犹太人。"

"哦，玛丽！"尤娜充满敬畏。

"真的，千真万确。去年秋天有个老人来到威利太太家，他看起来真的很老。威利太太还问他西洋杉柱子结不结实，他说：'结不结实？它们可以用上千年。我知道，因为我用过它们两次。'你看，他已经活了两千岁了，除了流浪的犹太人，他还会

---

① 花衣魔笛手（pied piper），一个古老的民间传说，传说在德国普鲁士的哈梅林（Hamelin）曾发生鼠疫，死伤极多，居民们束手无策。后来，来了一位法力高强的魔笛手，身穿红黄相间的及地长袍，自称能铲除老鼠。镇子里的首脑们答应给他丰厚的财宝作为答谢，魔笛手便吹起神奇的笛子，结果全村的老鼠都在笛声的指引下跑到了河里，全部被铲除。但是那些见利忘义的首脑们却没有兑现承诺，拒绝付给他酬劳。为了进行报复，花衣魔笛手就又吹起神奇的笛子，全村的小孩都跟着他走了，从此便无影无踪。

是谁？"

"可我认为，真正的流浪的犹太人才不会和威利太太有什么瓜葛呢。"菲斯坚决地说。

"我喜欢那个花衣魔笛手的故事。"黛说，"而且妈妈也喜欢这个故事。我一直都为那个瘸腿男孩感到难过，他因为追不上其他孩子而被关在了山门外，他肯定失望极了。我想，他一生都会想他到底错过了多少美妙的东西啊，他多么希望和其他孩子待在一起。"

"但他的妈妈一定很高兴。"尤娜柔声说道，"我想她之前可能为他儿子的瘸腿伤心极了，说不定还经常为这事哭呢。但是她此后再也不会感到悲伤了，再也不会了。她或许还会感到庆幸呢，要不是因为瘸腿，她就可能永远地失去她的孩子。"

"总有一天，"沃尔特遥望着夜空，如梦如幻地说，"花衣魔笛手也会到山上来，到彩虹幽谷来，他会吹起悦耳欢快的笛声。我会随他而去，随他前往港口，踏上海洋的旅程，远离你们所有的人。可我并不想去——杰姆或许想去，因为那一定是个伟大的冒险——但是我不想去。我不得不去——笛声一遍又一遍地呼唤着我们，我不得不跟随它。"

"我们也要去。"黛喊道。沃尔特眼中闪着光彩，让她仿佛看见幽谷深处魔笛手的模糊身影。

"不，你必须坐在这里，等着。"沃尔特说道，他的双眼充满了奇怪的光彩，"你要等着我们回来。或许我们回不来了，因为只要魔笛手一直弹奏，我们就要随他走向天涯海角。而你们只有在这里等候——一直等候。"

"哦，别说了。"玛丽不安地说道，"不要那个样子，沃尔特，你让我毛骨悚然。我好像看到那个可怕的老魔笛手真的带走了你们这些男孩子，然后让我们姑娘坐着一直等啊等。我不知道为什么，我从来不是一个多愁善感的人，但每次你说到这些，我都很想哭。"

沃尔特得意地笑了。他喜欢在他的朋友身上做实验，影响他们的情感，唤醒他们的恐惧，震撼他们的灵魂。这使他的内心获得了一些满足，但是在得意的时候，他同时感到了一丝丝神秘的寒意。花衣魔笛手对他来说是那么真实，就好像在那么一瞬间，那层遮挡未来的帷幕，在彩虹幽谷的星光灿烂的薄暮中被风掀起了一角，让他瞥到了自己的未来。

卡尔跑过来，报告他有关蚂蚁的观察报告，这才把他们带回到了现实世界。

"蚂蚁真是太有趣了。"玛丽惊叹道，她很高兴能从花衣魔笛手的阴影中逃脱出来，"卡尔和我上星期六在墓地里整整观察了一下午的花圃。我从不知道那里有那么多虫子。它们有的喜欢吵架，有的还动不动就打起架来；有的比较懦弱，蜷缩成一团，有的则时不时就要出来欺负别的虫子；有的很懒惰，从不工作，一不留神就溜跑了；还有一只蚂蚁伤心而死，因为它的好朋友死了，它不吃不喝，一动不动，最后也死了。我的上——帝啊。"

大家都不说话了，每个人都知道玛丽在说"上帝"时停顿了一下。菲斯和黛交换了一下眼神，那眼神就和科尼莉娅小姐一样严肃。沃尔特和卡尔看起来很不安，而尤娜的嘴唇在发抖。

玛丽不安地扭了扭身子。

"对不起啊，我是脱口而出，并不是有意要这样。你们这些人都太认真了，你们真该听听威利太太她们的谈话。"

"淑女是不该说这样的话。"菲斯认认真真地说。

"这么说是不对的。"尤娜低声说。

"我又不是淑女。"玛丽说，"我哪儿会是什么淑女啊？但是如果可以的话，我不会再那样说了。我保证。"

"而且，"尤娜说道，"如果你再这样不尊敬地称呼他，你就别指望他帮你实现你的祷告，玛丽。"

"我从来也没指望过他啊，"玛丽轻蔑地说道，"一星期来，我祈求他帮我解决威利的事情，可他还是什么都没做啊。我已经打算放弃了。"

就在这时，楠上气不接下气地跑了过来。

"啊，玛丽，我有个天大的消息要告诉你。艾略特太太到港口那边去了，你猜她发现了什么？威利太太已经死了——就在你逃跑的那天早上，有人发现她死在了床上。所以你再也不用回去了。"

"死了？！"玛丽呆呆地说着，然后浑身开始颤抖起来。

"难道是我的祷告起了作用？"她哭着问尤娜，"要是这样的话，我就不该祷告，她一定会回来找我算账的。"

"不会的，玛丽。"尤娜安慰道，"不是这样的，威利太太在你祷告之前就死了。"

"那就好。"玛丽恢复了平静，"告诉你，我真的吓死了。我还以为是我的祷告把她害死了呢，我可从未祷告过要她死啊，她还不至于非得死啊。艾略特太太还说什么了？"

"她说你有可能还得回孤儿院去。"

"我也猜到了。"玛丽哀伤地说，"然后他们又会把我送出来，送给一个和威利太太差不多的人家去。嗯，我想我能承受的。我很坚强。"

"我要为你祈祷，祈祷你不用回去。"尤娜在和玛丽一起回家的时候，低声这样说道。

"你要祈祷就祈祷吧。"玛丽坚决地说，"但是我发誓，我是不会祷告的。我很好，不用祷告什么。而且我很害怕祷告。你看祷告都带来了什么。要是威利太太真是在我祷告后才死的，那就是我的罪过了。"

"啊，不，不是这样的。"尤娜说道，"我真想给你解释清楚一点——不过，爸爸可以，玛丽，如果你愿意和他谈谈。"

"算了吧。我还不知道你爸爸是怎么样的一个人吗？他大白天从我身旁路过，都不会看我一眼。我虽不是个大人物，但也是有自尊心的。"

"啊，玛丽，我爸爸就是那样一个人。大多数时候他都看不见我们的，他在沉思。那我就只有为你祷告了，希望你留在四风港。因为我喜欢你，玛丽。"

"好吧。只是别再让人又因为祷告送了命就行。"玛丽说道，"我也想好好地待在四风港。我喜欢这港口，喜欢这灯塔，喜欢你们和布里兹家的孩子。你们是我仅有的朋友，我真不愿意离开你们。"

尤娜出面

科尼莉娅小姐和梅瑞狄斯先生见了面，这一次会面多少给那个心不在焉的牧师一些触动。她毫不客气地向他指出他的失职，让玛丽·范斯这样的孤儿跑到他的家里来，和自己的孩子成天混在一起，而他却就此不闻不问。

"当然，我并不是说已经酿成了什么不良后果。"科尼莉娅小姐最后总结性地说道，"这个玛丽也不是你想象中的那么坏。事实上，我已经询问了布里兹家的孩子和你们家的孩子，他们都没说她有什么不好的地方，除了语言上不太注意外。但是你想想，她要是像其他小女仆一样，可怎么得了？你知道杰姆·弗拉格家的那个女仆吧，她都把弗拉格家的孩子教成什么样子了。"

梅瑞狄斯先生确实知道弗拉格家的事，他真的为他自己的疏忽大意深感震惊。

"那该怎么办呢，艾略特太太？"他茫然无助地问道，"我们不能赶走那个小姑娘啊。她需要有人照顾。"

"当然了。我们最好给惠普顿孤儿院写封信。而且我想她最好在你家多待几天，直到我们收到他们的回信再说。你可得多注意点儿啊，梅瑞狄斯先生。"

要是苏珊知道科尼莉娅小姐这样警告一个牧师，她肯定会被吓死的。但科尼莉娅小姐觉得把事情办好了，满意地离开了牧师家，那晚梅瑞狄斯先生就找玛丽谈话了。玛丽惊恐不安地走进了书房。但是，让她万万没有想到的是，她面前的这个人竟然是她见过的最善良、最绅士的一个人。玛丽不知不觉就倒出了她全部的遭遇和烦恼，而且得到了他的无限同情和理解。从书房走出来的时候，玛丽的脸上和眼睛里充满了温柔，尤娜差点儿都认不出她了。

"你爸爸清醒的时候，还真是不错。"她吸了吸鼻子说道，"可遗憾的是，他清醒的时候太少了。他说威利太太的死不是我的错，但我应该想想她对我的好，而不是全想她的不好。我不知道她有什么地方好，除了她总是让房子保持干净，会做好吃的奶酪外。我只知道我为了用力地擦洗厨房的地板，擦得胳膊都差点儿折断了。不过我会记住你父亲说过的每一句话。"

然而，在接下来的几天，玛丽一直闷闷不乐。她悄悄告诉尤娜，一想到要回孤儿院去，她就很难受。尤娜绞尽脑汁，想尽办法想要阻止这种事情发生，最终楠提出了一个惊人的拯救计划。

"或许艾略特太太自己就可以收留玛丽。她有幢大房子，而且艾略特先生也需要她的帮忙。那一定是个适合玛丽的好地方，只是她得更加注意自己的行为举止了。"

"啊，楠，你觉得艾略特太太会接受她吗？"

"你就问问她，又不会有什么坏处。"楠说道。

起初，尤娜以为她不会去问，她是那么不好意思，要求别人帮忙对她来说是多么难为情。而且她总是很害怕风风火火、精力旺盛的艾略特太太。她虽然非常喜欢艾略特太太，而且也经常到她家去拜访，但要让她去说服她收养玛丽，却超出了胆小的尤娜的能力。

当惠普顿孤儿院给梅瑞狄斯先生回信，让他尽快把玛丽送回去的时候，玛丽那晚在阁楼上痛哭流涕，一宿没睡。这给了尤娜豁出去的勇气。第二天晚上她从牧师家溜出去，走在了港口海岸的路上。彩虹幽谷的下面传来阵阵笑声，但她的心思却没在那里。她脸色苍白，心事重重，甚至没有注意到路上的行人。于是老司丹妮·弗拉格太太不禁感慨，尤娜长大后会和她父亲一样心不在焉。

科尼莉娅小姐住在四风港和溪谷村的中间。她房子以前是鲜艳的绿色，如今已褪成了浅绿色，这看起来反倒顺眼多了。马歇尔·艾略特在房屋四周种上了树木，开辟了一块玫瑰花园，种了些云杉在里面。这和几年前的屋子大不一样，牧师家的孩子和壁炉山庄的孩子都喜欢去那里玩。沿着老港口大道往下走感觉非常愉快，而且到了科尼莉娅小姐家后，总有大罐大罐的糖果等着他们。

烟雾弥漫的海洋轻柔地拍打着海岸，三艘大轮船像巨大的白色海鸟一样漂浮在海上。一艘帆船正驶向海岸。四风港正沉浸在绚丽的色彩、轻柔的音乐和奇特的魅力中，这里的人们快乐幸福地生活着。可当尤娜走到科尼莉娅小姐家门口的时候，她的双腿似乎不听使唤了。

科尼莉娅小姐一个人站在阳台上，尤娜希望艾略特先生也在那里，他是那么高大、诚恳、快活，有他在她就有信心多了。她坐在科尼莉娅小姐给她端出来的小凳子上，吃着她给的甜圈，尽管差点儿被噎住，但她还是尽量咽了下去，因为她不想冒犯科尼莉娅小姐。她没有开口说话，脸色苍白，大大的深蓝色眼睛看起来是楚楚可怜，科尼莉娅小姐在想这孩子肯定遇到什么困难了。

"亲爱的，你有什么事吗？"她问道，"我知道，你肯定有什么心事。"

尤娜用力咽下了最后一块甜圈，决定孤注一掷。

"科尼莉娅小姐，你就不能收养玛丽·范斯吗？"她恳求道。

科尼莉娅小姐呆呆地看着她。

"我？收养玛丽？你是说要留下她吗？"

"是的——留下她——收养她。"尤娜急切地说，既然已经说出口了，她反而更有了勇气。"啊，艾略特太太，求求你了。她不想回孤儿院去——她每晚都为此哭泣。她害怕又被送到一个坏家庭。而且她很聪明——没有什么是她不会的。你要是收养她，绝对不会后悔的。"

"我可从未想过要收养孩子啊。"科尼莉娅小姐无奈地说。

"你就不愿意想一想这个问题吗？"尤娜问。

"但是，亲爱的，我不需要帮助，我一个人就可以把这里的工作做好。而且即使我需要帮助，我也不会考虑收养孩子的。"

尤娜眼中的希望之光渐渐消失了，她的嘴唇在发抖。她又坐回了板凳上，一副可怜失望的模样，伤心地哭了起来。

"别哭啊——宝贝——别哭。"科尼莉娅小姐不安地说道，她可从不愿伤害一个小孩子，"我也没说不收养她啊，只是这个想法太突然了，我还来不及思考。但我必须要好好想想。"

"玛丽很聪明的。"尤娜又一次说。

"嗯，可我还听说，她还会讲粗话，是吗？"

"可我从没真正听她说过粗话。"尤娜吞吞吐吐地说，"但我想她可能有时候也会说一些。"

"我相信你！那她一直都说实话吗？"

"我想是的，除了有时候，她为了不被打会撒一些谎。"

"即使这样，你还是想让我收养她？"

"总要有人收养她啊，"尤娜哭着说，"应该有人来照顾她啊，艾略特太太。"

"那倒是真的，或许我有责任这样做吧。"科尼莉娅小姐叹气说道，"嗯，我再和艾略特先生商量一下，不过决定之前你先不要跟任何人说。再吃一块甜圈吧，宝贝。"

尤娜便拿了一块，心情舒畅地吃了起来。

"我很喜欢吃甜圈。"她说，"可玛莎姨婆从来不做这些。壁炉山庄的苏珊会做，有时她会端一盘子到彩虹幽谷来给我们吃。你知道我非常想吃甜圈可又吃不着的时候，是怎么办的吗，艾略特太太？"

"不知道，宝贝，是怎么办的呢？"

"我拿出妈妈以前的烹饪书，读着上面的甜圈食谱——以及其他菜谱。它们读起来真是太美味了，当我饥饿的时候我总是这样，特别是每天晚饭我们都吃'同上'食物的时候。我就会去读怎么做炸鸡、烤鹅的食谱。妈妈会做所有这些菜。"

"要是梅瑞狄斯再不结婚，牧师家的孩子都要被活活饿死了。"在尤娜走后，科尼莉娅小姐生气地对艾略特先生说，"可他就是不愿意结婚，我们该怎么办呢？马歇尔，我们要不要收养玛丽呢？"

"收养她吧。"马歇尔简短地说。

"真像个男人呢。"他妻子不满地说，"收养她就这么简单啊？我告诉你，起码还有一百件事情需要考虑。"

科尼莉娅小姐最终还是决定收养她，她先跑到壁炉山庄去宣布她的决定。

"太好了！"安妮兴奋地说，"科尼莉娅小姐，我一直都希望你能这么做。我希望那个可怜的小姑娘能有一个家庭。我曾经也是那样一个小孤儿。"

"我可不知道这个玛丽会不会像你一样啊。"科尼莉娅小姐忧心忡忡地反驳道，"她可是另外一种人，虽然还有一颗被拯救的心。我已经准备好了一本简短的书和一把小刷子，既然我接过了她，我就要好好地教育她。"

玛丽满意地接受了这个消息。

"比我想象的要好得多。"玛丽说。

"和艾略特小姐一起住，你可得小心点儿，注意自己的言谈。"楠说。

"嗯，我会做到的。"玛丽红了脸，"只要我愿意，我就会和你们一样规矩，楠·布里兹。"

"你不能说粗话了，玛丽。"尤娜焦虑地说。

"我想要是我说了，肯定会把她吓死的。"玛丽咧嘴一笑，那念头带给她的快乐使得她的白眼里光彩闪烁。"但你们不用担心，尤娜。我答应过你，我绝不食言。"

"而且不能撒谎了。"菲斯补充道。

"即使为逃避鞭打也不行？"玛丽恳求道。

"艾略特太太是绝不会打你的——绝对不会。"黛说。

"真不会吗？"玛丽半信半疑地问道，"我要是真到了一个不用挨打的地方，那肯定就是天堂，那样我就不必撒谎了，我才不喜欢撒谎呢。要真是这样的话，我宁愿不撒谎。"

在玛丽离开牧师家的前一天，他们在彩虹幽谷举行了野餐会来为她饯行。到了晚上，牧师家所有的孩子都给玛丽送了一件珍贵的礼物作为留念。卡尔送了他的挪亚方舟，杰瑞送了他的第二好的口琴。菲斯送了她一把带镜子的梳子，玛丽觉得那把梳子很奇特。尤娜却在一个镶有珠子的旧钱包和一张丹尼尔骑狮子的图画之间犹豫，最后索性让玛丽自己挑选。玛丽其实喜欢那个带珠子的钱包，但她知道尤娜其实也很喜欢，便开口说道：

"给我丹尼尔的图画吧，我更喜欢这个，因为我很喜欢狮子，我在想它要是把丹尼尔吃了，该是多刺激啊。"

该睡觉了，玛丽恳求尤娜和她一起睡。

"就最后一次了。"她说，"而且外面还下着雨。我害怕一个人雨天睡在上面，外面还是墓地。天气好的晚上我不怕，可像这样的夜晚，我什么也看不见，只听得见雨水拍打在墓碑上，狂风在窗外呼啸，就好像那些死人想要进屋来却没法进来似的。"

"我喜欢雨夜。"尤娜和玛丽挤在阁楼的小床上时说，"布里兹家的孩子也都喜欢雨夜。"

"我要不是离墓地这么近，我也不怕的。"玛丽说，"要是我一个人在这里，我肯定会很孤单，我会把眼睛哭红的，要离开你们，我真难过啊。"

"我想，艾略特太太会让你来彩虹幽谷玩的。"尤娜说道，"而且你会乖乖的，对吧，玛丽？"

"嗯，我会努力的。"玛丽叹了叹气，"但是要我变得像你那样乖，可不容易啊，我是指内在的，而不是外在的，毕竟我的家人也是那么没出息。"

"可你的家人一定也有一些好的品质啊。"尤娜说，"你一定要继承那些优点，不要介意那些缺点。"

"我可不认为他们有什么好的优点。"玛丽忧伤地说道，"我从未听说过。我的爷爷很有钱，可他们却说他是个浑蛋。不，我要重新开始生活，并且尽量做好。"

"上帝也会帮助你的，你知道的，玛丽，只要你请求他。"

"我不知道啊。"

"啊，玛丽，你知道我们祈求他给你一个家，他真那样做到了。"

"我没觉得是他帮的忙。"玛丽反驳道，"去说服艾略特太太的明明是你啊。"

"但是上帝最终让我决定那样做了。要没有他，我再怎么提议也是没有用的。"

"哦，这倒是有可能的。"玛丽最后承认道，"尤娜，听着，我并不是要冒犯上帝，我只是愿意给他一个机会。说真的，我觉得上帝和你的爸爸很相似——都是那么心不在焉，大多数时候都不大注意其他人，可一旦清醒的时候却非常善良理智。"

"啊，玛丽，别那样。"尤娜惊吓地说，"上帝才不像爸爸呢——我是说他可比爸爸要好上一千倍呢。"

"要是上帝和你爸爸一样好，我就很满足了。"玛丽说道，"当你爸爸和我谈话时，我感觉我好像再也不会变坏了。"

"我希望你能和我爸爸一起谈谈上帝的事。"尤娜叹息道，"他能比我解释得更好。"

"当然了，这个主意不错，等下次他清醒的时候吧。"玛丽答应道，"那晚我和他谈话的时候，他清楚地说明了并不是我的祷告杀死了威利太太。从那以后，我的心里就轻松多了，但我对祷告也更小心了。对了，尤娜，我觉得对上帝祷告还不如对魔鬼祷告好呢。因为你说过，上帝只是让你做好事，可我需要有人阻止我做坏事。我要去求魔鬼，'魔鬼，请不要来引诱我做坏事，让我一个人好好的。'你觉得怎么样？"

"啊，别啊，别这样，玛丽。我想是不能向魔鬼祷告的，因为魔鬼很坏，所以跟他祷告是没有用的，向他祷告只会变得更坏。"

"关于上帝的事，"玛丽固执地说，"既然你我都不能达成一致看法，再讨论也没什么用了，等我们找到答案后再讨论吧，但我还是会尽力做好的。"

"要是妈妈还在就好了，她会解答所有的问题。"尤娜叹了叹气。

"我也希望她能活着。"玛丽说道，"我不知道我走了以后，你们会怎么样。不管怎么样，一定要让房间保持干净整洁，这儿的人们可没少说闲话。而且要知道，你爸爸要是再婚的话，你们就有苦日子过了。"

尤娜被吓住了，她可从未想过爸爸再婚的。她不喜欢这样，因此便一声不吭地躺着。

"继母是很可怕的啊。"玛丽说，"要是我告诉你那些关于继母的事，我想你的血都会冻住的。住在威利太太家对面的威尔逊家，那个继母对待那些孩子，就如同威利太太对待我一样。要是你们也有继母，那简直太可怕了。"

"我想我们不会有的。"尤娜害怕地说，"爸爸不会再娶其他人的。"

"可我想他不得不再婚啊。"玛丽继续说，"附近所有的老姑娘都在盯着他，这是没办法阻止的，而且继母最坏的地方就是她们经常在父亲和孩子之间挑拨离间，然后父亲就再不会关心自己的孩子。他会渐渐关心起她和她的孩子。而且她还会让他认为你们都是一帮坏孩子。"

"玛丽，我真希望你没有告诉我这些。"尤娜哭着说，"这让我真的不开心啊。"

"我只是想警告你。"玛丽很自责地说，"当然，你爸爸是那么的心不在焉，他可能也不会想到再婚。但是你们最好有个心理准备啊。"

玛丽安详地睡着了，而尤娜却一直清醒地躺着，她的眼睛噙满了泪水。啊，她爸爸要是再娶一个让他讨厌自己，讨厌杰瑞、菲斯和卡尔的女人，那是多么可怕啊！她不能忍受，无法忍受！

玛丽并没有如科尼莉娅小姐所担心的那样，灌输任何毒液到牧师家孩子们的心灵里，然而她的确好心做坏事，造成了一些小小的伤害。她已经睡熟了，而尤娜还辗转反侧。窗外的雨水和狂风吹打这座灰色房子。那时，约翰·梅瑞狄斯牧师还没上床睡觉，他正沉浸在阅读圣奥古斯丁的传记中。当他读完上楼睡觉时，天已经蒙蒙亮了，他还在思考两千多年前的那些问题。姑娘们的寝室门开着，他看见菲斯正甜美地熟睡着。他在想尤娜到什么地方去了呢，或许她和布里兹家的姑娘们在一起吧，她有时也会这么做，甚至还认为这是一种特别的招待。约翰·梅瑞狄斯叹了叹气。他认为尤娜的行踪对他来说应该不是个问题，西西莉亚就能比他更好地照顾孩子。

要是西西莉亚还能和他在一起该多好啊！她是多么漂亮、快活！梅沃特的牧师家总回响着她那快乐的歌声！可她走得那么突然，带走了欢笑和歌声，留下了沉默——是那么突然，让他现在都还没从那种惊愕中恢复过来。那样漂亮活泼的她怎么就会死了呢？

梅瑞狄斯先生从未真正想过要再婚，他是那么爱他的妻子，爱得那么深，他认为他是不可能再爱上另一个女人的。他有种模糊的感觉，认为菲斯就要替代她妈妈的位置了。那时候，他也一定要努力。他叹了叹气，回到了房间，房里的床铺还是凌乱不堪。玛莎姨婆已经忘记要整理床铺了。玛丽也不敢到牧师房间来整理，因为玛莎姨婆禁止她这么做。但梅瑞狄斯现在并没有注意到这些，他还在思考着圣奥古斯丁的问题呢。

大扫除

"啊，"菲斯从床上坐了起来，打了个冷战，"下雨了。真讨厌礼拜天下雨。即便天气好，礼拜天也够沉闷的。"

"我们不应该觉得礼拜天沉闷。"尤娜睡眼蒙眬地说，她正试着睁开眼，确定是否睡过头了。

"但你知道的啊，我们确实很无聊的。"菲斯直白地说，"玛丽·范斯还说过，礼拜天让人无聊得想上吊。"

"我们应该比玛丽更喜欢礼拜天才对。"尤娜说道，"我们可是牧师家的孩子。"

"可我希望我们是铁匠家的孩子呢。"菲斯一边找寻自己的袜子，一边生气地说，"这样人们就不会期望我们比其他家的孩子表现更好了。你看看我袜子的后跟，都破成这样了，玛丽走之前还给我补好了的。尤娜，起床了，我可不愿一个人吃早餐。啊，天啊，我真希望爸爸和杰瑞在家。我是多么想念爸爸，他在家的时候，我可没有这种感觉。他不在家，一切好像都变了，我必须跑去看看玛莎姨婆怎么样了。"

"她好些了吗？"菲斯回来的时候，尤娜问道。

"没有，她还痛苦地呻吟着。或许我们应该去请布里兹先生，可玛莎姨婆不愿意，她一生都没看过医生，而且现在也不打算看。因为她说医生都是靠毒害别人而活的。你认为是这样的吗？"

"不，当然不是这样的。"尤娜生气地说，"我确定布里兹医生是不会毒害他人的。"

"嗯，我们吃完早餐后再帮玛莎姨婆搓搓背吧，可绒布再不能像昨天那么烫了。"

想起这个，菲斯不禁笑了起来。她们差点儿把可怜的玛莎姨婆的背烫掉一层皮。尤娜叹了叹气，玛丽·范斯就知道擦背的绒布应该是多少温度。玛丽什么都知道，可我们什么也不知道。而我们怎么能通过让玛莎姨婆受罪来得到教训呢？

星期一的时候，梅瑞狄斯先生到新斯科舍去度假，顺便把杰瑞也带上了。星期三的时候玛莎姨婆就突然得了一种奇怪的病，她通常把这种病称为"痛苦"，这个病来得可真不是时候。玛莎姨婆痛得不能下床，稍微动一下就会痛，可她又拒绝请医生，尤娜和菲斯就只好自己做饭，照顾她。她们做的饭菜和玛莎姨婆做的没什么两样。村上本来有很多妇女愿意过来帮忙，可玛莎姨婆就是不愿意让她们知道她的病情。

"你们不用担心，我就快好了。"她呻吟道，"谢天谢地，约翰幸好不在，厨房里还有些冻肉和面包，你们自己也可以做点儿粥来吃。"

姑娘们也确实动手做饭了，可是至今没有煮成功过。第一天太稀了，第二天又太稠了，而且两天都烧煳了。

"我讨厌吃粥。"菲斯郁闷地说，"我要是成家了，家里绝不出现半点粥。"

"那你的孩子怎么办呢？"尤娜问，"小孩子必须喝粥的，

081.

要不然长不大，大人们都这样说的。"

"他们还是不能喝粥，要不就不要长大算了。"菲斯固执地说，"尤娜，你来看一下火，我去摆桌子。你要留心点儿，稍不注意就又熄了。都已经九点半了，我们去主日学校要迟到了。"

"可我还没见有人路过呢。"尤娜说，"可能去的人不多吧，下这么大的雨，要是不用布道，人们是不会大老远跑来喊小孩去的。"

"去叫卡尔吧。"菲斯说道。

卡尔出现的时候，喉咙都沙哑了。前天晚上在彩虹幽谷里追蜻蜓的时候淋了雨，他回到家的时候，衣服鞋子都湿透了，然后就直接上床睡觉。他不想吃早餐，菲斯于是又让他回去睡觉。尤娜和菲斯吃完就去了教堂，当她们到达教堂的时候，那里一个人也没有。她们等到了十一点还是没有人来，然后便回家了。

"卫理公会的教堂似乎也没人。"尤娜说道。

"我真高兴。"菲斯说，"我不想看到卫理公会的人在下雨天比长老会的人表现得更好。现在他们的教堂也没人，很可能布道是在下午进行。"

尤娜洗了碗碟，她做得很好，这些都是从玛丽那里学到的。菲斯扫了地板，便开始削土豆准备做午饭，可不小心却把手指弄伤了。

"我真希望中午不再吃'同上'了。"尤娜叹了叹气，"我都吃腻了，可布里兹家的孩子连'同上'是什么都不知道。我们从未吃过布丁。楠说，要是他们礼拜天不吃布丁，苏珊会晕倒的。菲斯，我们为什么就不能像他们那样呢？"

"我不想和他们一样。"菲斯一边缠着手指头，一边笑着说，"我喜欢做我自己，这更有意思。杰丝·德鲁就和她妈妈一样是个好管家，但你希望和她一样笨吗？"

"但我们家很不像样。玛丽·范斯也那么说，她说人们都在谈论我们家里太脏乱了。"

菲斯突然想到一个办法。

"那我们就来打扫一下吧。"她说道，"我们明天就开始。正好玛莎姨婆也躺在床上，她就不会干涉我们了。爸爸回来的时候，会发现一切都是那么干净、可爱，就和玛丽刚走的时候一模一样。我们把每个角落都打扫干净，窗户也擦干净，这样人们就不会对我们说三道四了。杰姆·布里兹说只有坏人才会议论别人，但他们的议论真的伤害到了我们。"

"我希望明天是个好天气。"尤娜热情积极地说道，"啊，菲斯，我们把房子打扫得漂漂亮亮，就和其他人家一样，这真是太好了。"

"我希望玛莎姨婆的病能持续到明天。"菲斯说道，"否则，我们就休想做什么事。"

菲斯的可爱想法实现了，第二天玛莎姨婆还是不能起床。卡尔也病着，躺在床上，尤娜和菲斯都没意识到他已经病得不轻了。一个细心的母亲可能早就把他送去看医生，但家里没有母亲，只有可怜的小卡尔，咽喉沙哑，脑袋涨痛，脸颊烧得通红，蜷缩在被窝里苦苦地煎熬。只有他藏在破破烂烂的睡衣口袋里的一条绿色的小蜥蜴陪着他，这多少让他有点儿安慰。

雨过天晴，夏日的艳阳高照，这实在是大扫除的好天气。尤娜和菲斯兴致勃勃地工作着。

"我们把餐厅和客厅也打扫一下吧。"菲斯说道，"我们不用担心书房和楼上。现在，要做的第一件事情就是把东西全搬出来。"

于是，他们把所有的东西都搬出来了。家具都摆在走廊上、草坪上，卫理公会的墓地围栏上也放着地毯。接下来就是扫地了，尤娜负责扫灰尘，菲斯负责擦洗客厅里的玻璃，她不小心还打碎了一两块玻璃。最后尤娜满脸狐疑地审视着这些擦过的窗户。

"它们看起来还是不太对劲。"她说道，"艾略特太太家和苏珊家的玻璃都闪闪发亮呢。"

"别担心。可以让阳光照进来就行了。"菲斯满不在乎地说道，"我可是用了肥皂水的，它们应该干净了。现在已经十一点过了，我们快清除地板上的垃圾。你去擦家具，我去抖地毯。我要去墓地抖地毯，免得灰尘弄脏了我们的草坪。"

菲斯兴致勃勃地抖着地毯。站在海希盖亚·波洛克的墓石上抖动地毯还真是好玩。长老亚伯拉罕·克洛和他的妻子赶着轻便马车经过那里的时候，他们好像十分愤怒地盯着她。

"这可真是太糟糕了。"长老亚伯拉罕严肃地说道。

"我要不亲眼看见，真是难以相信啊。"他妻子也一脸严肃地说。

菲斯兴冲冲地向克洛一家挥了挥手。虽然他们没有理睬她，菲斯也并没觉得什么，因为大家都知道自从长老亚伯拉罕先生十四年前被任命为主日学校的校监后，就再也没有笑过。但车上的米妮和阿德拉·克洛也没有向她打招呼，这可伤了菲斯的心，因为菲斯认为在学校里除了布里兹一家的孩子外，她就最喜欢米妮和阿德拉·克洛。她们都是她的好朋友，而且菲斯还经常帮助阿德拉·克洛做算术，她们对此还心存感激呢。可今天她们却因为看见她在墓地里抖地毯就不和她打招呼了，菲斯气呼呼地回到走廊边。结果她发现尤娜也很不高兴，原来克洛家的姑娘也没有和她打招呼。

"我想她们大概在生气吧。"菲斯说，"或许她们因为我们在彩虹幽谷和布里兹家的孩子玩得很高兴而嫉妒了吧。好吧，等开学就知道了，阿德拉还等着我帮她做算术呢！那时候我们算账好了！好了，我们把东西搬进去吧，我都累死了。虽然我不太相信屋子会比之前干净很多，但我确实在墓地里抖出好多灰尘。我真讨厌大扫除。"

姑娘们打扫完房间已经两点了。她们匆忙在厨房吃了点儿东西，便开始洗碗。菲斯随手捡起一本黛借给她的故事书，津津有味地看了起来，一直看到太阳落山。尤娜端了一杯陈茶去看卡尔，可发现卡尔已经睡着了，于是她也爬到杰瑞的床上，不一会儿也睡着了。与此同时，溪谷村的流言已经满天飞，人们交头接耳、面色凝重地谈论着牧师家的孩子们做的好事。

"这件事情真是太严重了，相信我。"科尼莉娅小姐沉重地叹了叹气，对她丈夫说，"我起初也不敢相信。最先是米兰达·德鲁从卫理公会主日学校回来告诉我的，我当时根本不相信。但长老亚伯拉罕太太也说她和她一家都亲眼看见了。"

"看见什么了？"马歇尔问。

"梅瑞狄斯家的菲斯和尤娜今天早上没去主日学校，在家打扫卫生呢。"科尼莉娅小姐恐惧地说，"长老亚伯拉罕从教堂回家的时候——他在图书馆里整理了一会儿书籍才离开——他看见牧师家的孩子在卫理公会墓地上抖地毯。我再也不好意思当面见那些卫理公会的人了。想想啊，这将是一个什么样的丑闻。"

这确实成了一桩丑闻，而且人们越是传播它，它就越是变得荒唐，最后传到港口那边去了，那边的人都认为牧师家的孩子不仅在礼拜天打扫房间，清洗地板，还在卫理公会的人上课的时候，在他们的墓地野餐。唯一对这件可怕事件不知情的只有牧师一家。在菲斯和尤娜都以为是星期二的那天，天下起了雨，然后接下来的三天也都一直下着雨；没有人到牧师家来，牧师家的人也没有去其他地方，她们本可以去壁炉山庄的彩虹幽谷的，可恰好布里兹一家和苏珊都到安维利去了。

　　"这已经是最后一块面包了。"菲斯说道，"而且'同上'的食物也没有了。要是玛莎姨婆还不好，我们该怎么办呢？"

　　"我们可以在村上买一些面包，而且家里还有玛丽晒起来的一些鳕鱼。"尤娜说，"但我们不知道怎么做啊。"

　　"哦，那很简单啊。"菲斯笑道，"直接把它扔进水里煮就行了。"

　　她们确实是煮了，但她们不知道事先要在水里浸泡，所以煮出来的鳕鱼咸得没法吃。那天晚上她们饥肠辘辘地睡觉去了，但是第二天她们就不再烦恼了。太阳出来了，卡尔也康复了，玛莎姨婆的疼痛也一下消失了。卖肉的人来到了家里，赶走了饥荒。更可喜的是，布里兹家的孩子们也回来了，那天傍晚，她们和布里兹家的小孩以及玛丽又在彩虹幽谷里重聚了。在那里，小雏菊就像露珠的精灵一样开满了山谷，情人树上的铃铛在芳香四溢的薄暮中发出清脆之音。

可怕的发现

"嗯，你们这些家伙现在干完啦。"玛丽一来到彩虹幽谷里，就没头没脑地来了这么一句。科尼莉娅小姐到壁炉山庄了，去跟安妮和苏珊商量最近这个让人烦心的事件。玛丽希望她们能谈久一点儿，因为她已经有两星期没到彩虹幽谷里来了。

"干完什么？"除了沃尔特，大家都不约而同地问道。沃尔特还是和以前一样在做白日梦呢。

"我说的是你们牧师家的孩子。"玛丽说，"真是太糟糕了，连我都绝对不会这么做的。何况我还不是在牧师家长大呢，只是在那里住过。"

"我们干什么了？"菲斯茫然地问道。

"干什么？亏你还问得出口！外面都传开了。我想你父亲的事业已经毁了，可怜的人！他不能再在这个地方待下去了！现在人人都在指责他，这太不公平了，但世界上就没有公平的事。你们真应该感到羞耻。"

"我们干了什么啊？"尤娜绝望地再次问道。

菲斯什么也没说，但她的双眼直直地盯着玛丽。

"啊，别装了。"玛丽不耐烦地说，"大家都知道你们做了

087.

什么。"

"可我就不知道啊。"杰姆·布里兹生气地说，"玛丽，不许你把尤娜弄哭。你到底在说什么啊？"

"我想你也不知道，因为你们才从外地回来嘛。"玛丽似乎有些妥协了。杰姆总有办法控制她。"但其他人都知道的，你们最好相信我。"

"知道什么啊？"

"菲斯和尤娜礼拜天不去主日学校，而待在家里打扫卫生。"

"我们没有。"菲斯和尤娜强烈地否定道。

玛丽生气地看着她们。

"我没想到，你们居然还会不承认。你们之前还不让我撒谎。"她说道，"你们否认又有什么用呢？大家都知道你们那样做了。克洛长老和他妻子亲眼看见的。有人说这都把教堂给毁了，虽然我还没觉得有那么严重。你们可真干得好啊！"

楠·布里兹站起来，抱着受到惊吓的菲斯和尤娜。说道："玛丽·范斯，你当时在泰勒先生谷仓里挨饿的时候，亏她们还好心地收留你，给你吃给你穿，没想到你现在居然这样感激她们。"

"我是很感激的。"玛丽反驳道，"你们要是听说了我是怎么说破嘴皮为梅瑞狄斯先生辩护，你们就明白了。这个星期以来我说了那么多话，嘴皮都起泡了。我一次又一次地说不能因为小孩子在礼拜天打扫卫生，就责备梅瑞狄斯先生。他那时已经出门了——而且大家也知道这一点。"

"但是我们没有那么做。"尤娜抗议道，"我们是在星期一打扫的房间。菲斯，是不是？"

"那当然。"菲斯眨着眼睛回答道，"我们早上冒雨去了教堂，可那里一个人也没有，连亚伯拉罕长老也没去，尽管他还经常说只有在晴天去教堂的基督徒不是真正的基督徒。"

"是星期六下雨的。"玛丽说，"礼拜天天气可好了。我没去教堂是因为我牙痛，可其他人都去了啊，而且他们都看见你们在草坪上打扫卫生了。长老亚伯拉罕和他妻子都看见你在墓地里抖地毯呢。"

尤娜坐在雏菊丛中，哭了起来。

"你看，"杰姆坚决地说，"我们要把这件事弄个清楚。有人肯定弄错了，天气确实很好，菲斯。你们怎么把星期六当礼拜天了呢？"

"星期四晚上是祷告会。"菲斯哭着说，"星期五玛莎姨婆的猫追公鸡的时候，亚当就飞到了汤盆里了，还毁了我们的晚餐；星期六的时候地窖里有一条蛇，卡尔用叉子把它弄了上来。礼拜天就下雨了，就那样啊。"

"祷告会是星期三晚上。"玛丽说道，"巴克斯特长老星期四不空，所以就改到星期三晚上主持了，你们搞错了一天，菲斯，所以你们确实是在星期天干活了。"

菲斯突然扑哧一声笑了，然后又哈哈大笑。

"我想真是那样的，真是个玩笑啊！"

"对你父亲来说，可不是个玩笑。"玛丽尖酸地说着。

"当人们发现那只不过是个错误时，应该就没事了。"菲斯漫不经心地说，"我们会去解释清楚的。"

"你们解释也没用。"玛丽说道，"好事不出门，坏事传千里。我比你们见得多了。而且，有很多人不愿意相信这是个错误。"

"我告诉他们后，他们就会相信的。"菲斯说道。

"可你不能去告诉每个人啊。"玛丽说道，"我告诉你，你们真的让你父亲丢脸了。"

那天傍晚，尤娜的心情因这可怕的错误给破坏了，但菲斯却不愿意受影响。而且，她还想到了一个补救的计划，所以她就把过去的一切，包括那个错误都抛到了脑后，尽情地享受美好时光。杰姆自己去钓鱼了，沃尔特走出了梦幻，继续描绘着天堂中树林的样子。玛丽竖着耳朵认真听着，虽然她对沃尔特"像书本一样讲书"的本领颇为敬畏，但她觉得他的内容的确很好听。沃尔特那天正好在读科勒律的诗集，里面这样描绘天堂：

> 那里有美丽的花园，
> 蜿蜒的溪水淙淙流淌，
> 树上开满了芬芳的花朵，
> 那里的森林和山峦一样古老，
> 环抱着洒满阳光的青青草场。

"我不知道天堂也有森林。"玛丽叹了叹气，说道，"我还以为那里除了街道还是街道。"

"当然有森林了。"楠说，"妈妈可离不开树，我们也离不开，要是天堂没有森林，那还有什么意思呢？"

"那里也有城市。"年轻的梦想家说，"华丽的城市——就如晚霞一样，有蓝宝石般的塔顶和彩虹般的拱顶。街道都是由黄金和宝石铺就的，整条街都是钻石，就如同太阳一样闪闪发光。

在广场中央还有沐浴在阳光中的水晶喷泉，到处都开放着水仙花——天堂之花。"

"太美了！"玛丽说道，"我见过一次夏洛特敦的大街，我当时觉得那真是太壮观了，但比起天堂来，那根本算不上什么。嗯，照你所说的，那听起来实在是太华丽了，但是这会不会有些呆板呢？"

"哦，我想当天使转身的时候，我们就可以欢快一下。"菲斯安心地说道。

"天堂里很有趣。"黛说道。

"《圣经》里可没这么说。"玛丽大声说道，在科尼莉娅小姐的监督下，她现在每礼拜天下午都在读《圣经》，现在她俨然成了这方面的权威。

"妈妈说过《圣经》里的语言很多都是用比喻手法。"楠说道。

"那是不是意味着这些都不是真的呢？"玛丽问道。

"不——我不是那个意思——我想应该是说天堂就和我们所期望的一个样。"

"我期望和彩虹幽谷一样。"玛丽说，"有你们这些好伙伴一起玩耍，对我来说已经足够了。不论怎样，我们都只能等到死了才能去天堂，或许死了都还不行，所以现在担心有什么用呢？杰姆回来了，还带了条鳕鱼回来，让我来煎吧。"

"我们既然是牧师家的孩子，本应该比沃尔特知道更多关于天堂的事。"那晚回家的路上尤娜这样对菲斯说道。

"我们知道得已经够多了，沃尔特只是在想象。"菲斯说道，"艾略特太太说他是从他妈妈那里继承的天赋。"

"我真希望我们上礼拜天没有犯那样的错啊。"尤娜叹息道。

"别担心了，我已经想到一个好办法来解释了，大家会明白的。"菲斯说，"等到明天晚上你就知道了。"

解释和挑战

第二天晚上，牧师库伯博士到溪谷村来布道了，长老会的教堂里挤满了附近慕名而来的人们。库伯博士果然是一位能说会道的演讲家，而且他穿上了他最好的衣服，也带来了他最好的布道词，那晚他做了一次激情洋溢的演讲，让人们心潮澎湃，热血沸腾。不过当人们回到家后，会发现很快忘得一干二净。

库伯博士最后擦了擦额头上的汗珠，充满激情地呼吁大家"让我们祈祷吧"，他总是喜欢这么说，而且他也经常这样做。可他说完，人群里却出现了短暂的沉默，因为溪谷村的教堂还保留着以前的传统，在布道后进行募捐，而不是在布道之前收取捐献。这大概是因为卫理公会的人率先采用了这一新的方式，而科尼莉娅小姐和克洛长老绝不愿意跟在卫理公会教徒后面行事，所以才一直坚持沿用以前的习俗。查尔斯·巴克斯特和托马斯·道格拉斯是专门负责举起托盘向大家征集募捐的，他们那时已经站了起来，管风琴也已经奏起了颂歌，唱诗班的也清了清喉咙。就在那时，菲斯·梅瑞狄斯从牧师家的席位上站了起来，径直走上布道坛，面对着下面惊讶的听众。

科尼莉娅小姐也从她的座位上站了起来，然后又坐下了。她的座位比较靠后，她认为不管菲斯要说什么，要做什么，她都来不及阻止了，也没必要让这个场面更加糟糕。她焦急地朝布里兹医生太太看了看，然后又朝卫理公会教堂的沃伦先生看了看，科尼莉娅小姐认为又一桩丑闻要发生了，她为自己没能阻止而深感自责。

"要是这个小孩穿得体面些也好啊。"她叹息道。

菲斯因为把墨水打翻在她那件最好的裙子上了，所以便换上了那件褪色的粉红印花裙子，裙子上还打了个鲜红色的补丁，裙边也掉了下来，裙边上的颜色要比裙子的其他地方颜色更深一些。但那时菲斯已经顾不上这些了，她突然感到十分紧张。想象中很容易的事情做起来没想到这么困难。面对那么多质疑的目光，菲斯的勇气消失殆尽。灯光是那么明亮，人群是那么安静，她感觉自己都说不出话来了，但是她必须要说——她必须挽回爸爸的声誉。只是——只是她的嘴没法张开。

尤娜坐在牧师家的席位上，脸色苍白地看着菲斯。布里兹家的孩子都惊呆了。菲斯突然看到坐在教堂后面的罗斯玛丽·威斯特小姐和艾伦小姐的亲切微笑，但是这些对她也没什么帮助。最后还是贝迪·莎士比亚·德鲁扭转了整个形势。贝迪·莎士比亚·德鲁坐在教堂的前排，他朝菲斯做了一个鬼脸，菲斯也马上回敬了他一个。被贝迪·莎士比亚·德鲁一作弄，菲斯立刻忘了自己的恐惧，她还勇敢地清了清嗓子，口齿清晰地开口说话了。

"我想要解释一下。"她说，"我之所以想要现在解释，是因为这样大家都能清楚地听见。人们说尤娜和我上礼拜天不去主日学校，待在家里打扫卫生。是的，我们确实那样做了——但我们不是有意那样做的，我们把那个星期的日子搞混了。这都是长老巴克斯特的错，"——长老巴克斯特的座位区立马一片骚动——"因为他把祷告会改在了星期三的晚上，于是我们就把星期四当成了星期五，然后就接着错了下去，把星期六当成了礼拜天。卡尔生病卧床不起，玛莎姨婆也生病了，他们也没办法纠正我们的错误。星期六的时候我们冒着大雨去了主日学校，但那里一个人也没有。于是我们就想在星期一的时候打扫下房间，这样就没人再会说牧师家是多么脏乱不堪了。"此时，整个教堂里的人都惊讶了，"我们也那样做了，我在卫理公会的墓地上抖地毯，是因为那很方便，而不是因为我有意要对死者不尊重。对此喋喋不休的也并不是那些死者——而是活着的人。可你们不能因此而责备我父亲，因为他那时不在家，而且他也不知道这件事，再说我们当时也真以为那是星期一。他是世界上最好的父亲，我们都深深地爱着他。"

菲斯说到后来，勇敢宣言变成了啜泣。她冲下台阶，从教堂的侧门跑了出去。外面繁星满天，这样的夏日夜晚让她感到一丝安慰，眼睛和喉咙也没之前那么不舒服了。她感到很高兴，这该死的解释终于结束了，大家也都知道了不应该去责备她的父亲，而且也知道尤娜和她也并不是他们所说的那么坏，故意在礼拜天打扫卫生。

教堂里面，大家面面相觑，但是托马斯·道格拉斯站了起来，一脸严肃地在过道上穿梭。博士的演讲已经完成了，现在即使天塌下来，募捐还是要进行的。接下来就是募捐，唱诗班唱起了圣歌，调子有些低沉。库伯博士在结束的时候还吟起了赞美诗，赞扬了募捐的重要意义，只是他这次没有平时那么有激情。博士是个幽默的人，菲斯的话把他逗乐了。再说，约翰·梅瑞狄斯先生在长老会圈子里本来就很出名。

梅瑞狄斯先生第二天下午回到了家，不过就在他回家当天，菲斯又在溪谷村出了一次丑。可能是由于礼拜天晚上她太过紧张，星期一的时候就干了傻事，科尼莉娅小姐肯定会认为这很"邪门"。星期一的时候，她居然和沃尔特·布里兹一人骑着一头猪穿过了大街。

可问题是，那两头又高又瘦的猪是贝迪·莎士比亚·德鲁的爸爸的，这几星期来，这两头猪一直在牧师家附近的小路上晃悠。沃尔特本来是不想骑着猪穿过大街的，可他又和菲斯打了赌，凡是他打赌的事情他都一定要尽量去完成。他们骑着猪冲下山坡，穿过村庄，菲斯骑在猪背上笑得直不起腰，而沃尔特却羞愧得满脸通红。他们就这样骑着，迎面遇上了牧师先生，他那时刚从车站回来。他不像以前那样心不在焉了，因为在火车站他和科尼莉娅小姐谈论了一会儿，她总是能暂时让他清醒。牧师一看到他们，就认为他必须和菲斯谈谈，告诉她这样做是不恰当的。可一到了家，他就把这事给忘记了。他们从埃里克·戴维斯太太跟前跑过，她吓得尖叫起来。他们从罗斯玛丽·威斯特小姐跟前跑过，她微笑地看着然后叹了叹气。最后，当两头猪跳进贝迪·莎士比亚·德鲁家的后院前，菲斯和沃尔特从猪背上跳了下来。就在那时，布里兹医生和太太正好驾车经过。

"你就是这样带孩子的吗？"吉尔伯特一本正经地问道。

"或许我是有些溺爱他们。"安妮说，"可是，吉尔伯特，当我回想起我去绿山墙之前的痛苦童年，我就对他们严肃不起来。那时我也是多么渴望被爱，渴望快乐啊！他们和牧师家的孩子在一起，确实玩得很开心。"

"那可怜的猪又怎么办呢？"吉尔伯特问道。

安妮试图摆出一副严肃的样子，可还是没做到。

"你真的认为这样做伤害到它们了吗？"她说，"我可不觉得有什么事情能够伤害到那些动物。这个夏天它们给居民区已经带来太大的麻烦，可德鲁家还是不愿意把它们圈起来。我会和沃尔特谈谈的——等到我忍住不笑出来的时候。"

科尼莉娅小姐那晚到壁炉山庄，来舒缓她礼拜天晚上以来累积的情绪。让她意外的是，安妮对于菲斯的表现并不像她看得那么严重。

"我认为，她能在那么多人面前站出来，真的很勇敢也很感人。"她说道，"你看得出来她都要吓死了——但她却还想着要维护她的父亲。就因为这个，我就特喜欢她。"

"哦，当然了，那孩子本意是好的。"科尼莉娅小姐说，"但这同样也是一件非常糟糕的事情，而且这件事比礼拜天打扫卫生引发的议论还要多。本来那件事就要渐渐被人淡忘了，可她这一闹又把事情扩大了。罗斯玛丽·威斯特和你的看法一样——那晚她离开教堂的时候，也认为菲斯那样做，很有勇气也很可怜，她为这个孩子感到难过。艾伦小姐认为那是一件非常可笑的事。当然她们都不在乎——她们都是圣公会教徒。但我们长老会的教徒在乎啊。而且那晚还有那么多外地人和卫理公会的人。雷楠德尔·克劳福德太太难过得都哭了，埃里克·戴维斯太太还说这个野丫头应该被好好揍一顿才行。"

"雷楠德尔·克劳福德太太在教堂里经常哭。"苏珊轻蔑地说，"牧师一说到感人的事，她都会哭。但在募捐名单上却很难看到她的名字，亲爱的医生太太，泪水来得太容易了。她有一次还想和我讨论玛莎姨婆是一个多么不爱干净的管家，我真想说，'大家都知道，你是在厨房的洗涤槽里做蛋糕的，雷楠德尔·克劳福德太太。'可我还是没有说出口，亲爱的医生太太，因为我才不会委屈自己，和她那样的人争执呢。而且我要是真说闲话，我还能说出让她更难堪的事情。至于埃里克·戴维斯太太，她要是敢当着我的面那样说，亲爱的医生太太，你知道我会怎么说她吗？我会告诉她，'我毫不怀疑你想揍菲斯一顿，戴维斯太太，可你不管是在这辈子还是下辈子，你都休想有机会揍牧师家的女儿。'"

"要是那可怜的菲斯穿得体面点也好啊。"科尼莉娅小姐叹息道，"那样也不至于把事情弄得那么糟糕。她穿着那套衣服站在讲台上，看起来真可怕。"

"可那裙子很干净，亲爱的医生太太。"苏珊说，"他们都是爱干净的孩子。但我也要承认他们确实非常马虎，但他们却从来没忘记洗耳朵后面啊。"

"菲斯还忘记了哪天是礼拜天。"科尼莉娅小姐坚持说道，"她长大后，一定会和她爸爸一样糊里糊涂的，相信我。我想要是卡尔没生病，就不会出这事。我不知道他是怎么了，可我想很有可能是因为他吃了那些长在墓地旁的野蓝莓。那肯定会让他生病的。我要是卫理公会教徒的话，我可一定会好好打扫下墓地。"

"我倒认为是因为卡尔吃了围栏边上的酸果。"苏珊饶有兴致地说道，"我想没有哪个牧师家的孩子愿意吃墓地上长出的蓝莓吧，亲爱的医生太太，吃长在围栏边上的东西可比那个强啊。"

"昨晚上最糟糕的莫过于菲斯在开口讲话之前，朝教堂下面的人群做的一个鬼脸了。"科尼莉娅小姐说道，"长老克洛先生硬说她是向他做的。而且你们听说了吗，今天有人还看见她骑一头猪呢。"

"我看见了，沃尔特也和她在一起。对此我已经小小地批评了他一顿。他没多说什么，可他给我的印象好像这都是他的主意，与菲斯无关。"

"我可不那样认为，亲爱的医生太太，"苏珊激动地说，"沃尔特一向都是那样——总是把责任往自己身上揽。但我亲爱的医生太太，你和我一样清楚，哪怕这个孩子真的写诗，也无论如何不会想到去骑一头猪呀。"

"嗯，只有菲斯·梅瑞狄斯那脑袋才想得出来。"科尼莉娅小姐说，"我倒不是为德鲁家的那两头猪打抱不平，这牧师家的孩子真是太淘气了！"

"还有医生家的儿子！"安妮模仿着科尼莉娅小姐的口吻说着，然后笑了笑，"亲爱的科尼莉娅小姐，他们只是些孩子。而且他们还从未做过真正糟糕的事——他们只是有些马虎、冲动——就和我小时候一样。他们也会变得成熟稳重的——就和我一样。"

科尼莉娅小姐也笑了笑。

"亲爱的安妮，可有时候我觉得你的稳重就像一件外套似的，其实你心底渴望着做些年轻疯狂的事来。嗯，我现在心情好多了。不管怎么说，和你谈话总让我感觉到希望。可我每次去见芭芭拉·萨姆森，感觉正好相反，她老让我觉得一切都没救了。当然，和乔·萨姆森那样的男人生活在一起，难免不变得悲观。"

"我总觉得奇怪，她挑来挑去，怎么后来嫁给了乔·萨姆森了呢。"苏珊说，"她年轻的时候，追她的男人多的是。她还给我吹嘘，说她有二十个追求者呢，还有派瑞克先生。"

"派瑞克先生是怎么回事？"

"哦，他也是其中一个追求者，亲爱的医生太太，但也不能算作一个真正的追求者。他并没有什么真正的想法。二十一个追求者啊——我可从未有过一个！但芭芭拉偏偏挑花了眼，最后选了那么一个瘦骨头。不过人们说她丈夫烤的饼干比她做的好，而且只要有客人了，她都让他去烤。"

"这倒提醒了我，明天我也有朋友要来喝茶，我必须回家了，回去准备点面包。"科尼莉娅小姐说，"玛丽说她能够做好，当然她确实是可以做好的。但我既然还能动，还能做面包，那我还是自己动手吧，相信我。"

"玛丽怎么样呢？"安妮问道。

"我对玛丽无可挑剔。"科尼莉娅小姐相当不乐意地说，"她还长胖了些，也很爱干净，对人相当有礼貌——可她还是更像她自己，而不是我想象中的样子。她真是只狡猾的猫，就算你花上一千年，也不可能了解她到底在想些什么。相信我。说到干活，我倒是从未见过她那样的。她简直不是人。威利太太可能对她是很残酷，但我相信她并没有逼她去干活。她天生是个工作狂。有时候我在想到底是她的腿先累垮呢，还是她的舌头先累坏。她到我家后，我根本没什么事情可以做。我真希望早点开学，这样我就又可以有活干了。玛丽不想去上学，但我坚决要她去。我可不想让卫理公会的人说我不让她上学，自己享清福。"

山上的小屋

在彩虹幽谷的沼泽附近，有一块被桦树包围的低洼地，那里有一眼永不干涸的泉水，像一块澄澈的冰晶，很多人都不知道它的存在。当然，牧师家的孩子和壁炉山庄的孩子知道，因为他们对彩虹幽谷的一切都了如指掌。他们有时还会到那儿去喝点泉水，有时它在他们的游戏里扮演着传说中的青春泉。安妮也知道这个泉水，因为这让她想起了绿山墙那可爱的"仙女泉"。罗斯玛丽·威斯特也知道，这对她来说是爱情之泉。十八年前一个春日的傍晚，她坐在泉水旁，听着马丁·克劳福德结结巴巴的表白。其实她也悄悄地回应了他，他俩在泉水旁相拥相吻。此后，他们再没有一起来过这里——马丁不久就踏上了那一去不归的致命航行，但这对罗斯玛丽来说，却是一块圣地，这里记录了她那永恒的爱情和青春。每当她经过这附近的时候，她都会悄悄地逗留片刻，缅怀旧日的梦——那梦想的痛苦已经被岁月渐渐消磨，只剩下永难忘怀的甜蜜。

那眼泉水非常隐蔽，五十米之外就很难看到它的存在。一棵已经倒下来的古老松树横跨在它的上面，那棵树已经没什么枝叶了，树干上长满了茂密的羊齿蕨，就好像给泉水搭了一个绿色的屋顶和一面装饰着花边的屏风。旁边还长了一棵枫树，树干弯弯曲曲地长着，在树枝伸向天空之前先沿着地面拐了一个弯，由此形成了一张古朴的椅子。九月的紫菀也给泉水周围围上了一圈如烟似雾的淡蓝色的花边。

一天晚上，约翰·梅瑞狄斯在拜访完港口的一些人家后，经过彩虹幽谷时，还在这里喝了一点儿泉水。几天前的一个下午，沃尔特·布里兹带他参观了这处泉眼，他们还坐在枫树椅子上谈了很久。约翰·梅瑞狄斯在他那腼腆冷傲的外表下有着一颗少年的心，他以前还被人称作是淘气鬼，恐怕溪谷村没人会相信这个。沃尔特和他谈得甚欢，彼此都很喜欢，梅瑞狄斯先生能深入沃尔特的灵魂深处，看到一些连黛都很难发现的秘密。从那以后他们就成了知己，沃尔特相信他从此之后再不会害怕牧师了。

"我之前从不敢相信，我居然可以和牧师成为好朋友。"那天晚上沃尔特对母亲说道。

约翰·梅瑞狄斯伸出白皙细长的双手，捧了一些泉水喝——他那双手总让不熟悉的人感到吃惊——然后便坐在枫树椅子上。他并不急于回家，这个地方如此美丽，和那么多善良但是愚钝的人交谈了一晚上之后，他感到有些疲惫。月亮升起来了，彩虹幽谷起风了，星星也探出了脑袋，远处孩子们还有说有笑呢。

月光下紫菀的婉约美丽、泉水的汩汩涌动、小溪的低声吟唱，还有羊齿蕨在微风中的优美身姿，给梅瑞狄斯周围罩上了一个魔法光环。他忘记了教众精神上的烦恼问题，时光倒流，他仿佛又回到了学生时代。六月的玫瑰争奇斗艳，在黑暗中散发着无尽的芬芳，他为西西莉亚戴上了花环。他坐在那里，如少年般满怀梦想。就在这时，罗斯玛丽·威斯特从旁边的一条小路走了过来，来到了他身旁那块被施了魔咒的神奇土地。约翰·梅瑞狄斯看着她走了过来，立即站起身来，他还是第一次——第一次真正看见她。

其实以前，他在教堂也见过她一两次，还漫不经心地和她握过手，就像他在教堂的过道上遇到任何人时做的一样。此外，他就没在其他什么地方见过她，因为威斯特家都是圣公会教派的，他们与罗布里奇的教堂联系密切些，他基本没去拜访过他们。在今晚之前，要是有人问他罗斯玛丽长什么样，他肯定不会有任何印象。但当她披着春日的溶溶月光走向他的时候，他就知道他再也不会忘记她了。

当然她和西西莉亚一点儿也不相像，西西莉亚一直是他心目中最完美的女性：娇小、微黑、活泼，而罗斯玛丽却高大、皮肤白皙、安静，尽管如此，约翰·梅瑞狄斯还是认为他从未见过如此美丽的姑娘。

她没有戴帽子，金黄的头发用簪子盘在头顶上，那头发的颜色是那么温暖，黛·布里兹把它称之为"太妃糖颜色"；她有着高高的额头，鹅蛋脸，蓝色的眼睛大大的，充满了友好与同情。

罗斯玛丽·威斯特总是被人称为"恬美女人"。她是那么高贵、典雅，但这并没有让人觉得她很高傲，这在溪谷村里还是很罕见的。生活教给了她勇敢、坚强、耐心、爱和宽容。她看着爱人踏上了轮船，扬帆起航离开了四风港，虽然她苦苦地等着，却始终等不来他的归航。这种煎熬将少女的无忧无虑从她眼中夺去了，但却没有夺走她年轻的心态。或许是因为她总是对生活抱有好奇之心，这种人生态度不仅让她永葆青春，而且也影响了每个与她交谈的人。虽然大多数人只有在孩童时代才会抱有这种态度。

约翰·梅瑞狄斯被她的可爱所震惊，罗斯玛丽因为他的出现也感到吃惊。她从未想过会在那个遥远的泉水旁遇到任何人，更别说是溪谷村这位深居简出的牧师了。她手里抱着几本刚从溪谷图书馆借来的书差点儿掉在了地上，然后，为了掩饰自己内心的慌乱，她便撒了一个小谎——在那种情形下，即便是最诚实的女人也会那么做的。

"我——我来喝点儿水。"她结结巴巴地说，以此来回应梅瑞狄斯先生那正式的"威斯特小姐，晚上好"的问候。她感觉自己就像个呆鹅，不知所措。不过梅瑞狄斯也不是一个自负的人，他知道在这样一个地方即便是她遇着克洛长老也会一样吃惊。她的慌乱反倒让他感到很自在，他几乎忘记了自己的腼腆，而且在这样的月光下，即使是腼腆的男人也会变得大胆起来。

"我给你拿只杯子吧。"他微笑着说道。其实旁边就有一只杯子，那是彩虹幽谷的孩子们藏在树下的一只缺口的没有把手的蓝色杯子，但是他并不知道。他站起来，径直走向一棵桦树，剥下一片白色的树皮，熟练地卷成一个三角形水杯，然后用它舀了一杯泉水，递给了罗斯玛丽。

罗斯玛丽接过杯子，喝得一滴不剩，她为自己的谎言而惭愧，实际上她一点儿不口渴，可在不口渴的情况下要喝完一大杯水那该多么痛苦。但这次饮水经历却成了她的甜蜜回忆，在许多年后，她仍觉得那是一个神圣的仪式。这或许是因为当她把杯子递回去时，牧师的所作所为让她心动。他蹲下身去，舀了一杯水，自己喝了起来。或许只是偶然吧，碰巧他嘴唇碰到的杯沿，恰好是罗斯玛丽嘴唇触碰过的地方，罗斯玛丽清清楚楚地看着这一切。虽然只是凑巧，但这对她来说，有一种奇特的意义，他们两人用了同一只杯子喝水。她记得以前有个老太太说过，要是两个人这样做了，他们的后半生就会联系在一起，不管结果是好是坏。

然后约翰·梅瑞狄斯拿着杯子不知道如何是好。按理说，他应该扔掉杯子的，但他却没有这么做。罗斯玛丽伸出了手。

"你可以把它送给我吗？"她问道，"你做得可真精致，自从我小弟弟去世后，我已经好久没见人这样做过了，他以前也常用桦树皮来做杯子。"

"我小时候就会做了，是在一次夏令营上学会的，一位老猎人教我的。"梅瑞狄斯先生说着，"威斯特小姐，让我来为你拿书吧。"

罗斯玛丽再一次吓得撒起谎来，她说这些书一点儿也不沉。但牧师还是不容置疑地拿过了书，然后他们一起离开。这是第一次，罗斯玛丽站在泉水旁边没有想起马丁·克劳福德，神秘的幽会打破了旧日的思绪。

沼泽地旁边是一圈小路，然后前面就是一条笔直的通往树木繁茂的山丘，罗斯玛丽就住在那里。透过树林，可以看见月光照耀下的夏日田野，但是那条小径却很狭窄很阴森，树木拥挤在一起，而且它们在夜晚的时候也不像白天对人那么友好。它们似乎要把人类隔离开来，它们在一起窃窃私语，如果它们向人们伸出手来，那一定是恶意的触摸。人们在夜间走在这样一条林荫道上，通常身体和心灵都会不自觉地互相靠近，以共同对抗周围的外界力量。他们并肩走着的时候，罗斯玛丽的裙子边缘时不时会碰着梅瑞狄斯先生，虽然他是一个心不在焉的牧师，但他毕竟是一个年轻男人，他不可能对如此迷人的夜晚，迷人的小路和迷人的同伴无动于衷。

看来，我们永远不能理所当然地认为自己的人生已经彻底完蛋了，当我们认为我们已经山穷水尽的时候，命运或许就会翻开新的一页，迎来柳暗花明的新篇章。这两个人都认为他们的心已经连同过去一起埋葬，但他们不约而同地发现他们一起散步是那么惬意。罗斯玛丽认为牧师先生一点儿也不像平时那样腼腆，那样不善言辞，他和她交谈起来是那么随意自然。溪谷村的妇女们要是听到他这么谈话，肯定会大吃一惊。不过，溪谷村的妇女平时谈论的都是些闲话，比如鸡蛋的价格，约翰·梅瑞狄斯先生对此不感兴趣。他和罗斯玛丽谈论的是书籍、音乐、外面的广阔世界以及自己的过去经历，而且他欣喜地发现她能够理解并有自己的独立见解。罗斯玛丽还有一本牧师想要读但一直没读的书，当他们到达山丘上的小屋时，她还提出可以借给他看，于是他们就一起走进了屋子。

房子本身是一所老式的灰房子，蔓藤爬满了墙壁，客厅的灯光透过蔓藤友好地眨着眼睛。房子俯瞰着整个溪谷村、月光中的港口、沙洲和咆哮的大海。他们穿过一个总是弥漫着玫瑰花香的花园，甚至玫瑰花没开放的时候，也似乎能闻到玫瑰花的香味。房子周围有一排云杉，通往大门的道旁种着一行紫菀，门前还有百合花。

"从你的门阶望去，世界一览无余。"梅瑞狄斯深深吸了一口气，感叹道，"多么开阔的视野，多么美丽的风景啊！有时候我感觉在溪谷村的下面闷得透不过气来，而在上面，我可以自由呼吸了。"

"今晚很宁静。"罗斯玛丽笑着说，"要是有风的话，它会把你的呼吸也吹走的。我觉得这里应该叫'四风'，而不是'四风港口'。"

"我喜欢风。"他说道，"一天没有风，我就受不了。刮风可以让我清醒。"他下意识地笑了笑，"在这样宁静的日子，我容易做白日梦。威斯特小姐，我想你应该听说过关于我的事情。要是下次我们见面的时候我没有向你致意，你可不要怪罪我不懂礼貌。请你理解我只是有些出神，一定要原谅我——和我说话。"

当他们进屋的时候，发现艾伦还坐在客厅里。她把眼镜放在了之前正在看的书上，惊诧地盯着他们俩。但她还是亲切地和牧师握了握手，然后他便坐下来和她聊天，罗斯玛丽便赶紧去找那本他想要的书。

艾伦·威斯特比罗斯玛丽大十岁，可她们完全不同，很难相信她们是姐妹。她肤色较黑，块头较大，浓密的黑色头发、粗粗的眉毛下有着一双湛蓝清澈的眼睛，就像北风吹起时海湾的颜色。她的表情很严肃，但事实上她却很随和，总是发出会心的笑声，而且她说话的声音也洪亮深沉，透露出男人般的力量。她之前还对罗斯玛丽说过，她倒真的想和溪谷村长老教会的牧师好好谈谈，看看他被逼到无路可退的时候，会怎样与女人交谈。现在终于有机会了，于是她就与他在世界政治问题上交锋。艾伦小姐博览群书，她刚刚看过一本有关德国君王的书，她便向牧师征询他的意见。

"一个很危险的人物。"他答道。

"我同意！"艾伦小姐点点头，"记住我的话，梅瑞狄斯先生，那个人想要和某人打架的话，就会给世界带来战火。"

"你要是指他可以随意导致战争，那我可不这样认为，"梅瑞狄斯先生说道，"战争的时代已经过去了。"

"可上帝啊，怎么可能呢。"艾伦说道，"只要男人和国家继续犯傻，随意挥舞拳头，就可能导致战争。和平年代还早着呢，梅瑞狄斯先生，在这件事情上，你可没我看得远。相信我的话，这个德国君王将会制造一大堆麻烦。"说着艾伦小姐用她那修长的手指头戳了戳面前的书说，"是的，如果不把他的想法扼杀在萌芽状态，他肯定会给世界制造更大的麻烦。我们走着瞧吧，梅瑞狄斯先生，我们走着瞧。应该让谁去扼杀他呢？或许应该是英国，但英国肯定不愿意，那由谁去扼杀他呢？告诉我，梅瑞狄斯先生。"

梅瑞狄斯先生也无法告诉她答案，但当罗斯玛丽找到那本书后，他们还一直围绕德国的军事主义争论不休。罗斯玛丽一言不发，坐在艾伦身后的摇椅上，轻轻地抚摸着那只黑猫。约翰·梅瑞狄斯先生和艾伦又继续讨论关于欧洲捕猎的问题，但他不停地朝罗斯玛丽那边张望，艾伦也发现了这一点。他告辞的时候，罗斯玛丽送他到门口，回来时，艾伦站起身来，用略带指责的语气说道："罗斯玛丽·威斯特，这个男人似乎对你有意思。"

罗斯玛丽颤抖了一下，艾伦说话的语气像是给了她重重一击，这破坏了她的美好心情。但她不想让艾伦看出她有多难过。

"瞎说。"她满不在乎似的笑着说，"艾伦，你别多想了，他之前还告诉了我关于他妻子的事，他的妻子在他心目中是多么重要，她去世后他是多么空虚。"

"嗯，那就是他追求你的方式。"艾伦反驳道，"我知道，男人的把戏多着了，罗斯玛丽，你可不要忘了你的承诺。"

"我根本就没有必要忘记或者记住。"罗斯玛丽有点儿疲惫地说着，"你忘了我是个老姑娘了，艾伦。只有你才认为我年轻、有朝气、有吸引力。梅瑞狄斯先生只是想交个朋友而已——

如果他真有什么想法的话，而且很有可能在他回到牧师家时就把我们俩忘得一干二净了。"

"我不反对你和他交朋友。"艾伦让步道，"但决不能超越朋友关系。我对那些鳏夫总是不大相信，他们可没有交朋友的浪漫想法，他们诡计多端。至于这个长老会的牧师，人们为什么认为他很腼腆？他一点儿都不害羞，可能有时候是有点儿心不在焉——他也太心不在焉了，当你送他出门的时候，他居然忘记给我说晚安。他也很有头脑，现在这附近已经很少有几个让我可以谈话的男人了。今天晚上我还是比较高兴，我也不介意多见见他，但是不能和他约会，罗斯玛丽，记住了，不能约会！"

对于艾伦发出不能约会的警告，罗斯玛丽已经习以为常。因为只要她和十八岁以上八十岁以下的任何可以结婚的男人说话五分钟，她都会遭到警告，每次她都对这些警告一笑而过，可是这次她却没有笑——而且还让她有点儿生气。谁想要约会了？

"艾伦，别犯傻了。"她淡淡地说着，拿着台灯，没有道晚安，便上了楼。

艾伦满腹狐疑地摇了摇头，看了看那只黑猫。

"她为什么这么生气呢，圣·乔治？"她问道，"你一挨打就会叫，我一听就知道了。可她是答应过我的，她答应过的啊，我们威斯特家的人都是信守承诺的人。所以即便是他想和她约会，我也不用这么担心。她答应过我的，我不用担心的。"

罗斯玛丽上楼后，坐在房间里，久久望着窗外那洒满月光的花园，然后一直望着远方那闪着亮光的港口。她莫名地感到有些不安。突然她对过去那些梦想感到厌烦了。花园里，最后一朵红玫瑰的花瓣被突然而起的风吹落。夏天过去了——秋天到来了。

埃里克·戴维斯太太来访

约翰·梅瑞狄斯慢慢地走回家。起先他还在想着罗斯玛丽，可当他经过彩虹幽谷的时候，他已经完全忘了她，开始全神贯注地思考起艾伦刚刚提起的关于德国神教的问题。直到走过了彩虹幽谷，也没能察觉，彩虹幽谷的魅力已经无法与德国神教相提并论了。回到家后，他径直走向书房，取下一本厚厚的大书开始钻研起来，他要弄个明白究竟是他的观点对还是艾伦的见解对。他一直沉浸在书中，直到天亮，接下来的一个星期他一直在阅读、思考，就像一只猎犬穷追不舍，完全忘记了外面的世界，忘记了他的教区，他的家人。他夜以继日地阅读，要不是尤娜拖着他去吃饭，他连三餐都会忘记。他再也没想起过罗斯玛丽和艾伦。港口那边的老马歇尔太太病重，请他去祷告，可那封信一直放在桌上，他根本没打开。后来马歇尔太太康复了，可说什么都不肯原谅他。教区里有一对年轻人要结婚，梅瑞狄斯先生头也不梳，穿着拖鞋和褪色的睡衣就跑去了。而且他还以为这是葬礼，一直念到"尘归尘、土归土"才发现有些不对劲。

"天啊，"他含含糊糊地说道，"太奇怪了——真是太奇怪了。"

新娘实在是太紧张，都被吓哭了。新郎倒是一点儿不紧张，还呵呵地笑着。

"先生，我怎么觉得你是要埋葬我们，而不是替我们主婚。"他说。

"对不起。"梅瑞狄斯先生若无其事地说。然后重新开始念起结婚的祷告词，并且顺利地完成了后面的程序。可那位新娘始终感觉她没有正式结过婚。

他还再次忘记了祷告会——不过这也不重要，因为那晚正好下雨，本来就没人出席。要不是埃里克·戴维斯太太来访，他估计还会忘记礼拜天的教会。玛莎姨婆星期六下午告诉他，戴维斯太太在客厅想见他。梅瑞狄斯先生叹了叹气，因为戴维斯太太是溪谷村唯一一个让他反感的妇女，可不幸的是，她却是最富有的，而且教会还警告过他不要冒犯她。梅瑞狄斯先生根本就没有考虑过薪水这种世俗的东西，倒是教会的人比较现实，而且他们也很聪明，没有提到钱，却巧妙地将不要冒犯戴维斯太太的信息塞进了梅瑞狄斯的大脑里。要不然，他肯定在玛莎姨婆走出房门的时候就把这件事忘得一干二净。他生气地放下书，来到客厅。

戴维斯太太坐在沙发上，带着一种不屑一顾的神情打量房间周围。

这是个什么样的房间啊！窗户上连窗帘都没有。戴维斯太太不知道，菲斯和尤娜前一天把窗帘布取下来，作为她们游戏里法官的长袍道具了，之后她们忘记重新挂回去。不过她不知道也好，不然会更加猛烈地抨击一番。百叶窗也裂缝了，破破烂烂的。墙上的画斜斜地挂着，地毯皱巴巴的，花瓶里的花都已经枯萎了，房间里的灰尘积了厚厚一层。

"她们都干了什么啊？"戴维斯太太自言自语地说，然后不屑地抿紧了她那并不漂亮的嘴。

当她走进门厅的时候，杰瑞和卡尔正大声嚷嚷地从楼梯的扶杆上滑下来。他们没有注意到她，继续大声叫着，可戴维斯太太认为他们是故意那样的。菲斯的宠物鸡大摇大摆地穿过走廊，站在客厅的门中央，目不转睛地看着她，它或许不太喜欢戴维斯太太的样子，所以不肯进屋去。戴维斯太太轻蔑地吸了吸鼻子。牧师家可真是了不起啊，公鸡居然在客厅里散步，还直愣愣地盯着客人看。

"嘘，走开！"戴维斯太太舞动着她那丝质的阳伞赶着公鸡。

亚当便逃走了。它可聪明了。戴维斯太太在过去五十年里拧断了那么多只公鸡的脖子，现在还能从她的身上闻到刽子手的味道呢。牧师走进房间的时候，它便仓皇逃出了客厅。

梅瑞狄斯先生仍然穿着拖鞋和睡衣，黑色的头发还是乱糟糟地垂在额头上，可他看起来还是有着绅士风度。而戴维斯太太虽然穿着丝质裙子，戴着太阳帽、手套和金银珠宝，可还是掩饰不住她的粗俗。他们彼此都不喜欢对方。梅瑞狄斯先生有些畏缩，可戴维斯太太却理直气壮。她到牧师家来是想向牧师建议一件事情，她可不想耽搁过多时间。她准备给他们一个恩惠——一个天大的恩惠——最好让他尽快知道才好。她整个夏天都一直在考虑这个问题，最后终于做出了决定。她一旦决定一件事情，基本上就是按她的意思去办，其他人从不敢说一个"不"，这是她的一贯作风。当她决定要嫁给埃里克·戴维斯时，她就真的嫁给了他。埃里克至今还不知道这是怎么回事，但他知道又能如何呢——戴维斯太太做任何事情都是为了让自己满意。现在她就只需要通知梅瑞狄斯先生就可以了。

"你可不可以把门关上？"戴维斯太太噘起嘴，轻轻地但态度坚决地说道，"我有重要的事情告诉你，门开着我可不想说出来。"

梅瑞狄斯先生温顺地关上门，然后坐在戴维斯太太面前。他至今还是不太清醒，没有意识到她在眼前，他的心思还在那本书上呢。戴维斯太太感觉到他的心不在焉了，她生气了。

"梅瑞狄斯先生，我过来是想告诉你，我决定要收养尤娜。"她傲气十足地说道。

"收养——尤娜？"梅瑞狄斯先生惊愕地盯着她，不敢相信自己的耳朵。

"是的，我已经考虑很长一段时间了。自从我丈夫死后，我就一直在考虑要收养个孩子，但想要找到一个合适的人选似乎太难了，没有几个孩子合乎我的要求。我可不能随随便便就收养一个孩子——那些贫民窟的孩子想都别想。但我还是没能找到合适的。港口那里有个渔夫去年秋天去世了，留下来六个小孩，他们想让我去挑选一个，可我才不会考虑收养那样的垃圾儿童呢，他们的爷爷以前还偷过一匹马。而且，他们都是男孩，我想收养一个姑娘——一个安静、温顺的姑娘，这样我就可以把她训练成一位淑女。尤娜就完全符合我的条件，她要是悉心照顾，会是非常漂亮的，而菲斯就不一样，我可从没想过要收养菲斯。但我想收养尤娜，给她良好的家庭环境和教育，梅瑞狄斯先生，而且如果她表现良好的话，我死后还会把我所有的钱全留给她，我的那些亲戚休想得到一分钱，我已经这样决定了。我收养一个小孩就是要气气他们。尤娜应该穿得漂漂亮亮的，受到良好的教育，梅瑞狄斯先生，我会让她去上音乐课、美术课，而且待她就如自己的孩子一样好。"

梅瑞狄斯先生那时已经完全清醒了。他那苍白的面颊略带一丝绯红，黑色的眼睛里闪着一丝危险的光。这个俗气的女人，全身每个毛孔都充满了铜臭味的女人居然要收养他的尤娜——她可有着西西莉亚一样深蓝的眼睛，而且她是她母亲临死前还紧紧抱在怀里的小可爱，那时其他孩子都被哭着引到了另外一个房间了。直到死神到来时，西西莉亚还紧抱着这个孩子，望着她的小脑袋，对她丈夫说道："约翰，你要好好照顾她啊。"她恳求地说，"她还那么小——那么敏感。其他孩子都有办法挺过去的——但她会受伤害的。啊，约翰，我不知道你和她以后怎么办，你们都是那么需要我。但一定要带好她——一定带好她。"

这几乎成了她的临终遗言，除了之后她还单独给他说了几句话。可这个戴维斯太太却想要收养这个孩子。他坐直了身子，盯着戴维斯太太，虽然他穿着破旧的睡衣和拖鞋，但他的神情不得不让戴维斯太太肃然起敬。毕竟，即便是一位贫穷、不晓世故、心不在焉的牧师，也仍然具有某种神圣的威严。

"戴维斯太太，我感谢你的好意。"梅瑞狄斯先生带着绅士般平静的友好语气，坚决地说，"但是我不能把我的孩子给你。"

戴维斯太太一脸愕然，她可从未想到他会拒绝。

"为什么啊，梅瑞狄斯先生？"她惊讶地说道，"你肯定是疯了——你肯定不是当真的。你必须再仔细考虑——想想我给她带来那么多好处。"

"戴维斯太太，我没必要再考虑了，这根本是不可能的。在你能力范围内所能给予她的所有世俗好处，都无法与父亲的爱和关心相比。我再次感谢你——但这是不可能的。"

失望让戴维斯太太变得非常气愤，她几乎无法控制自己的情绪。她那宽阔的红脸一下变成了酱紫色，声音也战抖起来。

"我以为你还很乐意我收养尤娜呢。"她自我解嘲道。

"你为什么会那么认为呢？"梅瑞狄斯先生平静地问道。

"因为你根本就照顾不好你的孩子。"戴维斯太太轻蔑地答道，"大家都在说你，说你完全忽略了这些孩子，他们吃不好，穿不好，也得不到好的教育。他们就和那些野孩子一样没有教养。你从来没有尽到一位父亲的责任。你还让一个外来的流浪孩子和他们混在一起，待了两星期，你甚至都没有注意到她的存在，我听说那孩子说话可粗俗了。要是你的孩子从她那里染上了麻疹，你也不会在乎的。菲斯还在大庭广众下起身发表演讲！在街头骑猪——而你也是亲眼看到的。他们的行为完全不可理喻，可你从来不去阻止他们，也不会试着去教育他们。而现在，我要为其中一个孩子提供好的家庭，大好的前途，你还拒绝我，侮辱我。你可真是一位好父亲啊，亏你还好意思谈什么对孩子的爱和照顾！"

"够了，太太！"梅瑞狄斯先生说。他站起来，用一种让戴维斯感到不寒而栗的目光说道，"够了！"他重复说，"我不想再听了，戴维斯太太，你说得太多了，我也许没有尽到一个做父亲的责任，但也不用麻烦你来提醒我，午安吧！"

戴维斯太太可没那么客气，她没道午安就离开了。当她经过牧师面前的时候，卡尔藏在沙发下的一只癞蛤蟆跳了出来，戴维斯太太尖叫一声，想要避开那可恶的东西，可一下子失去了平衡，她的阳伞掉在了地上。她并没有摔倒，狼狈地冲到门口，砰的一声关上了门。梅瑞狄斯先生并没有看见癞蛤蟆，他还以为她是生气后突然抽筋或者是神经痉挛之类的毛病发作了，于是赶紧跑过去扶住她。等她站稳后，便气呼呼地甩开了他的手。

"别碰我。"她吼道，"这肯定又是你那些孩子的恶作剧，这里不是我应该来的地方，把阳伞给我，让我过去。我这辈子再也不会踏入你家或你的教堂一步。"

梅瑞狄斯先生顺从地捡起阳伞，还给了她。戴维斯太太拿起阳伞怒气冲冲地走开了。杰瑞和卡尔这时已经停止了滑扶杆和菲斯一起坐在走廊口。不幸的是，他们三人正在欢快地唱着："今晚小镇是多么的快乐。"恼羞成怒的戴维斯太太认为他们是在嘲讽她，她停下来，用阳伞指着他们。

"你们的父亲是个傻瓜。"她说道，"你们是三个混世魔王，早该挨揍了。"

"他不是傻瓜。"菲斯大叫道。"我们也不是混世魔王。"男孩子们大叫。戴维斯太太已经离开了。

"天啦，她肯定是疯了！"杰瑞说道，"可'混世魔王'是什么意思啊？"

约翰·梅瑞狄斯在客厅里来来回回地走了几分钟，然后回到书房，坐了下来。他并没有继续研究那些德国宗教的书，他的心绪太乱了，戴维斯太太的话让他深感震惊。他真的如她所说的那样是一个不称职的父亲吗？他真的是忽略了这四个失去母亲、只能依靠父亲的孩子吗？他的教民真的如戴维斯太太说的那样都在指责他吗？肯定是这样的。要不然戴维斯太太不会那么理直气壮地认为他一定会满心欢喜地把尤娜交给她，就像是交出一只不受欢迎的流浪猫那样。如果真的是这样，那应该怎么办呢？

约翰·梅瑞狄斯痛苦地在那间布满灰尘的杂乱的房间里走来走去。他能怎么办呢？他就如其他父亲一样，深爱自己的孩子，不管戴维斯太太怎么说，他知道他对孩子的爱都是不容置疑的。而且孩子们也都深爱着他。但他是一位合格的父亲吗？他自己非常清楚自己的缺点和不足，他们需要一位贤淑的女人来管理这个家。但怎么才行呢？即使他能找到一个好管家，可那会深深伤害玛莎姨婆的，她一直都认为自己可以应付家里的所有事情。他可不能去伤害一位老太太的心啊，而且她对他和孩子都是那么好，她对西西莉亚也是那么忠诚！西西莉亚生前还恳求他一定要好好照顾玛莎姨婆。对了，他突然想起玛莎姨婆曾经暗示过他应该再婚，他想如果来的不是一个管家，而是一个主妇，那玛莎姨婆应该可以接受吧。但那也是不可能的，他不想结婚——他无法再爱上其他女人。他该怎么办呢？他突然觉得他应该去壁炉山庄，找布里兹太太谈谈他的困境。镇上只有为数不多的几位妇女，他在她们面前不会感到腼腆，不会说不出话来，布里兹太太就是其中之一。她是那么善解人意，富有同情心，她或许可以给出好的建议，即便她不能给出建议，他觉得他现在也需要好好地找朋友聊一聊，特别是在和戴维斯太太谈话以后，他着实感到不是滋味，他害怕这种感觉会一直留存在灵魂里。

他急匆匆地穿好衣服，吃过晚饭，不再像以前那么心不在焉了。他突然意识到晚饭是那么难吃。他看看自己的孩子，他们看起来脸色红润，都很健康——除了尤娜，她从小身体就不好。孩子们有说有笑——他们看起来都挺开心的。卡尔尤其开心，因为他那两只漂亮的蜘蛛正蜷缩在碟子旁边。他们的声音都很优美，举止也不算太坏，他们彼此照顾，彼此爱护。可戴维斯太太却说该教区的人都在议论他们的行为举止。

当梅瑞狄斯先生迈出大门的时候，布里兹医生和他太太正向罗布里奇方向驾车而去。牧师的脸一下就阴沉了，布里兹太太出门了——他也没必要去壁炉山庄了。此时他更加渴望有个人可以陪着说说话。当他没精打采地望着前方的风景时，夕阳正照在了山上威斯特家的窗户上，那就像是一束希望之光，他一下子想起了罗斯玛丽和艾伦。他觉得他可以再和艾伦激烈地辩论辩论，而且他也希望看到罗斯玛丽那甜蜜的微笑和宁静的蓝眼睛。菲利普·西德尼的那首诗是怎么说的？——"一张给人持续安慰的脸"——这就是说的罗斯玛丽。的确，他那时太需要有人来安慰了，为什么不去拜访她们呢？他记得艾伦也说过让他有空就去坐坐，而且他还要把罗斯玛丽的书还回去——必须在他忘记之前还回去。他不安地怀疑自己是否还有很多从图书馆借来的书没有还回去呢。可不能再发生这种事了，他走进书房，拿起书，朝彩虹幽谷的方向走去。

谣言四起

港口那边迈拉·穆雷下葬的那天晚上，科尼莉娅小姐和玛丽·范斯来到了壁炉山庄。科尼莉娅小姐有好多事情想要和她们分享，当然，肯定少不了这个葬礼。苏珊和科尼莉娅小姐谈得津津有味。安妮对这个话题倒不是很感兴趣，她坐在边上，出神地看着花园里秋天的火焰一般的大丽花，欣赏着迷人的九月里的港口落日。玛丽·范斯坐在科尼莉娅小姐旁边，乖乖地织着毛线，可她的心早已飞到了彩虹幽谷，那里传来了孩子们的欢声笑语。但她现在不得不坐在科尼莉娅小姐身旁，织完长筒袜才能去玩。玛丽一声不吭地边织边听着她们的谈话。

"我从没见过谁死后还能如此美丽。"科尼莉娅小姐坚定地说道，"迈拉·穆雷总是那么美丽——她来自罗布里奇的科里家，科里家总是出美女。"

"当我向遗体告别的时候，我说道：'可怜的女人，我希望你能真正的快乐。'"苏珊叹息道，"她一点儿都没变，她穿的那个裙子是十四年前她为参加女儿的婚礼而做的黑色缎裙。她姑姑还告诉她说，她可以一直穿到参加她的葬礼，可迈拉笑了笑，说道：'姑姑，我还要一直穿到我的葬礼呢，不过在葬礼前我会

119.

好好享受人生。'她可真是说到做到了。迈拉生前可真是个快活的女人啊，之前我好多次看到她，都想说："迈拉·穆雷，你真漂亮，你的裙子也很合身，这或许还可以作为你的寿衣呢。'你看，真的被我说中了，马歇尔·艾略特太太。"

苏珊沉重地叹了叹气。她沉浸在自己的回忆中，葬礼总是大家谈论的话题。

"我也一直很喜欢迈拉。"科尼莉娅小姐说道，"她总是那么快活、高兴——她只需和你握握手，就能让你感觉一下子舒服了很多。迈拉总是看到事情好的一面。"

"是的。"苏珊肯定地说，"她嫂嫂还告诉我说，医生最后告诉迈拉，他已经无能为力，她将不能再起床了，迈拉还高兴地说道，'哦，如果真是那样的话，我还真庆幸不用大扫除了，也不用在秋天打扫房间了，我喜欢在春天打扫房间。'她还说："我真不喜欢在秋天打扫，谢天谢地，我终于不用在秋天打扫了。'可能会有人认为那很轻浮，我想她嫂子也会感到很羞愧的，她以为迈拉是因为脑子不清醒才那样说的。但是我却说："穆雷太太，你别为此烦恼了。那是因为迈拉总是看到事情光明的一面。'"

"可她妹妹柳娜却恰好相反。"科尼莉娅小姐说道，"对她来说，没有什么光明的一面——她总是把什么事情都想得很糟糕。几年来她总是说她一星期后就要死了。'我不会再拖累你们了。'她总是痛苦地呻吟着对她的家人这样说道。而且要是她家里有人敢谈论未来的什么计划，她就会再次呻吟道：'哦，那时我就不在了。'当我去看她的时候，我总是故意赞成她的说法，这让她很生气，接下来的几天她就不会再无病呻吟。她身体比以前好多了，可还是不太高兴。迈拉就不一样，她总是说些让人听起来很舒服的话，或做些让人高兴的事。或许这与他们所嫁的男人有关。柳娜的丈夫是个很难对付的人，真是那样的，可吉姆·穆雷却如大多数男人那样彬彬有礼。他今天看起来真是伤心啊。我很少在一个女人的葬礼上为她们的男人感到哀伤，可我今天真是为吉姆难过。"

"他怎么可能不哀伤啊。他很难再找个像迈拉那样好的妻子了。"苏珊说道，"或许他根本就不会再找了，因为他的孩子也都长大，而且米拉贝尔现在也能料理家庭了。但很难说清楚一个鳏夫会做出什么事来。我可不敢保证。"

"我们会怀念迈拉的。"科尼莉娅小姐说道，"她的精力是那么充沛，没有什么能够阻挡她。要是有她不能克服的困难，她总是避开它，如果实在避不开，她就假装困难不存在——不过，一般来说，还没有出现过这种情况。'就算是人生的旅程就要结束，我也会努力笑脸相迎。'她总是那样对我说。啊，她就这样结束了一生。"

"你真这样认为吗？"安妮突然从幻想中回过神来，"我想象不出她的人生旅程就这样结束了。你们难道想象不出她正襟危坐、束手无策的情形吗？不，我认为死亡只是为她打开了一扇门，她跨过这道门，走向了一个新的辉煌旅程。"

"或许——或许吧。"科尼莉娅小姐说道，"亲爱的安妮，你知道吗，我并不怎么接受永远长眠的说法——不过我也不想在这里讨论这个。我希望天堂和这里一样忙忙碌碌。而且我希望那里有类似馅饼和甜圈之类的东西——这样大家就有事可做了。当然有时人们也会感到疲惫——年纪越大越容易疲惫。但是最疲愈的人却能在最短的时间内得到休息。当然，你可能认为也有例外，比如那些懒人。”

“将来我在天堂里看到迈拉·穆雷，”安妮说道，“我希望看到她笑吟吟地向我走来，就和她以前一样。”

“啊，亲爱的医生太太。”苏珊惊恐万状地说，“你不会真的以为迈拉在来生还会笑嘻嘻的吧？”

“为什么不可以呢，苏珊？你认为我们会在那里哭吗？”

“不，不，亲爱的医生太太，别误会我的意思。我觉得我们既不会哭也不会笑。”

“那是什么呢？”

“嗯，”苏珊想了想说，“我想的话，我们应该看起来非常严肃和神圣，亲爱的医生太太。”

“你真这样认为吗，苏珊？”安妮故作严肃地说，“你觉得迈拉·穆雷和我真能够一直板着面孔满脸严肃吗，苏珊？”

“是的。”苏珊勉强回答道，“当然我想你俩偶尔也会笑一笑的，但我真的不能想象天堂里会有笑声。这个想法好像有些大不敬，亲爱的医生太太。”

“嗯，说点实在的吧，”科尼莉娅小姐说道，“以后谁来替代迈拉在主日学校的课程呢？自从迈拉病后，一直是茱莉亚·克莱在上课，可她冬天要搬到镇上去，我们必须找个新人。”

“我听说劳瑞·杰米森太太想去上课。”安妮说，“自从杰米森一家从罗布里奇搬过来后，一直坚持去教堂。”

“可能是觉得新鲜吧。”科尼莉娅小姐不以为然地说，“等他们坚持一年再说吧。”

“杰米森太太一点儿也靠不住，亲爱的医生太太。”苏珊严肃地说，"她之前死过一次，可就在人们给她量棺材的时候，她又活过来了！你明白了吧，这样的女人根本不可靠的。"

"她随时都可能成为卫理公会的人。"科尼莉娅小姐说，"有人告诉我说，她在罗布里奇住的时候，去卫理公会教堂就和现在去长老会一样勤。可在这里，我倒是没看到他们去过，但我还是不太赞成她在主日学校教书。不过我们还是别得罪他们，我们已经失去太多人了，有的是因为去世了，有的是因为脾气不合。埃里克·戴维斯太太也离开教堂了，没人知道为什么。她告诉教会的主事说她不会再付一分钱给梅瑞狄斯先生。当然也有人说是孩子们冒犯了她，可我总觉得不是那样的。我试着去问了菲斯，她也不知道，只说戴维斯太太兴致勃勃地去看她的父亲，最后气急败坏地离开了，走的时候还骂他们是'混世魔王'。"

"混世魔王！怎么可以这样说！"苏珊气愤地说，"难道她忘记了她的舅舅被人怀疑毒死他的妻子了吗？虽然这件事情没有得到证实，但我要是有那么一位妻子死得不明不白的舅舅，我怎么也不会说别人家的孩子是'混世魔王'。"

"问题是，"科尼莉娅小姐说道，"戴维斯太太对教堂的捐献不少，我们不知道到哪里去补上这一块。她要是挑拨道格拉斯家的其他人一起来反对梅瑞狄斯先生，那梅瑞狄斯先生就不得不离开了，而且她很有可能这么做。"

"我觉得，戴维斯太太并不讨道格拉斯家的人喜欢。"苏珊说道，"她不可能有那样大的影响力。"

"但是那些道格拉斯家族的人总是一个鼻孔出气，如果你惹到了一个人，你就得罪了全部人。他们可是支付了牧师一半的薪水，不管怎么说，他们并不小气。诺曼·道格拉斯在离开教会之前，每年都要捐一百元。"

"那他为什么会离开呢？"安妮问。

"他认为教会里的某个成员在母牛交易中欺骗了他。他都有二十年没去教堂了。他妻子生前还一直来的，可怜的人，可他从不允许她捐什么东西，除了每礼拜天的那一文钱。她感觉很丢脸。我不知道他是不是个好丈夫，也没听她抱怨过，但她脸色总是不太好。诺曼·道格拉斯三十年前没能娶到他心爱的女人，道格拉斯家从来都不喜欢退而求其次。"

"那他想要娶谁呢？"

"艾伦·威斯特。他们虽然没有订婚，但也交往了两年。然后突然就分手了，没人知道为什么。我想可能是因为一些小问题吵架了吧。可诺曼一气之下娶了海斯特·瑞斯——他娶她只是为了气艾伦，我是这样想的。可真像个男人！海斯特是个可爱的小人儿，可她从来没有什么主见，即便有一点点儿也被诺曼给吓没有了。她对诺曼唯唯诺诺。艾伦本来可以制伏诺曼，而他也需要这样一个女人来管制。诺曼因为海斯特总是处处迁就他，反而看不起她，这是真的。许多年前，当他还年轻的时候，我总是听到说：'给我一个悍妇——天天都可以鞭笞我的悍妇。'可他最后却娶了一个胆小温顺的女人。真像个男人。瑞斯一家脾气都很软弱，他们只是简单地生活着，并没有享受过生活。"

"罗素·瑞斯还用他第一任妻子的结婚戒指来娶第二个妻子。"苏珊回忆道，"在我看来，这也实在太抠门了，亲爱的医生太太。而且他的哥哥约翰还在港口上端的墓地上为自己准备好了墓碑，上面什么都写好了，只是没写死亡日期，而且每礼拜天他都要过去看一看。大多数人都不觉得有趣，可是他就是喜欢那么做。人和人之间的差别可真是大啊！而这个诺曼·道格拉斯，他倒是个异教徒。当上个牧师过去问他为什么不去教堂时，他回答说：'那里的女人太丑了，牧师，那里的女人太丑了！'我真想走过去，严厉地警告他：'当心下地狱去！'亲爱的医生太太。"

"哦，诺曼可不相信有地狱。"科尼莉娅小姐说，"我希望他临死的时候能够发现自己的错误。好了，玛丽，你已经织好三寸了，你可以去和那些孩子玩半个小时。"

玛丽一刻也没耽误，朝彩虹幽谷飞奔而去。她急着要告诉菲斯有关戴维斯太太的事情。

"艾略特太太说，戴维斯太太会发动所有道格拉斯家的人一起来反对你的爸爸，然后他们不会给你爸爸发薪水，这样他就不得不离开溪谷村。"玛丽说，"说真的，我不知道该怎么办，要是老诺曼·道格拉斯能回到教堂来支付薪水，情况就不会那么糟糕了。但是他不会——而且道格拉斯家的人也要离开——然后你们全都要离开这里了。"

那晚菲斯心情沉重地上了床，想着要离开溪谷村真是难以忍受，世界上别的地方再不会有像布里兹家的那些朋友了。当他们离开梅沃特时，她伤心极了，要离开梅沃特的那些好朋友和离开那座母亲曾经生活和去世的房子，她真是难舍难分啊。她再也不能忍受再一次分离了，她无法离开溪谷村，无法离开彩虹幽谷和好玩的墓地。

"生活在牧师家里真不好。"菲斯抱着枕头哭着说，"刚刚喜欢上一个地方，又不得不离开。我绝不会，绝不会嫁给一个牧师，不管他长得有多好看。"

菲斯坐在床上，透过爬满藤蔓的窗户往外看。夜晚非常宁静，她能听到尤娜轻柔的呼吸声，菲斯觉得在这个世界上特别孤独。她可以看见秋夜的星光下面蓝色的草坪，还有草地下面的溪谷村。山谷那边有一缕光从壁炉山庄姑娘们的房间射了出来，还有一缕是从沃尔特房间里射出来的，菲斯在想可怜的沃尔特是不是又牙痛了，然后她叹了叹气，她真是很羡慕黛和楠。她们有妈妈，还有一个固定的家——她们不会遭人同情，不会无缘无故挨骂，也不会被人叫作混世魔王。溪谷村外是静悄悄的，那里也有一盏灯是亮着的，菲斯知道那是诺曼·道格拉斯家的房子，大家都知道他喜欢挑灯夜读。玛丽说要是能说服他回到教堂，那一切问题就解决了。为什么不可以呢？菲斯看着卫理公会教堂门口的那棵高大的水杉树尖上那颗低垂的星星，突然想到了一个办法。她知道该怎么办了，而她，菲斯·梅瑞狄斯，决定亲自试一试。她会办好一切事情的。随着一声满意的叹息，她回到了孤独的黑暗世界，躺在了尤娜身旁。

针锋相对

　　菲斯一旦下定决心，就想马上付诸行动。第二天放学回来，她便离开牧师家，朝溪谷村走去。当她经过邮局的时候，遇到了沃尔特，两人便结伴而行。

　　"我妈妈让我去趟艾略特太太家。"他说，"菲斯，你去哪里呢？"

　　"为教堂的事，我要去一个地方。"菲斯高傲地说。然后她再也没有透露只言片语，沃尔特感到有点儿受冷落。他们默默地走着。那是一个温暖、多风的傍晚，空气中弥漫着甜甜的树脂清香。沙丘外灰色的海洋轻柔而美丽。溪谷村的小溪上漂浮着金黄和深红色的树叶，就像一艘艘仙女的小船。詹姆斯·瑞斯的荞麦地里，　群乌鸦正聚在那里开会，讨论如何提高乌鸦的福利和生活。菲斯翻过栏杆，捡了块木头，无情地扔了过去，破坏了它们的集会，空中立即充满了黑色翅膀的拍打声和乌鸦们的愤怒叫声。

　　"你为什么要那么做呢？"沃尔特指责道，"它们玩得正高兴呢。"

　　"我讨厌乌鸦。"菲斯不以为然地说道，"它们看起来黑乎乎的，一副贼头贼脑的样子，一看就知道没干什么好事。它们专

127.

偷别的鸟儿的蛋，去年春天我就亲眼看见的。沃尔特，你今天脸色怎么这么苍白呢？你昨晚是不是又牙痛了？"

沃尔特身子哆嗦了一下。

"是的——痛得可厉害了，痛得我都不能睡觉——我就在房间里走来走去，把自己想象成为古代的基督徒，正被尼禄①迫害。这让我好受了一点儿——可后来实在是太痛了，我什么也想不出来了。"

"你哭了吗？"菲斯紧张地问。

"没有——但是我躺在地板上，痛苦地大叫着，"沃尔特说道，"然后姑娘们进来了，黛让我嘴里含一口冷水——我简直不能忍受，然后她们就叫来了苏珊。苏珊说是因为我昨天坐在阁楼里熬夜写垃圾诗歌造成的。她到厨房去生了火，给我弄了一个热水瓶敷脸，然后牙就不痛了。我感到舒服些的时候，就告诉苏珊诗歌不是什么垃圾，而且她也不是什么评论家。然后她说谢天谢地，她不是评论家，她不懂诗歌，只知道诗歌里充满了谎言。菲斯，你看，这是不对的。这也是我喜欢诗歌的原因之一——许多话写在诗歌里就是真实的，可写在散文里就不一定真实了。我把这告诉苏珊，但她让我停止辩论，在水冷之前赶快睡觉，要不然她就不管我了。她让我用诗歌的韵律来治好我的牙痛，而且她还希望我受点儿教训。"

"你为什么不去罗布里奇看看那里的牙医，把那颗牙齿拔掉？"

沃尔特又打了一个哆嗦。

---

① 古罗马皇帝，以迫害基督教徒闻名。

"他们想要我拔——但我不能。那肯定痛极了。"

"你害怕那点儿痛吗？"菲斯轻蔑地问道。

沃尔特的脸一下子红了起来。

"肯定会很痛的，我讨厌疼痛。爸爸说他不会逼着我去拔牙——他会等到我自己下定决心的时候。"

"长痛不如短痛。"菲斯说道，"牙痛已经让你难受这么久了，要是把它拔掉，晚上就不会再难受了。我之前也拔过牙，我只是大叫了一声，然后就没事了——只流了一点儿血。"

"流血是最糟糕的了——太恶心了。"沃尔特说，"去年夏天杰姆把脚划伤的时候，可让我难受了，苏珊说我看起来比杰姆更像要晕倒的样子。我无法忍受看到杰姆受伤。菲斯，总有人要受伤，真是太讨厌了，我真是不能忍受看见任何人受伤。这让我想逃跑，一直跑到我看不到听不着的地方去。"

"有人受伤有什么大惊小怪的啊。"菲斯理了理头发说，"当然，如果你自己伤得很重，难免会大声喊叫——血也会四处飞溅的。我也不喜欢看见人受伤，但我不会想跑掉，我会想办法去帮助他们，你爸爸不也因为要治病经常会看见流血吗？要是他跑了，病人怎么办呢？"

"我没说我会跑，我说我想跑，这是两码事。我也想帮助他人啊，我真希望世界上没有那么丑陋可怕的事情，我希望一切都是美好愉快的。"

"好了，别想那些不可能的事了。"菲斯说，"毕竟，活着还是很有乐趣的。你死了就不会再有牙痛了，可你愿意吗？我可想要好好地活着。啊，丹·瑞斯来了，他肯定是到港口来买鱼的。"

"我讨厌丹·瑞斯。"沃尔特说。

"我也是，我们姑娘都不喜欢他，我要假装没看见他就走过去。你看我的！"

菲斯抬起下巴昂首阔步地走过去，脸上挂着一副轻蔑的表情。丹·瑞斯转过身来，对着她大声地叫道："猪——丫头！猪——丫头！"

菲斯不理不睬，继续往前走着。但她的双唇在颤抖，她简直怒不可遏。她知道在骂人方面她不是丹的对手，她真希望和她在一起的是杰姆而不是沃尔特。他要是胆敢当着杰姆的面骂她是猪丫头，杰姆肯定会让他吃不了兜着走。但她从不期望沃尔特能做什么，她也并不会因此而责备他。她知道，沃尔特从来不打架。住在大路北边的查理·克洛也从不打架。但奇怪的是，她很鄙视查理，认为他是个懦夫，可她从来不会看不起沃尔特。在她看来，沃尔特只是沉浸在自己的世界里，他的世界和这个世界不一样。但是此刻，她真希望是强壮的杰姆或是杰瑞在身边，好好教训一下那个脏兮兮、满脸雀斑的丹·瑞斯，丹·瑞斯的侮辱一直让她耿耿于怀。

沃尔特的脸色不再苍白了，他气得满脸通红，双眼因为羞愧和愤怒而布满阴云。他知道他应该为菲斯报仇，他知道要是杰姆的话，早让丹·瑞斯为他所说的话付出惨重代价了。要是瑞奇·沃伦在，他早就骂出更难听的话来还击丹·瑞斯了。但是沃尔特不能，他不会说脏话，他办不到。他从未想过要像瑞奇那样说脏话。至于打架，沃尔特也不能接受，他讨厌打架。那真是太粗暴太痛苦了——而且很丑陋。他无法理解杰姆为什么那么喜欢打架。可此时，他真希望自己能和丹·瑞斯好好干上一场。眼看着菲斯受欺负，他却不能为她挺身而出，他真是羞愧难当。他觉得她肯定很鄙视他，自从丹·瑞斯骂她后，她就没和他说话。最后，当他们来到岔路口时，他终于庆幸可以脱身了。

菲斯同样松了一口气，虽然是因为不同的理由。因为她突然感到很紧张，想一个人静一静。遭到丹·瑞斯的辱骂后，她感觉自己自尊心受到了伤害。她的心情很快就恢复了平静，虽然不像事先那样充满激情，但她还是决定硬着头皮去见诺曼·道格拉斯，请他回到教堂，她开始有些害怕了。刚进溪谷村时，她还觉得这件事情很简单，也很轻松，到了这里一下子变得困难重重。她听说了许多关于诺曼·道格拉斯的事情，而且学校里的那些大个子男孩都很害怕他。要是他也对她说些难听的话——她可听说他经常破口大骂。菲斯不能忍受别人骂她——这可比实实在在地挨顿揍更让人难以忍受。但她还是要继续往前走——菲斯·梅瑞狄斯绝不会在困难面前望而却步。要是她不这样做，她爸爸就不得不离开溪谷村。

在长长的小道尽头，菲斯来到了一所巨大的古建筑面前，屋子前面是一排庄严的伦巴第白杨。诺曼正坐在后面的走廊处看报，他那只大狗就蹲在他身旁。厨房里管家威尔逊太太正在准备晚饭，只听到碗碟砰砰直响，这声音听起来不太友好，因为刚刚诺曼和她吵过嘴，现在两个人都余怒未消呢。因此，当菲斯站在走廊口的时候，道格拉斯放下报纸，菲斯这才发现她面对着一个凶神恶煞的人和一双恶狠狠的眼睛。

诺曼·道格拉斯从某种角度来讲算得上是个美男子。他那红色的胡子一直垂到胸前，他的头发也是红色的，根本没有被岁月染白。高高的额头上没有一点儿皱纹，蓝色的眼睛里还闪耀着年轻人一般的生气。当他心情好的时候，他很和善，当然有时也会很暴躁。可怜的菲斯，迫不及待地想解决好教堂的事，结果却碰上了他心情不好的时候。

他根本不知道她是谁，颇不以为然地盯着她。诺曼喜欢朝气蓬勃、爱笑的姑娘，可菲斯那时脸色苍白、无精打采。她现在看起来似乎很温顺、胆怯，甚至有些微不足道。她一副畏畏缩缩、战战兢兢的样儿，这更加惹恼了诺曼。

"真见鬼，你是谁？来这里干什么？"他没好气地大声嚷嚷道。

菲斯生平第一次变得无话可说。她从没想到诺曼会是这个样子，在他面前，她都快吓死了。他也看见她害怕了，这让他更加生气。

"你怎么回事啊？"他吼道，"你看起来想要说什么，可又害怕说出来。你究竟有什么问题？快点儿说出来，行不行？"

菲斯没办法张开嘴，一个字也说不出来。她的嘴唇开始战抖起来。

"天啊，你不要哭啊。"诺曼咆哮道，"我最受不了别人哭了。如果你有什么想说的，尽管说出来好了。猫咪，这个小姑娘是不是不会说话啊？别那样看着我——我可是个人——我没有尾巴！你是谁啊，你究竟是谁？"

整个港口的人似乎都听得到诺曼的声音。厨房里也停止了声响，威尔逊太太正竖着耳朵听呢。诺曼把他那双褐色的大手放在膝盖上，身子向前倾了倾，盯着菲斯那张紧张可怜的小脸。他就像神话故事里那些巨大的怪物一样盯着她，她感觉他马上就要扑过来把自己生吞活剥了。

"我——是——菲斯——梅瑞狄斯。"她低声地说道。

"梅瑞狄斯，哦，那你是牧师家的孩子？我听说过你——我当然听说过你！骑着猪满街跑，还在礼拜天打扫卫生！那你来这里干什么呢？你想从我这个老异教徒这里得到什么呢？我从来不向牧师赐予什么恩惠，他也别想从我这里捞到一个子儿。你说，你到底想要什么？"

菲斯可真希望能远离他十万八千里。她结结巴巴地说明了来意。

"我来——是请你——回教堂——发薪水。"

诺曼直愣愣地盯着她，然后突然暴怒地咆哮道："你这厚颜无耻的疯丫头——你可真行啊！是谁让你来的？是谁让你来的？"

"没人让我来。"可怜的菲斯说道。

"骗人。别骗我！是谁让你来的？肯定不是你爸爸——他没那么大的勇气——他也不会让你来做他自己做不到的事情。肯定是溪谷村里那些老姑娘让你来的，是不是……是不是，嗯？"

"不是的。我……我只是自己想来的。"

"你认为我是傻瓜吗？"诺曼大声吼道。

"不，我认为你是一位绅士。"菲斯怯生生地说道，一点儿也没有讽刺他的意思。

诺曼气得暴跳如雷。

"管好你自己的事，我再也不想听你多说一个字了。要不是看在你是个小孩的分上，我早就对你不客气了。当我需要牧师或药剂师的时候，我自然会去请他们。在这之前，我不想跟他们有任何交道。你听明白了吗？现在，你给我滚回去，干酪脸。"

菲斯走了出来。她跌跌撞撞地走下台阶，走出院子，走上了那条小道。可走在半路的时候，她的恐惧突然消失了，怒火开始燃烧。当走到那条小路的尽头时，她气得七窍生烟，她可从来没有如此气愤过。诺曼·道格拉斯的辱骂在她心里灼烧，燃烧着熊熊火焰。她咬咬牙，握了握拳头，滚回家！那可不是她的作风！她要毫不犹豫地走回去，告诉那个老妖怪，她是怎么看待他的——她会让他知道的！哦，居然叫她干酪脸！

她大步流星地转身向回走。走廊口已经没人了，厨房的门也是关着的。菲斯没有敲门就走了进去。诺曼刚坐在饭桌旁的椅子上，正翻看着报纸。菲斯直接穿过房间，走过去，夺下他手中的报纸，扔在地上，狠狠地在上面踩了几脚。然后她满脸通红、两眼直愣愣地看着他。她这次看起来精神抖擞，道格拉斯差点儿没认出她来。

"你怎么又回来了？"他怒吼道，这次他主要是由于吃惊而不是气愤才这么说的。

她毫不示弱地盯着他。很少有人在这样的情形下还能撑得住。

"我回来是要告诉你，我是怎么看你的。"菲斯一字一句地清晰地说道，"我并不怕你。你是一个冷酷、不讲道理、独裁、难缠的老头。苏珊说你肯定会进地狱的，我之前还为你感到遗憾，可现在一点儿也不遗憾了。你的妻子十年来都没有一顶新帽子——难怪她死得那么早。以后我看到你一次就会冲着你做一次鬼脸。我只要在你身后，你不用猜也知道会发生什么事情。爸爸书房里的书上有一张魔鬼的图片，我准备回家后，在照片上写上你的名字。你是个老吸血鬼，我希望你满身长疮！"

菲斯根本不知道吸血鬼和长疮是怎么回事，她只是有一次听到苏珊这么说过，从她的语气中知道这大概是骂人的。可道格拉斯明白"长疮"是怎么回事，他一声不吭地听着菲斯的长篇大论。当菲斯说完，停下来歇口气的时候，他突然哈哈大笑起来，还高兴地拍了拍膝盖，说道：

"我看你很有精神嘛，我喜欢有精神的人，来，坐下——坐下！"

"我才不坐。"菲斯的眼睛得意地眨巴着。她觉得她肯定被玩弄了，暂时得到了礼遇。他可能马上就要爆发，而且比之前更加猛烈。"我才不在你家坐呢，我要回家了。可我很高兴，我又回来了，而且告诉了你我对你的看法。"

"我也很高兴——我也很高兴。"诺曼咻咻地笑道，"我很喜欢你——你很漂亮嘛——也很坚强。脸色也很好嘛。我之前是不是还叫你干酪脸了？哦，你绝不是干酪脸，来，坐下。你的脸之前看起来的确有点儿像干酪脸。你是不是要把我的名字写在那个魔鬼的图片上啊？可魔鬼是黑色的，而我的皮肤是红色的。这不成——这不成！你是不是还希望我长疮啊？天啊，我小的时候就长过，别诅咒我了。坐下吧，我们好好谈谈。"

"不了，谢谢。"菲斯傲慢地说道。

"哦，你一定要答应，过来吧，我向你道歉，姑娘。我让自己出丑了，很抱歉。可人不可能不犯错误嘛，我们要学会忘记和原谅。握握手吧，来，握握手。她还不愿意呢，呵呵，她还不愿意，可必须要握手的！你看，姑娘，如果你和我握握手，并和我一起切面包的话，我就和以前一样给教堂捐款，而且每个月的第一个礼拜天坚持去教堂，而且我还会让凯蒂·埃里克闭嘴，家族里面也只有我能够让她这么做了。成交吧，小姑娘？"

这倒是个不错的交易，菲斯发现自己居然和这个"老妖怪"

握了握手，还坐在了他的旁边。她的怒火已经消退了——菲斯的脾气从来不会持续很久的——可兴奋让菲斯脸上红彤彤的。诺曼·道格拉斯满意地看着她。

　　"威尔逊，拿出你最好吃的东西来。"他命令道，"别不高兴了，女人，别不高兴了。我们是不是吵架了？可吵过就不要再不高兴了，我可不喜欢那样。我喜欢女人要有脾气，可受不了眼泪。来，姑娘，别客气，吃点肉和土豆。吃吧！威尔逊还为它们取了好听的名字。威尔逊的茶肯定难喝死了，我想她肯定加了牛蒡。别喝那个黑乎乎的东西，喝点牛奶吧。你刚说你叫什么名字呢？"

　　"菲斯。"

　　"不好听——不好听！我受不了这个名字。还有其他的名字吗？"

　　"没有了，先生。"

　　"我不喜欢这个名字，就是不喜欢。一点儿味道也没有。而且这让我想起了我的阿姨金妮。她的三个女儿就叫'信念'①、'希望'和'慷慨'。'信念'什么都不信——'希望'是个天生的悲观主义者——'慷慨'是个吝啬鬼。你应该叫红玫瑰——你生气的时候特别像红玫瑰，我就叫你红玫瑰好啦。我是不是非得去教堂啊？但是每个月只去一次，记住了——每个月只去一次。姑娘，我能不能不去啊？我过去每年给教堂捐一百美元，每个月去教堂，现在我可不可以每年捐两百美元，不用去呢？求求你了！"

　　"不行的，先生。"菲斯调皮地眨了眨眼睛，说道，"我也

---

① Faith，信念。音译，菲斯。

136.

希望你去教堂啊。"

"好吧，就这样说定了，我想我还是可以忍受每年去十二次的。我在想要是我再次走进教堂会引起多大的轰动啊！老苏珊还说我要下地狱，是吗？你觉得我会下地狱吗——你觉得呢？"

"我希望不会，先生。"菲斯含含糊糊地说。

"为什么希望不会呢？说说啊，姑娘，为什么你希望不会呢？给我一个理由啊，给我一个理由。"

"那——应该——是个不太舒服的地方，先生。"

"不舒服？全看你怎么想了，姑娘。我会很快就厌倦天使的，想想老苏珊头上罩着一个光圈会是什么样子，想想。"

菲斯的眼前立刻浮现出这个情景来，她一下子忍俊不禁，扑哧一声笑出了声。诺曼赞许地看着她。

"有点儿好笑吗？呵呵，我很喜欢你，你很棒！现在说说关于教堂的事，你爸爸真会布道吗？"

"他是位出色的牧师。"菲斯神圣地说。

"是吗？我会自己看到——我会去挑错的。他在我面前可最好小心点，我会去抓住他的漏洞，把他驳倒，让他张口结舌。我得在教堂找一些乐趣。他做地狱的布道吗？"

"不——不，我想不会吧。"

"太糟糕了，我喜欢那方面的布道。你告诉他如果想让我感兴趣的话，至少每半年要做一次有关地狱的布道——当然内容越刺激越好。我喜欢教堂上硝烟弥漫的味道，想想那将给那些老姑娘带来多少快乐。她们肯定都会看着老诺曼·道格拉斯，心里想着：'老东西，这都是为你准备的！'你要是能说服你父亲为地狱布道，我每次再追加十美元。威尔逊和果酱来了。来一点儿吧，嗯？尝尝看！"

菲斯温顺地吞下了诺曼给她的那一勺果酱，幸好味道还不错。

"简直是世界上最好的梅子酱。"诺曼说着，又舀了满满一勺递给她，"真高兴你能喜欢，我送你两罐带回家吧，我可一点儿不吝啬啊——从来都不吝啬。魔鬼在这方面可不能和我相比。而且海斯特十年都没有买一顶新帽子，这也不是我的错啊，是她自己要那样的——她把从帽子上省下的那些钱都捐给了中国的传教士了。我可从未这样做过——将来也不会的。你可休想说服我那样做！我每年给教堂捐一百美元，每个月去一次教堂已经足够了——何必要把异教徒变成可怜的基督徒呢！姑娘，他们可既不适合去天堂也不适合下地狱——两个地方都不适合。嗨，威尔逊，你就不能笑一笑吗？你们这些妇女怎么每天都拉着个脸？我这一生可都没那么阴沉着脸——我可能就一时不高兴——然后马上就忘记这些烦恼，阳光灿烂。"

晚饭后诺曼坚持要送菲斯回家，而且还在他的双轮单座马车后面填满了苹果、白菜、土豆、南瓜和果酱。

"谷仓里还有只漂亮的小猫，你要是喜欢的话，我也送给你。"他说道。

"不用了，谢谢。"菲斯坚决地说，"我不喜欢猫，而且我有公鸡了。"

"听着，你可不能像对待猫那样对待公鸡。你听说谁家的公鸡当宠物了？最好带上小猫，我想给它找个家。"

"不。玛莎姨婆养了一只猫，它肯定会伤害新来的猫。"

诺曼不大情愿地打消了这个念头。他赶着马车一路飞奔，菲斯觉得十分刺激。当到达牧师家厨房门口时，他把马车上装的东西全都放在了门廊处，然后就驾着马车离开了，一边还大声地喊道："别忘了，每个月只去一次，每个月只去一次！"

菲斯上床睡觉时，感到一阵眩晕，难以呼吸，就好像刚从旋风里逃出来一样。她很高兴也很感激，现在他们再也不用担心离开溪谷村，离开墓地和彩虹幽谷了。可当她睡熟后，还迷迷糊糊地感觉到丹·瑞斯在骂她"猪丫头"！既然造出了这样一个绰号，他肯定以后一逮着机会，就会这样嚣张地叫她。

双重胜利

　　十一月的第一个礼拜天，诺曼·道格拉斯如期来到教堂，而且引起了他预料中的轰动。梅瑞狄斯先生在台阶上心不在焉地和他握了握手，还糊里糊涂地希望道格拉斯太太身体健康。

　　"十年前我埋葬她的时候，她身体就不太好，但我想她现在应该身体很好。"诺曼喃喃地说道，除了梅瑞狄斯先生，大家都被逗乐了。梅瑞狄斯还在思考刚才的布道词是不是说得不够清楚，他根本没注意到诺曼对他讲了什么。

　　诺曼在门口拦住了菲斯。

　　"记住我的话，红玫瑰，记着我的话，我要下个月第一个礼拜天才会再来的。布道挺不错的，小姑娘，布道不错！你爸爸头脑里的东西可比脸上的多。但他说了句自相矛盾的话，你告诉他，他说了句自相矛盾的话。你还告诉他，我想在十二月听刺激的布道。在一年末尾之际，为地狱布道实在是不错的主意。然后再用新年的美好来为天堂布道，怎么样？虽然那比不上地狱的一半精彩，绝对比不上。我只是想知道你父亲对天堂是怎么认为的——他还能思考——在这个世界上还真是太罕见了——一个能思考的人。但他确实自相矛盾了，哈哈！小姑娘，当他清醒的时候，你或许可以问他一个问题，'上帝可以自己造一个大得连他自己也举不起的石头吗？'你现在可别忘了。我想听听他的意见，我已经问过许多牧师了。"

菲斯很高兴能够从他那里逃出来，然后跑回了家。丹·瑞斯站在大门口的男孩子中间，看了看菲斯，张口叫道"猪丫头"，但他不敢大声喊出来。可第二天在学校里可就不一样了，中午休息的时候，菲斯在学校后面的那个云杉林中遇到了丹·瑞斯，丹·瑞斯再次大声叫道："猪丫头，猪丫头，公鸡丫头！"

沃尔特·布里兹突然从后面的一棵冷杉树后面走出来，他刚才正坐在一块长着青苔的石头上看书。他脸色苍白，双眼燃烧着怒火。

"丹·瑞斯，你住嘴！"他制止道。

"哦，你好啊，沃尔特小姐。"丹·瑞斯恬不知耻地说着，爬到栅栏上面坐下来，含讥带讽地高唱起来：

懦夫，懦夫——软骨头，

偷了个芥末坛子抱在手，

懦夫，懦夫——软骨头！

"你这个投机取巧的家伙！"沃尔特咬牙切齿地说着，他的脸变得更加苍白。其实他只是模糊地知道投机取巧的意思，但丹压根儿也不知道，他认为这一定是什么骂人的话。

"啊，懦夫！"他再次叫道，"你妈妈专门写些骗人的东西——骗子——骗子——骗子！菲斯·梅瑞狄斯是个猪丫头——猪丫头——猪丫头！她也是个公鸡丫头——公鸡丫头——公鸡丫头！啊！懦夫——懦夫——软骨头——"

丹还想再叫，沃尔特冲过去，重重地给了他一拳，把他推下了栅栏。丹发出了一声惨叫，随之而来的是菲斯的欢呼声和掌声。丹跳了起来，脸气得铁青，可就在那时铃声响了，他知道如果在海泽德老师的课上，男孩子迟到了会有什么样的后果。

"我以后再跟你算账。"他叫道，"懦夫！"

"随时奉陪。"沃尔特说道。

"哦，不要，不要，沃尔特。"菲斯说，"你不要和他打架。我不在乎他说什么——我才懒得去理会他呢。"

"可他辱骂了你，还辱骂了我妈妈。"沃尔特平静地说，"丹，今晚放学以后跟你算账。"

"我爸爸让我今天放学后立即回家把马铃薯。"丹狡猾地说，"明天晚上吧。"

"好的——就明天晚上。"沃尔特说道。

"我要撕破你那张姑娘一样的脸蛋。"丹威胁道。

沃尔特耸了耸肩，他倒不是被他的威胁吓倒了，而是被他粗俗不堪的话吓着了。但是他昂头挺胸地朝学校走去，菲斯带着复杂的心情跟在沃尔特后面。她不想看到沃尔特和那个小人打架，因为他是那么的伟大！而且他要为她——菲斯·梅瑞狄斯——去和辱骂她的那个人决斗！当然他一定会赢的——他的眼里闪烁着胜利者的光芒。

到晚上的时候，菲斯对沃尔特能够获胜的信心逐渐减退，沃尔特整天在学校里倒是看起来很平静。

"要是杰姆就好了。"当她们在墓地里海希盖亚·波洛克的墓碑上玩耍的时候，她叹了一口气，对尤娜说道："他打架那么厉害，肯定一下就能打赢丹。可是沃尔特并不怎么知道打架。"

"恐怕他会受伤的。"尤娜说，她害怕打架，而且她也不能理解，为什么菲斯说话间还流露出扬扬得意来。

"他不会的。"菲斯不安地说，"他的个子和丹差不多高呢。"

"但是丹要大些啊。"尤娜说道，"差不多要大一岁呢。"

"丹也没打过多少架。"菲斯说，"我觉得他才是一个懦夫。他没想到沃尔特会和他打架，要不然就不会当着他的面骂人了。哦，你没有看到沃尔特看丹的那种神情，尤娜！那让我浑身战栗，不过是感觉很好的战栗，他看起来就像是爸爸星期六为我们读的诗中的加蓝骑士那样。"

"我讨厌打架，我真希望他们不要打架。"尤娜说道。

"现在已经来不及了。"菲斯说道，"这可关系到尊严。尤娜，你可不要告诉其他人，要不然我不会再告诉你任何秘密了。"

"我不会说的。"尤娜说，"明天晚上我也不打算去观看，放学后我要立即回家去。"

"嗯，行吧。我可必须要去——不去太不道德了，沃尔特是为我而打架呢。我要在他的胳膊上系上丝带——当他是我的骑士的时候，我就要这么做。布里兹太太可真好啊，我生日的时候还送了我一条漂亮的蓝色丝带！我只用过两次，看起来还是崭新的。可我真希望沃尔特能够赢。要不然，实在是太——太丢脸了！"

要是此刻菲斯看到了她的英雄，她肯定会信心大失。沃尔特放学后情绪低落地回到了家。明天晚上就要和丹决斗了——他之前不想这样做的——他讨厌这么做。他一直在思考这个问题，一刻也不能逃离这个问题。这会受伤吗？他很害怕受伤。会失败吗，会很丢脸吗？

吃晚饭的时候沃尔特一点儿也没有心情，苏珊做了他最爱吃的面包，他却只能勉强咽下一个。杰姆吃了四个。沃尔特很吃惊杰姆是怎么吃下的，怎么能吃下四个呢？他也不明白为什么他们还能兴高采烈地说说笑笑。母亲的双眼闪亮，双颊红红的，可她不知道自己的儿子明天就要去决斗了。沃尔特在想，她要是知道了会高兴吗？杰姆用他的新相机为苏珊拍了照片，现在照片就在桌子上传递，对此苏珊十分生气。

"亲爱的医生太太，我知道我并不漂亮，我很清楚，一直都清楚。"她带着生气的口吻说，"可我怎么也不相信，我在照片上是那么丑啊，我真的难以相信啊。"

杰姆听她这么说，忍不住哈哈大笑，安妮也随之笑了。沃尔特实在受不了这种气氛，起身逃回到自己的房间。

"那孩子肯定有心事，亲爱的医生太太。"苏珊说，"他几乎什么都没吃呢，我想他肯定是在酝酿一首诗。"

可怜的沃尔特哪里有什么心情来写诗啊，他双肘托着脑袋，望着窗外发呆。

"沃尔特，下来到海岸去。"杰姆冲进来喊道，"我们今晚要去烧沙滩上的那些野草。爸爸同意我们去了，快走啊。"

要在平时，沃尔特肯定满心欢喜地去，他喜欢看着沙滩上的那些野草燃烧起来的样子。但现在他却拒绝了，不管杰姆怎么劝说也无济于事。这让杰姆很失望，但他也不想一个人在黑乎乎的夜晚走到四风港去，于是便退回到自己的房间，埋头看书。杰姆很快就忘记了自己的失望，沉浸在浪漫英雄的传奇中，有时他还停下来把自己想象成一位著名的将军，带着他的军队纵横沙场，赢得大捷。

沃尔特一直就那样坐在窗前直到睡觉的时间。黛溜了进来，希望沃尔特能告诉她到底发生了什么，可沃尔特什么也不愿意说，哪怕是对黛也一样。仅是想一想这件事，已经让他痛苦不堪了。要是说出来，感觉就像真的一样，那会让他更加受不了。窗外的枫树叶掉下来，窸窣作响。玫瑰色的火烧云已经消失在银色的天空，一轮圆月慢慢爬上了彩虹幽谷的天空。那是一个清朗的夜晚，远处的声音也听得一清二楚。一只狐狸正从池塘穿过；溪谷村车台的引擎正在发动；青鸟在枫树林里叽叽喳喳地叫着；牧师家的草坪上传来一阵欢笑声。人们怎么还能笑得出来呢？狐狸、引擎、青鸟怎么表现得好像明天不会发生什么重要的大事一样呢？

"啊，我真希望这一切已经结束了。"沃尔特痛苦地叫着。

那天晚上他只睡了一会儿，第二天早上痛苦地咽下了一碗粥。苏珊给他盛的粥太多了。海泽德先生发现沃尔特那天在学校里表现得不太好；菲斯·梅瑞狄斯那天也一直心不在焉；丹·瑞斯那天还是不停地给姑娘们画漫画，然后还给她们安上了猪或公鸡的脑袋，再举着这些画给大家看。决斗的消息不胫而走，放学后很多孩了都聚集在丹和沃尔特将决斗的那片空地上。尤娜已经回家了，可菲斯去了那里，还把蓝丝带绑在了沃尔特的手臂上。沃尔特很庆幸，黛、楠和杰姆没有出现在人群中。他们估计都没听说此事，放学后就直接回家了。此时，沃尔特毫无恐惧地面对着丹，他的恐惧感消失殆尽，虽然他对决斗的事情仍觉得恶心。大家发现丹那张长着许多雀斑的脸比沃尔特的脸还要苍白。然后一个稍大点儿的男孩子做了个手势，宣布决斗开始，丹便一拳打在了沃尔特的脸上。

沃尔特踉跄了一下，疼痛一下子传遍了全身，可他一点儿都不觉得疼痛，一种他从未经历过的、像鲜血样的东西迅速像洪水一样汹涌袭来。他的脸涨得血红，眼睛里像有一团火在燃烧。溪谷村学校的学生们做梦也没想到"沃尔特小姐"也可以变成这个样子。他奋力向丹扑过去，像只野猫一样跟他扭打成了一团。

溪谷村的这些男孩子打架并没有什么特别的规定，不管用什么办法打倒对方就可以了，沃尔特便是凭着一股蛮劲把丹打倒在地。胜负立判，决斗很快就结束了。沃尔特几乎没有意识到自己在做什么，直到一团鲜血出现在眼前，他这才清醒过来，发现丹被自己压在身下，鼻子——哦，天哪！丹的鼻子在流血。

"你认输了吧？"沃尔特咬牙切齿地问道。

丹怏怏不乐地点了点头。

"我妈妈有没有写骗人的东西？"

"没有。"

"菲斯是不是猪丫头？"

"不是。"

"是不是公鸡丫头？"

"不是。"

"我是不是懦夫？"

"不是。"

沃尔特本来还想问他："你是不是骗子？"但他突然觉得丹有点儿可怜，便不想再羞辱他了。而且，那红色的血看起来太可怕了。他说："那你可以回去了。"

趴在栅栏边的男孩子立即鼓起掌来，但有些姑娘却哭了，她们害怕了。她们之前也曾看过男孩子打架，但是从没见过像沃尔特跟丹那样打架的。她们觉得沃尔特身上有种恐怖的东西，她们还以为他会杀掉丹呢。现在打架终于结束了，她们便无所顾忌地大声哭起来。菲斯没哭，她满脸通红，紧张地站在那里，一动不动。

沃尔特没有留下来享受胜利者的欢呼，他翻过栅栏，冲下山丘，跑进了彩虹幽谷。他丝毫没有胜利者的喜悦，只觉得五味杂陈，一种完成任务后的满足和复仇的荣耀、恶心的眩晕——想到丹的鼻血，他还感到恶心。实在是太恶心了，沃尔特讨厌看到那么恶心的东西。

然后，他自己也意识到了身上的疼痛。他的嘴唇被打破了，还肿了起来，一只眼睛也觉得很难受。在彩虹幽谷，他遇到了梅瑞狄斯先生，他下午去拜访威斯特小姐了。虔诚的牧师严肃地望了望沃尔特，问道：

"沃尔特，你是打架了吗？"

"是的，先生。"沃尔特以为会遭到一顿责骂。

"为什么打架呢？"

"丹·瑞斯说我母亲写骗人的东西，还说菲斯是猪丫头。"沃尔特老实地说道。

"啊——啊，那你这样做当然是对的，沃尔特。"

"先生，你觉得打架是对的吗？"沃尔特好奇地问。

"也不全是——也不全是——但有时是——是的，有时是对的。"约翰·梅瑞狄斯这样说，"当女士受到欺负的时候，我认为你就应该为她们打架，沃尔特，我的原则就是该出手时便出手。我想你应该打赢了吧。"

"是的，我打得他满地找牙。"

"好，实在是好。沃尔特，我之前可没认为你是个打架高手哦。"

"我之前从未打过架——即便到了最后一刻我都还是不想打——可突然，"沃尔特决定老实说出来，"我发现我很高兴这样做了。"

虔诚的约翰双眼眨了眨。

"你——刚开始——是不是有点儿害怕呢？"

"我怕极了。"老实的沃尔特这样说道，"但我现在一点儿都不怕了，先生。我知道比恐惧更可怕的就是恐惧本身。明天我就让爸爸带我到罗布里奇去拔牙。"

"这就对了。'恐惧带来的痛苦比痛苦本身更可怕。'你知道是谁说的吗，沃尔特？是莎士比亚说的。人类内心还有什么感情、经历这位圣人不知道的呢？你回家后告诉你母亲，我为你感到自豪。"

沃尔特并没有把这句话告诉母亲，但他把其他的一切事情都和盘托出了。她非常同情并理解他，还告诉他她感到非常高兴，他为自己和菲斯打抱不平，然后给他身上受伤的地方擦上了药水。

"是不是所有的母亲都和你一样好？"沃尔特拥抱着母亲这样问道，"你值得我为你打抱不平。"

当安妮下楼时，科尼莉娅小姐和苏珊都在客厅里，她们饶有兴趣地听完了这个故事。苏珊尤其感到激动。

"我真高兴听到他打赢了，亲爱的医生太太，或许这一打还把他脑中的诗歌想法打没了。我真是难以容忍丹·瑞斯那家伙。你不靠近炉火些吗，马歇尔·艾略特太太？十一月的傍晚可真冷啊。"

"谢谢，苏珊，我不冷。我来之前还到牧师家去了，已经烤得非常暖了，虽然我必须自己到厨房去烤火，因为他们家其他地方就没有炉火了。那个厨房看起来一片狼藉，真的，梅瑞狄斯先生没在家，我不知道他去哪里了，但我感觉他应该在威斯特家。亲爱的安妮，人们都在说这个秋天他经常到她们家去呢，而且人们还说他在考虑迎娶罗斯玛丽。"

"他要是娶了罗斯玛丽，他可真得到了一位漂亮妻子啊。"安妮说着往炉子里添加了些柴火，"她是我见过的最令人愉悦的姑娘之———是真正认识约瑟夫的人。"

"是的，可她是圣公会教的。"科尼莉娅小姐迟疑地说，"当然，这比卫理公会教徒要好些——但我还是认为梅瑞狄斯先生可以在本教会中找到更合适的妻子。虽然现在还不大可能。大约一个月之前我对他说，'梅瑞狄斯先生，你应该再婚啊。'他看起来相当震惊，就像我说了什么不该说的话，温和地说道，'我的妻子在坟墓里面，艾略特太太。'我说道，'是的。但我认为你可以再娶一个啊。'然后他看起来更加震惊。所以我怀疑他和罗斯玛丽是不是真的有这么一回事。但如果一个单身牧师拜访一个单身女人超过两次，那大家都会认为他是在追求她。"

"我认为——我只是在想——这个梅瑞狄斯先生可能是太害羞了，不好意思再娶妻子。"苏珊严肃地说。

"他一点儿不害羞，相信我。"科尼莉娅小姐反驳道。

"只是有点儿心不在焉，害羞倒确实不存在。除了有时心不在焉半梦半醒外，大家对他的看法还是蛮好的，很有男子气，而且当他清醒的时候，很讨女人喜欢。可问题是，他以为自己的心已经埋葬了，可大多数时候他和别人的心都一样，一直怦怦直跳呢。他可能喜欢罗斯玛丽，也有可能不喜欢。如果他喜欢的话，

149.

我们就应该帮帮他。她是个好姑娘，也会是个好管家，而且还能成为那些可怜没人照顾的孩子们的好母亲。"科尼莉娅小姐这样总结道，"我的祖母也是个圣公会教徒。"

玛丽带来坏消息

星期六下午，艾略特太太让玛丽去了一趟牧师家，办完交代的差事后，玛丽便赶往彩虹幽谷。黛、楠、菲斯和尤娜早些时候在牧师家的树林中采云杉树胶，现在，她们四个正坐在小溪边上的一棵倒下来的松树上，高高兴兴地大口嚼着树胶。壁炉山庄的那对双胞胎除了在彩虹幽谷能嚼树胶外，其他地方都不行。但菲斯和尤娜却不受这种限制，随便在哪里都可以开开心心地嚼，这让溪谷村的人感到特别不安。菲斯有次还在教堂里嚼，杰瑞意识到了不妥，立马训斥了她一顿，从此她再也不敢那么做了。

"我饿了，我觉得我必须要嚼点儿什么。"她抗议道，"你很清楚我们早饭都吃了些什么，杰瑞·梅瑞狄斯，我不能忍受就吃那点儿粥，我的胃感觉空空的，很不舒服。所以这样嚼着很有帮助——而且我也没怎么用劲嚼，我不会发出任何声音的。"

"无论如何，你都不能在教堂里嚼。"杰瑞坚决地制止道，"可别让我发现你再这样做。"

"上个星期的祈祷会上你还嚼了不少。"菲斯反驳道。

"那不一样。"杰瑞傲慢地说，"祈祷会又不是在礼拜天。而且，我是坐在最后面，黑黢黢的，没人看得见我。可你现在坐在最前面，众目睽睽，谁都看得见。而且在唱最后一首赞美诗的时候，我就吐出来了，贴在柱头上，第二天早上我回去找也没找到，我想可能是罗德·沃伦拿走了。他可有嚼的了。"

玛丽·范斯趾高气扬地朝彩虹幽谷走去。她戴着一顶崭新的蓝色天鹅绒帽子，上面还有一朵鲜红的玫瑰，穿着一件海军蓝的外套，手上戴着松鼠毛暖手套。她对这身新衣服非常满意，也很得意。她的头发也刻意地弄成了一个个小卷，脸蛋圆了许多，眼睛也显得光亮有神。她看起来一点儿也不像梅瑞狄斯家的孩子在泰勒的旧谷仓里发现的那个衣衫褴褛的流浪儿了。尤娜努力不让自己产生忌妒，玛丽现在都有了新天鹅绒帽子，可她和菲斯今年还得戴着那顶破旧的灰色帽子过冬。没有人会想起给她们做新帽子，她们也不敢向父亲要，因为她们害怕父亲缺钱买不起，这样反而让他更难受。玛丽曾告诉过她们说牧师总是缺钱花，很难达到收支平衡。从那以后，菲斯和尤娜宁愿穿得破破烂烂的，也不愿向父亲开口要新衣服。她们从没因为自己的破旧衣服而感到难为情，可看着玛丽穿着这身新衣服是那么得意扬扬，就忍不住渴望自己也能穿上新衣服。特别是那双松鼠毛的手套，尤娜和菲斯连想都不敢想，对她俩来说，能拥有一双没有洞的手套已经很幸运了。玛莎姨婆老眼昏花，缝不好这些洞，尤娜虽然尝试着去缝，但也总是缝不好。不知为什么，她们对玛丽打招呼时显得并不那么友好，但玛丽并不介意，她总是不太敏感。她轻轻地跳到松树上，随意把松鼠毛手套往身旁的树枝上一挂。尤娜看见那手套的里面缝着红色的缎子，上面还缀着红色的流苏。她再低头看了看自己的那双冻得发紫、皲裂的小手，心想不知道自己有没有机会也戴上那样的一双松鼠毛手套呢。

"给我嚼点儿吧。"玛丽大大咧咧地说。楠、黛和菲斯便从自己的口袋里掏出了一两块琥珀色的树胶给她。尤娜却坐着没动，她那件又小又旧的小夹克口袋里有四块可爱的大树胶，可她不愿意给玛丽——一块也不愿意给，让她自己去摘吧。戴上松鼠毛手套的人还需要世界上的什么东西呢。

"天气真好啊。"玛丽边说边晃动着她的双脚，可能是存心想要显摆下那双可爱的新靴子。尤娜便把脚藏在身下，因为她的一只靴子上还有一个洞，两只鞋上的饰带都已经打结了。但那已经是她最好的一双鞋了。啊，这个玛丽·范斯！她们当时为什么不让她待在那个旧谷仓里？

虽然壁炉山庄的双胞胎通常也比她和菲斯要穿得好，但尤娜从未因此不高兴过。她们虽然穿着漂亮的衣服，却从来不扬扬得意，不会让别人觉得相形见绌。可当玛丽·范斯穿成这样的时候，她就明摆着要炫耀自己的新衣服的样子——瞧她那种神态——恨不得所有人的目光都聚焦在她的衣服上。尤娜坐在那里，沐浴在十一月下午的温暖阳光中，深刻而痛苦地意识到自己身上所穿的衣服是那么见不得人——一顶褪色的宽边帽子，这已经是她最好的帽子了；连续穿了三个冬天的又小又破的夹克；她的裙子和靴子上的破洞；还有她单薄的内衣。当然，玛丽是外出拜访，而她却不是。可即便是她出门拜访，也没有像样的衣服可穿啊。

"啊，这些树胶真是棒极了，你们听我的嚼声，四风港就没有这样的树胶。"玛丽说着，"有时候我真想嚼一嚼啊。但艾略特太太不许我这样做。她说这样看起来不淑女。哎，淑女这东西真是让我伤透脑筋了，我可真搞不懂啊。喂，尤娜，你怎么啦？

舌头被猫咬走了吗？"

"没有。"尤娜答道，她还是无法把目光从那双松鼠毛手套上移开。玛丽坐到她身边，拿起手套，按到尤娜的手里，说着："戴一会儿吧，你的手可冻坏了。这手套是不是看着很漂亮啊？这是艾略特太太上个星期送给我的生日礼物，到圣诞节的时候我还会得到新衣服，我听到艾略特太太对艾略特先生这样说的。"

"艾略特太太对你可真好啊。"菲斯说道。

"当然了，我对她也很好啊。"玛丽抢着说，"我每天都把该做的做好，好让她轻松点。而且我把每件事都干得妥妥帖帖的。没人能够比我更能和她融洽相处的了。她很爱干净，我也一样，所以我们正好合得来。"

"我告诉过你，她是不会打你的。"

"是的，她从没想过要动我一个手指头，我也从没对她撒过谎，一次也没有，真的。她有时候会很严厉地批评我，但这些就当流水一样很快就流走了。对了，尤娜，你怎么不戴上呢？"

尤娜已经把它放回树枝上了。

"我手不冷，谢谢你。"她冷冷地说道。

"嗯，随你的便。还有啊，老凯蒂·埃里克已经乖乖地回到教堂了，没人知道为什么。但大家都在说是菲斯让诺曼·道格拉斯回到教堂的。他们家的管家说，你到他们家去了，而且还狠狠地臭骂了他一顿。是吗？"

"我是去请他回教堂了。"菲斯不自然地说。

"你真了不起啊。"玛丽钦佩地说道，"我可不敢那么做，威尔逊太太说你们俩吵得很厉害，结果你赢了，他还来了一个一百八十度的大转弯，变得非常喜欢你了。对了，你爸爸明天要

154.

在这里布道吗？"

"不，他要和从夏洛特敦来的裴瑞先生交换一下。爸爸早上已经去镇上了，而裴瑞先生今天晚上到这里来。"

"我就感觉肯定有什么事情，虽然老玛莎不肯告诉我，但我就是想不通她怎么无缘无故把那只公鸡给杀了。"

"那只公鸡？你什么意思啊？"菲斯脸色一下子变得苍白，大叫道。

"我不知道是哪只公鸡，我没看清。当我把艾略特太太做的黄油交给她时，她说她要到谷仓去宰一只公鸡当作明天的午餐。"

菲斯一下子从松树上跳了起来。

"肯定是亚当——我们没有其他公鸡的——她把亚当杀了。"

"别发火啊。玛莎姨婆说溪谷村的肉贩这个星期都没有肉卖了，她必须要找点肉来招待客人，而那些母鸡都在下蛋。"

"她要是真杀了亚当——"菲斯开始往山上跑。

玛丽耸了耸肩。

"她现在肯定要疯了，她那么喜欢亚当。要不然它早就被吃掉了——它现在的皮肯定都和牛皮一样厚。不过我要是玛莎姨婆的话，我肯定也不会把它杀掉的，菲斯都气得发疯了。尤娜，你最好跟着她，安慰安慰她。"

玛丽和布里兹家的孩子一起没走几步，尤娜突然转过身，跑过来，说："玛丽，给你些树胶。"她带着一丝忏悔的语气说着，并把口袋里的四块树胶都给了玛丽，"我很高兴，你有这么漂亮的手套。"

"哦，谢谢。"玛丽有些吃惊地说。等尤娜走后，她对布里兹家的孩子说道："她今天是不是有些奇怪啊？但我一直都认为她心肠很好。"

可怜的亚当

当尤娜到家时，看到菲斯已经把脸埋在被窝里放声痛哭，她一点儿也不听尤娜的安慰。玛莎姨婆杀了亚当。她到家的时候，看到亚当正躺在盘子里，被扒光了毛，缩成一团，内脏全都被掏出来放在一块儿。玛莎姨婆注意到了菲斯的生气和激动，她也有些生气。

"我们必须要给来做客的牧师做顿像样的午餐。"她解释道，"你都这么大的孩子了，不应该为一只老公鸡大惊小怪的，它迟早都会被宰的。"

"爸爸回来后，我要告诉他你都做了什么。"菲斯边哭边说。

"别去烦你那可怜的爸爸，他已经够烦了。我现在才是这里的管家。"

"亚当是我的——约翰逊太太送给我的，你没有权利碰它。"菲斯争辩道。

"你别再说了，公鸡已经杀了，还能怎么办。我总不能用一盘冻羊肉来招待牧师吧，我可没受过那样的教育如此去招待客人啊。"

菲斯那晚拒绝下楼吃晚饭，第二天早上也没有去教堂。但到中午的时候她下来吃饭了，两眼哭得又红又肿，脸上仍然怒气未消。

詹姆斯·裴瑞先生是一个红光满面的人，蓄着一丛齐刷刷的白色髭须，灌木一样的白色眉毛，闪闪发亮的秃头。他当然长得不英俊，而且还有些无聊和傲慢，但即使他长得像天使迈克，说话也像天使一般动听，菲斯还是不会喜欢他。他饶有兴致地把亚当切成碎片，展示出了他那双白白胖胖的戴着钻戒的手。而且在吃饭的过程中，他不停地唠叨，杰瑞和卡尔咯咯地笑着，尤娜出于礼貌也勉强地微笑着。只有菲斯一直板着脸，詹姆斯先生认为她非常没有礼貌。有一次当他正随意地评论杰瑞的时候，菲斯毫不留情地反驳了他。詹姆斯牧师灌木一样的眉毛都吃惊地挤到了一起。

"小姑娘不应该打断大人说话。"他说道，"尤其是不应该和那些比你们知识渊博的人顶嘴。"

这让菲斯十分生气，居然把她叫作"小姑娘"，感觉她比布里兹家的里拉都还小！简直难以忍受！而且裴瑞先生的吃相是多么难看啊！他甚至还不肯放过亚当的骨头。菲斯和尤娜都不愿意吃一口鸡肉，可那些男孩子却吃得十分开心，感觉他们就好像是从食人族来的一样。菲斯觉得，要是这可怕的午餐还不赶快结束，她可能会向那可恶的裴瑞先生油光可鉴的秃头上砸东西。幸运的是，裴瑞先生发现玛莎姨婆做的苹果馅饼硬得咬不动，便以一段冗长的祷告结束了午餐，感谢仁慈的上帝赐予如此丰盛的午餐。

"上帝可没有把亚当赐给你。"菲斯嘀咕道。

男孩子们高兴地逃到屋外去了，尤娜帮助玛莎姨婆收拾碗筷——虽然那位暴躁的老妇人并不欢迎她的帮助——菲斯去了书房，那里的炉火很温暖。她想她可以借此机会躲开那个讨厌的裴瑞先生，因为他刚才说他想在房间里午休一会儿。可正当菲斯拿着一本书坐下来的时候，他走了进来，站在炉火前，带着鄙夷的目光打量着这间乱糟糟的书房，"你父亲的书房似乎非常乱啊，小姑娘。"他严肃地说道。

菲斯缩在角落里，一言不发，她不愿意和这个人说话。

"你应该好好收拾一下。"裴瑞先生一边玩弄着表链，一边语重心长地教育道："你都这么大了，完全可以做些家务活了。我家里的小女儿才十岁，就已经是个非常优秀的小管家了，这可真让她母亲感到欣慰啊。她真是个懂事的乖孩子，我真希望你能见见她，她或许可以帮帮你。当然，你不幸没有得到母亲的照料和训练。真遗憾啊，真是太遗憾了。我不止一次对你父亲提到这事，并且严肃地指出了他应该担负的责任，可好像并没有什么效果。我想他总会清醒的，然后会意识到自己的责任，希望那时还不是太晚。同时，你也应该努力地替代你母亲的位置，这是你的责任和权利。你应该为你的兄弟和小妹妹树立榜样——对他们来说，你就应该像个母亲一样。我想你可能还没认识到这些，我亲爱的孩子，为了他们，让我来引导你，擦亮你的眼睛吧。"

裴瑞先生滔滔不绝，越说越起劲，一点儿没有要停下来的意思。他就站在炉火前，双脚重重地踩在地毯上，热情洋溢地说着。菲斯却一个字也没听进去，她不想听他讲话。她惊讶地看着他那黑色长大衣的下摆。裴瑞先生离炉火很近，一个火星从烧着的木头上飞出来，溅在他的衣服上，火焰迅速扩大。大衣的下摆开始被烧焦了——大衣的下摆开始冒烟了。他还在口若悬河地演讲着，甚至还为自己的能言善道颇为得意。下摆冒出的烟更厉害了，菲斯实在忍不住哈哈大笑起来。

裴瑞先生立马停了下来，他被她的无礼大笑激怒了。突然他闻到房间里有一股焦味，他转了一圈也没发现什么不对。然后他把衣服的下摆抓到前面一看，已经烧了一个大洞——这可是他的新衣服啊。菲斯看着他那气急败坏的样子捧腹大笑起来。

"你是不是看到我衣服烧着了？"他愤怒地问。

"是的，先生。"菲斯故意冷静地说。

"那你为什么不告诉我？"他怒气冲冲地质问道。

"可你说过打断大人说话是不礼貌的啊，先生。"菲斯更加冷静地说。

"如果——如果我是你父亲，我就要好好揍你一顿，让你长长记性，小姐。"说完，他便气急败坏地离开了书房。梅瑞狄斯先生那件第二好的外套并不适合裴瑞先生穿，于是晚上裴瑞先生就只有穿着烧了一个大洞的衣服去布道，但他并没有像往常一样在走廊里来来回回地走动。他再也不会和梅瑞狄斯先生交换布道了。第二天早上，当两位牧师在车站见面的时候，裴瑞先生几乎难以保持对梅瑞狄斯的礼貌。但菲斯却觉得大快人心，至少算是为亚当报仇了。

菲斯交了一位新朋友

第二天在学校里，菲斯度过了艰难的一天。玛丽·范斯把亚当的故事告诉了大家，学校里除了布里兹家的孩子，所有的人都觉得那是多么滑稽可笑。姑娘们咯咯地笑着告诉菲斯她们深感悲痛，男孩子们给她递上了纸条，上面开玩笑地写着惋惜的悼词。可怜的菲斯放学后回到家中，感到无比的难受和失落。

"我要去壁炉山庄找布里兹太太谈谈。"她哭着说，"她不会像其他人那样笑话我，我要向一个理解我的人诉说我是多么的难受。"

她沿着小山，往彩虹幽谷跑去。在傍晚时分，魔法师已经完成了它的工作。轻柔的雪花缓缓飘落下来，披着雪花的冷杉正做着一个春天即将到来的美梦。远近的小山都被无叶的山毛榉装点成了浓郁的紫色，夕阳的玫瑰色霞光亲吻着大地。在所有美妙的仙境中，彩虹幽谷这个冬日的傍晚是最美的，但这美丽的景色对伤心的菲斯来说都失去了意义。

在小溪边，菲斯意外地遇到了罗斯玛丽·威斯特，她正坐在那棵古老的松树上。她刚从壁炉山庄给孩子们上完音乐课出来，准备回家去。她总是要在彩虹幽谷逗留一会儿，欣赏一下这里优美的景致。从她的表情看，她肯定是在想着一些愉快的事。或许是听到了情人树上那串铃铛的清脆美妙声，或许是想到梅瑞狄斯先生最近每个星期一的晚上都要去她们家坐一坐吧，她的嘴角露出了微笑。

叛逆而悲痛的菲斯·梅瑞狄斯闯进了罗斯玛丽的梦里。看到威斯特小姐后，菲斯立即停了下来。她对她不是很熟悉——见面时只是打打招呼而已，而且那时菲斯也不想见其他人——除了布里兹太太。她知道自己的眼睛和鼻子一定又红又肿，她可不想让人看见她哭过。

"晚上好，威斯特小姐。"菲斯不自然地说道。

"怎么啦，菲斯？"罗斯玛丽关切地问道。

"没什么。"菲斯简短地回答。

"啊！"罗斯玛丽微笑着说道，"对外人无可奉告吗？"

菲斯立即好奇地看了看威斯特小姐，她想她肯定是一个能理解别人的人，而且她是多么美丽啊！她帽子下露出的头发是那么金黄！她的脸颊在天鹅绒外套的映衬下白里透红！她的眼睛是那么湛蓝友好！菲斯觉得，要是她不是陌生人而是朋友的话，该是一个多么可爱的朋友！

"我——我要去找布里兹太太。"菲斯说，"她总是那么善解人意——她从不嘲笑我们。我总是和她谈话，对我很有帮助。"

"可是，亲爱的，我很抱歉地告诉你，布里兹太太今天不在家。"威斯特小姐惋惜地说，"她今天到安维利去了，要一个星期后才能回来。"

菲斯的嘴唇不由得颤抖了一下。

"那我只好回去了。"她痛苦地说道。

"我想是的——除非你愿意和我谈谈。"罗斯玛丽小姐温柔地说着，"和人谈谈总是好的，我知道我可能不像布里兹太太那样善解人意——但我保证我不会笑话你的。"

"你表面上不笑，但心里会笑的。"菲斯犹豫地说。

"不会的，我心里也不会笑。我为什么要笑啊？你都受到伤害了——看见别人伤心我怎么还高兴得起来呢？不管是什么事让你伤心，我都不会笑的。如果你告诉我是什么让你如此伤心，我很乐意听你讲。但如果你不愿意说，那也没关系，亲爱的。"

菲斯仔细地打量着威斯特小姐的眼睛，她的眼神非常严肃——没有嘲笑，内心深处也没有嘲笑的意思。于是，她便叹了口气，坐在了这位新朋友旁边的松树上，告诉了她关于亚当的故事和它那悲惨的命运。

罗斯玛丽没有笑，也没有想笑的意思。她能够理解，也深表同情——真的，她和布里兹太太一样善良。

"裴瑞先生是个牧师，但他过去肯定是个屠夫。"菲斯狠狠地说道，"他非常喜欢切东西，他饶有兴致地切着亚当的肉，漫不经心地咀嚼着，把它当成了一只普通的公鸡。"

"告诉你吧，菲斯，我也不喜欢裴瑞先生。"罗斯玛丽笑了笑，但菲斯知道她是在笑裴瑞先生，并不是嘲笑亚当。"我从来就没有喜欢过他，我和他还一起上过学——他就在溪谷村长大，你知道的，他那时很狂妄自大。我们在玩手拉手的游戏时，姑娘们当时都很讨厌拉着他那双肥嘟嘟、油光光的手。但是亲爱的，我们要知道，他并不知道亚当是你养的宠物啊，他以为它是一只普通的公鸡。即使我们受到了伤害，我们也不能失去公正啊！"

"我想是的。"菲斯承认道，"但为什么大家都觉得我如此爱亚当这件事很奇怪呢，威斯特小姐？它要是一只丑陋的老猫，也许就没人觉得奇怪。当洛蒂·沃伦的猫咪的腿被收割机割掉时，大家都那么同情她。她在学校哭了两天呢，也没有人嘲笑她，就连丹·瑞斯也没有。而且她所有的好朋友都参加了她猫咪的葬礼，还把它埋了——只是他们找不到那可怜的爪子一起埋葬。当然那是件很恐怖的事，可我觉得这也没有眼睁睁地看着别人吃掉自己的宠物那么恐怖啊。但即便这样，大家还都嘲笑我。"

"我想是因为它叫'公鸡'，人们就觉得好笑。"罗斯玛丽严肃地说，"这个名字听起来带点儿喜剧味道。如果叫'小鸡'就不一样了，要是说谁喜欢'小鸡'就不怎么好笑了。"

"亚当以前也是只可爱的小鸡，威斯特小姐。就像一只毛茸茸的球一样，它会跑到我身边，用嘴啄着我的手。长大后它就变得帅气了，如雪一样白，还有一条白白的尾巴，尽管玛丽·范斯说它的尾巴有些短。它知道它叫什么名字，我只要叫它的名字，它就会跑过来——它真是一只聪明的公鸡。玛莎姨婆没权利杀它，它是我的。这不公平，是吧，威斯特小姐？"

"是的，是不公平。"威斯特小姐毫不犹豫地说，"一点儿也不公平。我记得小时候我也养过一只母鸡，它真可爱啊——全身金褐色，还带有斑点，我爱它就如同爱其他宠物一样。它没有被杀掉——可最后老死了。妈妈不会杀它的，因为它是我的宠物。"

"要是我妈妈还活着，她也肯定不会杀害亚当的。"菲斯说，"爸爸也不会这么做的，他要是在家里并且知道这件事就好了。我相信他不会那么做的，威斯特小姐。"

"是的，我也这样认为。"威斯特小姐的脸一下子有些泛红，但菲斯并没有发现。

"我是不是太坏了，居然没有告诉裴瑞先生他的衣服着火了。"菲斯焦虑地问道。

"啊，真是坏极了。"罗斯玛丽眨了眨眼睛说，"但我也会那么淘气的，菲斯——我也不会告诉他衣服着火了——而且我一点儿也不内疚。"

"尤娜认为我应该告诉他，因为他是位牧师。"

"亲爱的，如果牧师的行为看起来不像绅士，那我们也没必要尊敬他的衣服的下摆了。我想我也会很高兴地看着他的衣服下摆冒烟的。"

说着，她们都笑了，但菲斯最后还是叹了叹气。

"可亚当还是死了，我再也不会喜欢其他东西了。"

"别那样说，亲爱的。如果我们没有爱的话，我们就会错过生命中很多东西。我们爱得越多，生活就越丰富多彩——哪怕它是长有羽毛或没有羽毛的宠物。菲斯，你喜欢金丝雀吗，那种长有金黄色羽毛的金丝雀？如果你喜欢，我可以送你一只，我家里有两只呢。"

"啊，太好了。"菲斯喊道，"我喜欢鸟儿，只是——玛莎姨婆的猫会吃它吗？要是被吃了，那可就太惨了。我可经不起第二次伤害。"

"如果你把它挂在远离墙面的笼子里，我想猫是伤害不到它的。下次我把它带到壁炉山庄的时候，再告诉你怎样照顾它吧。"

罗斯玛丽心想："那又将为溪谷村提供一些闲聊的话题了，不过我才不在乎呢。我只是想安慰一下这颗受伤的幼小心灵。"

菲斯得到了安慰、同情和理解，一下感觉神清气爽了。她和罗斯玛丽坐在老松树上，直到薄暮悄悄爬上了白色的山谷，繁星在枫树林上空闪烁。菲斯告诉罗斯玛丽她所有的过去和希望，她的喜好和嫌恶，牧师家生活的里里外外，学校里的大小事情。最后，当她们分手的时候，她们已经成为亲密的朋友。

那天晚上吃晚餐时，梅瑞狄斯先生还和往常一样沉浸在自己的梦里，但突然一个名字打破了他的恍惚，一下把他拉回到了现实中。菲斯正和尤娜说起遇到罗斯玛丽的事。

"我觉得，她可真美丽。"菲斯说，"就和布里兹太太一样善良——但又有些不同。我觉得我很想去拥抱她。她确实拥抱我了——真是如天鹅绒般美好的拥抱啊。她还叫我'亲爱的'，真让我感动啊，我把什么都告诉她了。"

"那你是喜欢威斯特小姐了，菲斯？"梅瑞狄斯先生用一种奇怪的语气问。

"我爱她。"菲斯大叫道。

"啊！"梅瑞狄斯惊道，"啊！"

难以启齿的话

　　冬日里的一个傍晚，约翰·梅瑞狄斯先生一路沉思着穿过彩虹幽谷。远处的小山已经积满了白雪，在月光下闪着寒光。长长的山谷中，每一株小冷杉树都在风霜的伴奏下唱着各自的歌谣。他家的孩子和布里兹家的孩子都在结冰的池塘上溜冰，他们玩得很开心，时不时传来阵阵笑声，在幽谷里回荡。壁炉山庄的灯火透过枫树林闪烁着温馨的光芒，那是一个充满爱和欢乐的家，总是张开怀抱欢迎着远近朋友。梅瑞狄斯先生经常喜欢到那里去坐一坐，和医生就问题展开一番热烈的谈论。他们总是坐在炉火旁，那里还有一对瓷狗，就像守护神一样守卫着家园。但是今晚他并没有朝那儿走去。在小山的西边，有一颗黯淡但让人神往的星星。梅瑞狄斯先生正要去看望威斯特小姐，他有一些话要告诉她。自从第一次见到她后，这些话就已经在他心底慢慢萌芽，今晚当菲斯大声宣布喜欢威斯特时，这些话一下就盛情绽放。

　　他意识到他自己也是喜欢罗斯玛丽的，当然这和他喜欢西西莉亚的感觉完全不一样。他觉得，浪漫的爱情和迷人的梦想是无法重来的。但是罗斯玛丽漂亮、甜美、温柔——温柔如水，她会是最好的伴侣，他和她在一起非常快乐。她会成为他们家的理想的主妇，会成为孩子们的好母亲。

在失去妻子的这么多年中，他已经得到无数长老会的兄弟或教区居民的暗示，他们都有意无意地提醒他应该再娶一位妻子。但这些暗示对他没有产生任何作用。大家都认为他不在意，其实他是非常清楚的。就算他很少有时间清醒，他也知道对他来说，最合常理的就是再婚，只是没有出现一位让约翰·梅瑞狄斯满意的人选，他无法像挑管家或生意伙伴那样随意挑选一个"合适的"，他并不乐意这么做。他是多么讨厌"合适的"这个词啊，这让他想起了詹姆斯·裴瑞。"一个年龄相当的合适的妇女"，当那位牧师这样不紧不慢地说着的时候，梅瑞狄斯有着难以抑制的冲动，恨不得娶一位"年轻的并不合适"的女人，这样的人可大有人在。

马歇尔·艾略特太太是他的好朋友，他也喜欢她。可当她直白地说出让他再婚的话时，他感觉遮盖在自己心中的一块神圣面纱被撕破了。从此以后，他对她总有些害怕。他知道，在这个教区里，有很多"年龄相当的"合适妇女乐意嫁给他。在他担任溪谷村牧师期间，他能感觉到她们对他的心意。她们都是一些善良、老实、无趣的人，有一两个长得还不错，但其他的都不怎么样。梅瑞狄斯想着要是让他娶她们中的一个为妻，那还不如让他上吊自杀好呢。他心中有自己的理想，决不会贸然做出错误决定。他不会随便让一个女人替代西西莉亚在家里的位置，除非他对她十分崇拜，充满爱慕之情。但是，在他认识的这为数不多的女性当中，怎能找到一个那样的女子呢？

罗斯玛丽·威斯特在那个秋天的傍晚走进他的生活，给他带来了一种熟悉的气息。他们从陌生人变为了好朋友。就在那个隐蔽的泉水旁，他不到十分钟就认清了她，可他花了一年时间都还没能完全认清艾米丽·德鲁、伊丽莎白·柯克、艾米·安妮塔·道格拉斯，他想即便是花上一个世纪，他也不会真正认识了解她们。当埃里克·戴维斯太太把他气得不行的时候，他在她那里找到了安慰。从那以后，他便经常到那个山上的小屋去，通常他是沿着彩虹幽谷那条林荫小道过去，这样溪谷村那些爱嚼舌头的人们就不能确定他是去看威斯特了。有一两次他在威斯特的客厅里还撞上了其他客人，消息才在妇女援助会中传播开来。伊丽莎白·柯克听说此事后，心里虽然有些失望，可脸上始终还是那样亲切。而艾米丽·德鲁知道后便决心下次再见到罗布里奇的那位老单身汉时，不应该对他那么冷落。当然，如果罗斯玛丽·威斯特想要抓住牧师，她一定能够办到。她比实际年龄看上去还要年轻，而且男人都觉得她长得很漂亮，再说，威斯特家的姑娘还很有钱！

"希望在他心不在焉地求婚时，别把艾伦误认为罗斯玛丽。"艾米丽·德鲁有一次私底下对一个朋友这样说道，这也是她对罗斯玛丽说过的唯一带点儿恶意的话。毕竟，一个没有负担的单身汉比一个有着四个孩子的鳏夫要强得多。只是牧师家的迷人景色暂时蒙蔽了艾米丽的双眼。

三个孩子坐在雪橇上，从梅瑞狄斯先生面前呼啸而过，冲向了池塘。菲斯那长长的鬈发在风中飞舞，她的笑声最响亮了。梅瑞狄斯先生和蔼亲切地望着他们，他很高兴看到他家的孩子和布里兹家的孩子做朋友——庆幸布里兹家的孩子如布里兹太太一样和善体贴。但他们还需要更多的东西，他要是能将罗斯玛丽娶回家，那将弥补孩子们的缺憾，她身上有着母性的气质。

那是星期六的一个傍晚。而他星期六傍晚一般是不出门的，因为他要花时间准备礼拜天的布道。但是他特意挑了今天晚上，因为他知道艾伦·威斯特有事出门了，罗斯玛丽一个人在家。自从第一次在泉水处相遇后，他不曾和她单独见过面，傍晚到她们家去拜访的时候，艾伦都在一旁。

他倒不介意艾伦在旁边，他非常喜欢艾伦·威斯特，她们都是好朋友。艾伦有很强的理解力，也富有幽默感，与他十分投契。他十分钦佩她对政治和世界事务的兴趣。溪谷村的男人，甚至包括布里兹医生，恐怕也没有她那样的洞察力。

"我认为只要我们还活着，我们就应该关注这些事。"她说，"如果不这样做，那在我看来活人和死人就没什么两样了。"

他喜欢她那亲切的深沉声音，他喜欢她讲完一个愉快的故事时那会心的笑容。她不会像溪谷村其他妇女那样数落他的孩子；她也不会拿当地的闲言碎语来烦扰他；她一点儿也不矫揉造作，她总是那么真诚。梅瑞狄斯先生也采用了科尼莉娅小姐对人的分类法，那艾伦应该属于像约瑟夫那类人。而且，她也是个令人尊敬的姐姐。但即便如此，也没有男人会希望在向另外一个女人求婚的时候，有其他女人在场。艾伦总是在旁边，她倒不是一直和梅瑞狄斯先生谈话，她也让罗斯玛丽和他谈话。有许多次，艾伦几乎全部把梅瑞狄斯留给了罗斯玛丽，自己抱着圣·乔治，坐在角落里，让梅瑞狄斯和罗斯玛丽一起谈话、唱歌、读书。有时候他们几乎忘记了她就在身旁。但如果艾伦觉得他们的谈话或是二重唱超过了界限，有暧昧的色彩，就会立即加入进来，及时地把它掐灭在萌芽状态，并且在余下的时间把罗斯玛丽支开。但是即使是最严厉的看守城堡的龙，恐怕也无法阻止眼神和笑容的交流，有时往往无声胜有声。因此，牧师的求爱进行得还算基本顺利。

　　但是如果求爱过程会有一个高潮的话，那就必须等艾伦不在家的时候。而艾伦几乎很少离开家门，特别是在冬天，她觉得自己家的壁炉才是世界上最好的。闲逛对她一点儿吸引力都没有，她喜欢和朋友待在一起，但朋友们往往是到她家里来。梅瑞狄斯先生几乎快被逼到决定写信告诉罗斯玛丽他想要说的话的地步了。可有一次艾伦无意间提起下星期六晚上她要出去参加一个银婚典礼，那对夫妻结婚的时候，她是他们的伴娘。而且这次只是邀请了些老朋友，所以罗斯玛丽没有得到邀请。梅瑞狄斯先生竖着耳朵仔细地听着，他那双黑色的双眼里立即闪过一道亮光。艾伦和罗斯玛丽都看见了，她们都认为他下星期六晚上会过来拜访。当梅瑞狄斯离开后，罗斯玛丽静静地上楼去了，艾伦严肃地对黑猫说："希望这事早点儿结束，圣·乔治。他可能要向她求婚——我敢肯定。这样他就有机会发现实际上他是得不到她的，圣·乔治。可她希望得到他，我很清楚——但她答应过我，她不能违背诺言。我感到有些遗憾啊，圣·乔治。我不想这个人成为我的妹夫。我并不是不喜欢他——不过他不明白德皇是欧洲和平的一个威胁——这是他的一个盲点。除了这一点，他是个很不错的朋友，我也喜欢他。一个女人可以对一个像梅瑞狄斯那样的男人想说什么就说什么，而不用担心被误解。这种男人比红宝石还要宝贵，还要稀少啊，圣·乔治。但他就是不能带走罗斯玛丽——而且我想他要是发现他不能得到她时，他就再也不会来拜访我们了。那我们会很想念他的，圣·乔治——我们会很想念他的。可她答应过我的啊，我要看看她能不能坚守她的诺言。"

　　艾伦的脸因为这个卑劣的决定而显得有些扭曲，而楼上罗斯玛丽正埋在枕头里痛哭。

现在梅瑞狄斯先生终于独自见到了她，她看起来是那么美丽。罗斯玛丽并没有因此而特意打扮。她本来是想的，但转念一想，觉得为一个你打算拒绝的人而盛装打扮有些可笑。所以她只是穿上了平时下午穿的那件黑色裙子，但看起来却像皇后般雍容华贵。她故意压抑着自己的兴奋，可这让脸颊显得更加绯红，她那湛蓝的眼睛闪着不寻常的激动的光芒。

她希望拜访赶紧结束，虽然她整天都在期待这次见面。她确信梅瑞狄斯先生非常喜欢她——她也确信他并没有像喜欢他的妻子那样喜欢自己。她知道她的拒绝会让他大失所望，但也不足以让他痛不欲生。但她还是讨厌这么做，为他，也为自己——罗斯玛丽能清楚地认识自己。她知道，如果可以的话，她也会爱上梅瑞狄斯的。她知道如果这次拒绝了他，他一定会拒绝和她做朋友的，那她的人生将是一片空白。她知道，她跟他在一起她会非常幸福，而且她也能给他带来幸福。但是在她和幸福之间，隔着一堵墙，那是多年前她曾向艾伦许下的诺言。罗斯玛丽几乎记不清自己父亲的样子，在她三岁的时候他便去世了。那时艾伦十三岁，艾伦记得他，可她对父亲也没有特殊的感情。父亲是一个严厉、保守的人，比漂亮的母亲要大好几岁。五年后，十二岁的哥哥也去世了。从那以后，这两个小姑娘便和母亲相依为命。她们从没真正自由地融入溪谷村或是罗布里奇的社交圈里，虽然艾伦的智慧和罗斯玛丽的甜美让她们一直很受欢迎。两人少女时期都经历了"挫折"。大海带走了罗斯玛丽的恋人，而诺曼·道格拉斯，那时还是一个帅气的红发年轻人，和艾伦吵完架后便拂袖而去。

想要代替马丁和诺曼的人并不少，但似乎没人能赢得威斯特家两个姑娘的芳心。她们的青春和容颜就这样慢慢地流逝，但她们却不带一丝悔意。她们都忠诚地陪伴着她们的母亲，她的身体一直不太好。她们三个在自己小小的家族里自得其乐——读书、养宠物、养花。

威斯特二十五岁生日的时候，威斯特太太去世了，这对她们是一个莫大的打击。最开始她们很难忍受那种举目无亲的孤单。艾伦整日以泪洗面，罗布里奇的医生告诉罗斯玛丽，他担心她会得抑郁症或者更糟的毛病。

一次，当艾伦整日那么呆坐着，既不说话也不吃饭的时候，罗斯玛丽来到姐姐的身旁，趴在她膝上，说道：

"哦，艾伦，你还有我呢。"她恳求地说，"我对你来说真的算不了什么吗？难道你忘了我们俩一直都相亲相爱吗？"

"我不会一直拥有你的。"艾伦打破沉默，尖酸地说着，"你会结婚的，然后离开我。我就会一个人孤苦伶仃。我不敢想象——我不敢。我宁愿去死。"

"我不会结婚的。"罗斯玛丽说道，"永远不会，艾伦。"

艾伦往前倾了倾身子，注视着罗斯玛丽的眼睛，"你愿意发誓吗？"她说道，"在妈妈的《圣经》前发誓？"

为了取悦艾伦，罗斯玛丽立即答应了。而且这又有什么关系呢？她自己也非常清楚，她是不想嫁给其他人的。她的爱已经随着马丁一起消失在大海了，没有了爱，她就不会嫁给其他人。所以她毫不犹豫地答应了。可是艾伦还增加了一个吓人的仪式，她们的手紧紧相扣，放在《圣经》的上面，在母亲的空房间里郑重发誓，她们两个人都绝不结婚，她们将永远生活在一起。

从那以后，艾伦的身体慢慢复原了，很快她便恢复了往日的欢笑。十年来她和罗斯玛丽一直快乐地生活在那座旧房子里，从来未被结婚的念头所困扰，她们之间的承诺一直响在耳畔。每当有个像样的男人经过门前大道时，艾伦就会提醒罗斯玛丽要记住她们的誓言。但这些从未让艾伦惊慌过，直到那晚梅瑞狄斯先生送罗斯玛丽回家的时候，她才感觉到了威胁。对于罗斯玛丽来说，那个誓言只是一个小小的玩笑，可现在，它却成了一个无情的枷锁，让人无法摆脱。因为它，今晚她必须将幸福推开。

是的，她曾经给予了她过去的男朋友那种甜蜜、娇羞、含苞待放的爱情，她是不可能再给予第二个人了。但她知道她能够给梅瑞狄斯一种更加充实、更加成熟的爱情。她知道他触摸到了她内心的更深处，那里连马丁也从未触及——或许，对十七岁的少女来说，根本没有那样的更深处。可今晚她不得不拒绝他——把他赶回到那个孤单的家里和他空虚的生命里，带着他破碎的心，只因为十年前，她在母亲的《圣经》前，答应过艾伦，她永远不会结婚。

约翰·梅瑞狄斯并没有立即抓住机会表白，相反，他就一个不太像谈情说爱的话题足足谈了两个小时。他甚至还谈起了政治，虽然政治一直让罗斯玛丽头痛。罗斯玛丽那时才慢慢觉得自己全搞错了，她的那些担心和期待全是自己的想象。她感到很失落，觉得自己很傻，光彩和激情从她的眼睛和脸上消失了。梅瑞狄斯根本就没有向她求婚的意思。

可突然间，他一下子站了起来，穿过屋子，走到她跟前，向她求婚了。屋子里静得可怕，甚至连圣·乔治也停止了呼吸。罗斯玛丽听到自己的心狂跳不已，她相信梅瑞狄斯也一定听到了她的心跳声。

现在该是时候拒绝他了，她应该温柔而坚决地对他说"不"。这个词她已经琢磨了好几天了，可这时她脑子里突然一片空白，她发现自己根本说不出口。真是难以启齿啊，她知道她不该爱上梅瑞狄斯，可她确实爱上了。想着要把他赶出她的世界，她就感到心如刀割。

可她必须要说点儿什么，她抬起一直低埋着的头，结结巴巴地恳求他给她几天时间——让她考虑考虑。

约翰·梅瑞狄斯有点儿吃惊，他并不比其他男人自负，可他还是希望罗斯玛丽能够马上答应他，他之前确信她喜欢他。可她为什么要犹豫，怀疑呢？她并不是小姑娘，不会不了解自己的心意。他感到很吃惊，很失望，很沮丧。可他还是礼貌地答应了她的请求，然后离开了。

"几天后我就会给你答复的。"罗斯玛丽红着脸，低着头说。

关上门后，她便回到房间，将双手紧紧地绞扭在一起，不知所措。

圣·乔治什么都清楚

午夜时分，艾伦·威斯特才从波洛克的银婚典礼回来。在其他客人都离去后，她还待了一会儿，帮助那对银发苍苍的夫妻收拾碟子。她们两家隔得不远，而且路又好走，所以艾伦就在月光下漫步回家。

艾伦有好几年都没参加过宴会了，她发现这次过得很开心。所有的客人都是她以前的老朋友，也没有喧哗的年轻人来打扰，因为这对夫妇的儿子在外面上大学并没有回家。诺曼·道格拉斯也去了，这还是他们多年来第一次正式见面，虽然这个冬天她在教堂里也见过他几面。这次见面一点儿没有勾起艾伦的伤感。她有时也仔细回想，有些奇怪当初她为什么就那么喜欢他，对他仓促结婚怎么会那么在意呢。但这次重逢，她一点儿也不觉得别扭，她已经忘了他是一个多么爱寻乐子和刺激的人，没有他出席的宴会是多么无趣啊。大家见他来了都颇为惊讶，因为大家都知道他很少出门。波洛克夫妇邀请他，是因为他也参加过他们当时的婚礼，但他们却从未想到他会来赴宴。晚餐的时候，他和他的堂妹艾米·安妮塔·道格拉斯坐在一起。艾伦就坐在他们的对面，事实上他们还进行了一场激烈的辩论。不管他怎样咆哮和冷嘲热讽，艾伦都表现得镇定自若，最后彻底把他击溃了，他气得十分钟没说一句话。最后他嘀咕道"还是那么有精神——还是那么有精神"，然后他就开始戏弄艾米·安妮塔，而她只会傻傻地对着他笑，要换作是艾伦，早就奋起反驳了。

艾伦在回家的路上慢慢回味着这一切。月光照耀着地上的霜雪，脚下的积雪嘎吱作响，在她前面就是溪谷村和白色的港口。牧师家书房的灯还亮着，约翰·梅瑞狄斯已经回家了。他向罗斯玛丽求婚了吗？那她拒绝他了吗？艾伦很好奇，但她清楚自己不会知道的。她知道罗斯玛丽是不会老老实实地把一切都告诉她的，而且她自己也不敢问。她只要知道她拒绝了他的事实就该满足了。毕竟，那才是最重要的。

"我只希望他以后偶尔过来坐坐，大家还是和和气气的。"她这样想着。她害怕一个人孤孤单单，她喜欢大声说话，这样就可以赶走寂寞。"要想找个有头脑的男子谈话，实在是太难了，可他有可能不会再来了。还有诺曼·道格拉斯——我也很喜欢这个男人，我很多时候都想和他好好争辩争辩。可他再也不敢过来了，因为他害怕别人以为他又在追求我——我也害怕别人这样说，毕竟他现在对我而言，已经比梅瑞狄斯还要陌生。想想我们还曾经是恋人呢，真是像梦一样啊。可那是真的——溪谷村就只有这两个男人是我愿意交谈的——可由于谣言和害怕暧昧的缘故，我恐怕不能再和他们见面了。"艾伦对着一颗星星感叹道："我自己一个人也可以过得很好。"

她在自家门口警觉地停了下来，楼上卧室的灯还亮着，透过百叶窗看得见一个女人的身影在屋里不安地走来走去。罗斯玛丽这么晚了不睡还在做什么啊？她为什么如此心神不定呢？

艾伦轻轻地进了屋。她开客厅门的时候，罗斯玛丽从房间里走了出来。她上气不接下气，满脸涨得通红，看上去既紧张又激动。

"为什么还没睡呢，罗斯玛丽？"艾伦问道。

"你进来，我想和你说点儿事。"罗斯玛丽急切地说。

艾伦脱下外套和鞋子，便跟着妹妹进了烧着壁炉的温暖的房间。她站在桌子旁边，手撑在桌上，看起来神采奕奕，十分俊俏。她穿着特地为宴会新做的天鹅绒裙子，V形的领口露出了白皙的脖子，脖子上还戴着一串琥珀色的项链，那可是她们家的传家之宝啊。她刚才在雪地里走了那么久，风把她的脸吹得通红。但她那幽蓝的双眼还像寒冷的冬夜一般冰冷和不屈。她默默地等着罗斯玛丽开口，罗斯玛丽只好鼓足勇气打破了沉默。

"艾伦，梅瑞狄斯先生今晚过来了。"

"是吗？"

"是的——而且他还向我求婚了。"

"我就知道。当然，你拒绝他了吧？"

"没有。"

"罗斯玛丽！"艾伦紧张地握住双手，不自觉地往前迈了一步说，"你不会是想答应他吧？"

"不……不。"

艾伦慢慢地恢复了自控力。

"那你打算怎么办？"

"我……我让他给我几天时间考虑一下。"

"我看不出还有什么必要考虑。"艾伦冷冰冰地说道，"你明知道你只能给他一种答案。"

罗斯玛丽伸出双手开始恳求她。

"艾伦，"她说道，"我爱约翰·梅瑞狄斯——我想做他的妻子。你愿意让我解除那个承诺吗？"

"不。"艾伦无情地说，因为她实在是害怕孤单。

"艾伦！艾伦！"

"听着，"艾伦说道，"当初我并没有让你发誓，是你自己愿意的。"

"我知道，我知道。但是我那时候以为我不会再爱上任何人。"

"可你发过誓。"艾伦仍旧不依不饶地说，"你还把手放在母亲的《圣经》上发过誓。它已经不再是一个简单的承诺——它是一个誓约。可你现在却想解除它。"

"你对我可真狠啊，艾伦。"

"对你狠！那我呢？你有没有想过如果你走了我将会多么孤单？我会受不了的——我会疯的。我不能一个人生活。我对你还算是个好姐姐吧？我有没有反对过你的任何想法？我有没有逼你做什么事情？"

"是的，是的。"

"那你为什么想要离开我，去跟一个认识还不到一年的男人？"

"我爱他，艾伦。"

"爱他！你说得好像你还是个小姑娘而不是一个中年女人。他可不爱你。他只是想要一个管家和一个家庭教师。你不爱他。你只是想当'太太'——你跟那些愚蠢的女人一样，认为做个老姑娘很耻辱。你就是这样想的。"

罗斯玛丽不禁打了个寒战，艾伦根本不可能，或者说，不愿

179.

意理解她，和她争论毫无用处。

"那你是不愿意放我走了，艾伦？"

"不，决不。我不会再说第二遍了。你自己许下的诺言，你就该遵守。就这么简单。睡觉去吧，都什么时候了！你太累了，被浪漫冲昏了头脑。明天就会恢复理智的。不管怎么说，别再让我听到这些傻话。"

罗斯玛丽脸色苍白，没精打采地走了。艾伦在屋子里疯狂地走来走去，走了几圈，然后在圣·乔治整晚睡着的那张椅子边停了下来。一丝勉强的微笑从她的脸上扩散开来。艾伦这一辈子只有一次——就是她母亲去世的那次——她不能把悲剧当作喜剧看。甚至在很久以前，诺曼·道格拉斯抛弃她后，她也还能一边哭着一边笑。

"圣·乔治，我想我们可能要伤心几天了，但我们会挺过去的。我们过去也曾犯过傻事。罗斯玛丽也会不高兴几天——可她会好起来的——会和以前一样快活的。圣·乔治，她答应过我的——她就应该做到。圣·乔治，在这个问题上我不会再向你说起什么了。"

但艾伦一夜无眠。

罗斯玛丽第二天脸色苍白，很安静，但除此之外，艾伦看不出她有什么异样。当然，她也不能怨恨艾伦。那天刮风了，所以她们就没去教堂。下午罗斯玛丽把自己关在屋子里，给梅瑞狄斯写了封信。她不能当面拒绝他。她知道，如果让他看出她是被逼的话，他是不会轻易善罢甘休的，而她也经不起他的追问或恳求。她必须让他觉得她一点儿也不在乎他，这只有写信才能做到。于是她就写下了最无情最冷酷的话语，一点儿也不客气，哪怕是最不知羞耻的恋人看了也会退避三舍，更何况梅瑞狄斯先生并不是厚颜无耻的人。第二天当他在积满灰尘的书房里看到她写的信时，他感到心灰意冷。但是在痛心之余，他却悲伤地发现，他曾经以为他对罗斯玛丽的爱并没有当初对西西莉亚的爱那么深，可现在，当他失去她后，他才发现原来他是那么爱她。她就是他的一切——一切！而现在他却必须完完全全把她赶出自己的生活，即便是做朋友也不可能了。没有了她，他的生活将会黯然无光、孤寂无趣。可他还得继续前行——他还有工作——有孩子——但是他的心已经死了。那晚，他独自坐在那间黑暗冰冷的书房里，头靠在手上，就这样坐了一整夜。

山丘上的罗斯玛丽头痛得厉害，于是早早地就上床了。艾伦还是和往常一样地对着圣·乔治发表她的看法："要是没有头痛，那女人该多好啊，圣·乔治。但没关系，圣·乔治，我们还要这样大眼瞪小眼几个星期。我承认我心里也不舒服，圣·乔治，我感觉就像我淹死了一只小猫似的。但是她答应过我的，圣·乔治，她就应该做到。主啊！"

而圣·乔治用呼噜声来表示回答。它鄙视人类，他们谁也不知道，一个柔软的垫子才是它真正需要的东西。

修身会

　　小雨淅淅沥沥下了一整天，春雨可真美啊，轻轻地唤醒了五月花和紫罗兰。港口、海湾和低处的海岸都笼罩在珍珠般灰色的雾气里。傍晚的时候，雨停了，雾气也慢慢退到了海洋上。云朵堆积在港口上空，就像一丛火红的玫瑰。一颗银色的星星俯瞰着沙洲。一阵清新的微风从彩虹幽谷吹来，捎来了苔藓和冷杉的气息。风在墓地附近的云杉林里唱着歌，吹乱了菲斯的头发。她此刻正坐在海希盖亚·波洛克的墓碑石上，一只手搭在玛丽·范斯的肩上，另一只搭着尤娜。卡尔和杰瑞坐在她们对面的墓石上。在家里待了一整天，大家出去后都要放松放松。

　　"今晚的空气真清新，是不是？你看，它被雨冲洗得多么干净。"菲斯快活地说。

　　玛丽·范斯忧郁地看着菲斯，因为她自己知道一些事情，或者说她以为自己知道一些事情，所以她便觉得菲斯太无忧无虑，太天真了。玛丽心里有事，而且她想在回家之前说出来。艾略特太太让她给牧师家送来了一些新鲜鸡蛋，而且要求她在半小时之内要赶回去。现在半小时马上就要过去了，所以玛丽就伸了伸她那紧张得有些抽筋的腿，突然说道："不要说天气了。你们听我说。你们牧师家的孩子最好给我小心点，再也不能像春天那样胡闹了。我今天晚上过来就是要给你们说这些，大家都在议论你们呢。"

"我们现在做什么错事了？"菲斯把手从玛丽身上抽了回来，惊讶地叫道。尤娜的嘴唇也开始颤抖起来，她那敏感的心一沉。玛丽说话总是这样突兀，让人摸不着头脑。杰瑞吹了吹口哨，他要让玛丽知道他才不在乎那些谣言呢。他们的行为不关她的事，她有什么权利来教训他们？

"做什么了？你们一直都在做傻事。"玛丽反驳道，"关于你们的闲话真是一个接着一个，接连不断。在我看来，你们牧师家的孩子根本不知道自己应该如何表现！"

"或许你可以教教我们。"杰瑞讽刺地说。

可玛丽根本没有听出有讽刺的意思。

"我告诉你们，如果你们再不注意自己的行为，后果将有多么严重，教会会让你父亲辞职的。杰瑞，我告诉你，这是埃里克·戴维斯太太亲口对艾略特太太说的。她说你们的行为简直是越来越糟，虽然你们没人看管，大家对你们的期望本来就不高，但教会还是难以容忍，必须要采取措施了。卫理公会的人总是在看你们的笑话，这可让长老会的人受不了。她说你们都应该被好好地揍一顿。天啊，要是棒一顿有用的话，我早就成圣徒了。我真为你们感到难过。"玛丽语气缓和了一些，继续说，"我知道你们有时也不是故意的，但别人可总不能像我这样宽宏大量。德鲁小姐说卡尔上个礼拜天在主日学校上课的时候，一只青蛙从口袋里跳了出来，这让她不能再继续上课。你为什么不把这些动物放在家里呢？"

"可我又把它抓回去了啊。"卡尔说，"它又没伤着人——

可怜的小青蛙！我真希望简·德鲁停止上课，我不喜欢她。她的亲侄儿口袋里还有一袋脏兮兮的烟草呢，在克洛长老祷告的时候，他还拿出来给大家嚼，这恐怕比青蛙的事情更严重吧。"

"不，因为青蛙更让人意外，更容易引起骚乱。而且，他又没被当场抓住。再说了，你上个星期的祷告比赛也是惊心动魄啊。大家都在谈论呢。"

"为什么啊？布里兹家的孩子不也和我们在一起吗？"菲斯生气地叫着，"还是楠·布里兹首先提议的呢，而且最后是沃尔特赢了。"

"嗯，反正你们也脱不了干系。要是你们不在墓地祈祷或许要好一点儿。"

"我觉得在墓地祈祷没什么不好的啊。"杰瑞反驳道。

"海泽德那时正好驾车经过这里，他看见你用手捂住肚子，每说完一句就呻吟一声，他还以为你在取笑他呢。"玛丽说道。

"我是那样的啊。"杰瑞说道，"可我不知道他正好路过。当然了，那只是意外。我其实也并不是在祈祷——我知道我不会得奖。所以我就自娱自乐。沃尔特·布里兹祈祷得棒极了。哎呀，他祈祷得几乎和爸爸一样好。"

"尤娜是我们几个当中唯一真正喜欢祷告的。"菲斯严肃地说。

"要是祈祷会惹来这么大的麻烦，那我们以后再也不能祈祷了。"尤娜叹了叹气。

"说什么啊，你想祈祷就祈祷啊，只要不在墓地祈祷就行——还有不要拿那个来开玩笑。也不要在墓石上举行茶会。"

"我们没有。"

"哦，那就是吹泡泡会了，你们反正是做了什么。港口上的人坚持认为你们是举行茶会，不过我更愿意相信你们的话，你们过去也经常把墓石当作桌子啊。"

"那是因为玛莎姨婆不让我们在屋里吹泡泡，她那天脾气很暴躁。"杰瑞说道，"而且这块墓石正好当桌子。"

"可真漂亮啊！"菲斯回忆起当时的情形，眼睛里亮晶晶的，"它们映出了树木、小山、港口，好像仙境一般，当我们吹起它们的时候，它们就顺着彩虹幽谷飘去了。"

"可有一个飘到卫理公会教堂的尖塔上刺破了。"卡尔说道。

"不管怎么说，在知道这么做是错误的之前，我很高兴我们这样做了一次。"菲斯说。

"要是在草坪上吹泡泡就没问题。"玛丽不耐烦地说，"看来我好像没办法让你们记住这些常识。我早就跟你们说了，叫你们不要在墓地上玩，卫理公会的人对此十分敏感。"

"我们忘了。"菲斯悲伤地说，"我们的草坪太小了，而且都是灌木丛，我们也不可能总跑去彩虹幽谷吧。你说我们还能去哪儿呢？"

"关键是你们在墓地都做了些什么。要是你们都安安静静地坐在那儿谈谈话，或者像现在这样读读书就没问题。唉，我不知道这件事到底怎么解决，我只知道沃伦长老会找你父亲谈话。因为海泽德执事是他堂弟。"

"我真希望他们不要为我们的事去烦爸爸。"尤娜说道。

"嗯，可大家都觉得你们爸爸应该多关心关心你们的事。我也确实不理解他。不过在某些方面来看他自己都还像个小孩子——他就是这个样子，而且他也和你们一样，需要有个人照顾，或许过不了多久就有那么一个人了，如果大家所说的都是真的的话。"

"你什么意思啊？"菲斯问道。

"你们没听说吗——真的没有吗？"玛丽问道。

"没有啊，你到底什么意思？"

"啊，你们可真天真啊！大家都在议论呢，你爸爸经常去看罗斯玛丽·威斯特，她将成为你们的继母。"

"我不信。"尤娜的脸一下涨得通红，哭着说道。

"嗯，我也不信。我只是听别人这样说，我根本没当真。不过这也是好事。罗斯玛丽·威斯特要是来了，你们就都听话了，我敢打赌。她是那么温柔亲切，脸上随时挂着微笑。你们的确也需要有人来管教管教。你们总是让你们爸爸丢脸，我真是同情他。自从那晚和他谈话后我就在想你们爸爸是多好一个人啊，从那以后我就再没说过谎，没说过一个脏字。我多想看着他幸福快活，穿戴整齐，三餐吃得津津有味，还有你们这些孩子有人管教，玛莎姨婆老老实实待着别多管闲事。我刚给她送鸡蛋时，她还带着怀疑的口气问我，这些鸡蛋是不是新鲜的，好像我们会把烂蛋给你们似的。你们可要留心，看她是不是把蛋都给你们当早餐了，我可不大相信她，这些蛋是送你们和你们爸爸吃的。她总是把蛋拿去喂她的那只猫。"

玛丽终于说累了，于是墓地暂时陷入了沉默。牧师家的孩子们都没心情说什么，他们在思考玛丽刚才说的一番话。杰瑞和卡尔似乎有些吃惊，但是他们觉得没什么大不了的，而且这也不一定是真的啊。菲斯倒是挺高兴的，只是尤娜感到非常伤心，她觉得她只想找个地方痛哭一场。

"我的皇冠上会有星星吗……"从卫理公会的教堂里传来了唱诗班的歌声。

"我只想要三颗星星。"玛丽说。她自从和艾略特太太住在一起后，神学知识一下突飞猛涨，"三颗就够了，中间一颗大的，两边各一颗小的。"

"灵魂也会有大小吗？"卡尔问道。

"当然了，婴儿的灵魂肯定比大人的小。哦，天要黑了，我得赶紧回去，艾略特太太不喜欢我天黑后才回家。天啊，以前我和威利太太住一起的时候，天黑和天亮根本就没什么区别的。哦，那些日子就好像过去了一百年。对了，你们要记住我说的话，一定要规矩些，就算是为了你们的爸爸。我会一直支持你们的，为你们辩护——你们一定要相信我。艾略特太太说，她从未见过有谁像我这样帮着朋友说话。我对埃里克·戴维斯太太一点儿也不客气，结果艾略特太太还教训了我。她平时嘴巴挺硬的，但心肠很好。她挺喜欢你们的，而且她也讨厌凯蒂·埃里克。我能看穿人们的心思。"

玛丽说完便心满意足地走了，留下身后一群心情沮丧的孩子。

"玛丽·范斯每次过来都要说一些让我们伤心的事。"尤娜生气地说。

"我真希望我们把她留在了那个旧谷仓里，让她饿死算了。"杰瑞气愤地说。

"哦，别那么说，杰瑞。"尤娜劝说道。

"既然他们把我们说得那么坏，那我们就干脆做给他们看。"杰瑞毫无悔意地说。

"但是这样做会给爸爸带来麻烦的。"菲斯说。

杰瑞不安地扭动着身子,他很崇拜爸爸。透过昏暗的书房窗户,他们可以看见爸爸坐在书桌前,但是他似乎并没有在看书或者写字。他用手抱着头,仿佛有种说不出的疲惫和消沉。孩子们突然感觉到了。

"我敢说,今天肯定有人拿我们的事去烦他了。"菲斯说道,"我真希望我们的行为不会招来别人的非议。啊——杰姆·布里兹!你吓死我了。"

杰姆·布里兹悄悄地溜到了墓地,坐在了姑娘旁边。他刚从彩虹幽谷过来,为母亲采了一大束满天星。牧师家的孩子一下子变得沉默起来。杰姆这个春天不知为何似乎和牧师家的孩子有些疏远了。他在为奎恩学校的入学考试做准备,放学后就和高年级的同学一起补习功课。而且,他每天晚上都安排得满满的,很少有时间和其他孩子一起到彩虹幽谷玩。他似乎正在进入成人的世界。

"你们今晚都怎么了?"他问道,"你们看起来一点儿都不高兴啊。"

"是的。"菲斯闷闷不乐地说,"要是你知道你让你父亲丢脸了,大家都在背后对你指手画脚,你还能高兴得起来吗?"

"这次又是谁在背后说你们坏话?"

"所有人——玛丽这样说的。"菲斯将自己的苦恼一股脑儿对富有同情心的杰姆倒出来。她继续说道,"你看,我们是没人管教的孩子,因此大家都认为我们是坏孩子。"

"你们为什么不自己管教自己呢?"杰姆说,"我告诉你们该怎么做。你们可以成立一个修身会，凡是做了什么错事，都必须受到惩罚。"

"好主意！"菲斯点点头，然后又迟疑地问道，"但是，有些事情在我们看来一点儿害处也没有，可在其他人眼中就变得可怕极了，那我们该怎么办呢？我们不能一直去烦扰爸爸——他经常不在家。"

"那你们在做之前就仔细想想，如果这样做了，教区的人们会怎么看待这件事。"杰姆说，"问题是你们做事情都太冲动了，不太习惯仔细想想。妈妈说你们就和她过去一样冲动。修身会会让你们认真思考的，如果你们违反了规则，就要诚实公正地惩罚自己。你们最好选些让你们刻骨铭心的惩罚方式，这样才有用。"

"互相鞭打怎么样？"

"不完全是那样，你们要根据不同的人想出不同的惩罚方式。你们不是互相惩罚，而是自我惩罚。我在故事书上看到过修身会的事，你们可以试试看效果如何。"

"那我们就试试看。"等杰姆走后，菲斯马上发出号召，大家都同意这个办法。"如果做得不对，我们就得纠正。"她态度坚定地说。

"我们应该诚实公正，像杰姆所说的那样。"杰瑞说，"这是一个让我们自我管教的社团，反正也就我们几个人参加，没必要定太多规则，一个就够了。凡是违反了规则的人都要受到严厉惩罚。"

"什么样的惩罚呢？"

"我们再好好想想。我们可以每晚在墓地召开会议，谈谈这一天都做了什么，如果我们觉得有做得不妥的地方，或是有让父亲丢脸的地方，我们就必须负责任，接受惩罚，这就是规则。我们再一起来制定惩罚措施——就和弗拉格先生说的那样，一定要罪有应得。做错事的人必须接受惩罚，不能逃跑。这太有意思了。"杰瑞吸了一口气，乐不可支地总结道。

"你让我想起了那个肥皂泡泡会。"菲斯说道。

"但这是之前发生的事了。"杰瑞急忙说道。

"那就从今晚开始算起。"

"但要我们怎么决定什么是对的以及怎么惩罚呢？要是我们当中两个人认为是对的，另外两个人不那么认为，那怎么办呢？修身会应该有五个人才行，否则无法达成一致意见。"

"那我们就让杰姆·布里兹当裁判，他是溪谷圣玛丽区最正直的人了，不过我想我们自己能够解决大部分事情。这件事情必须要保密，千万不能对玛丽·范斯提起此事。她可能想要加入进来，并想统领我们。"

"我想，"菲斯说，"我们没必要每天都接受惩罚，那会把好心情都毁了。我们专门定一个惩罚日吧。"

"那我们最好选在星期六，因为不用担心上学的事情。"尤娜提议道。

"那会把一个星期唯一的假日给毁了。"菲斯喊道，"绝对不行！我们就选星期五好了。毕竟，那天是钓鱼的日子，反正我们都不喜欢钓鱼。我们最好把所有不愉快的事情都集中在这一天解决，这样我们就能在星期六好好玩了。"

"胡闹。"杰瑞带着权威的口吻说，"这样的安排根本行不通。我们要知道这是修身会，是管教我们的，不是吗？我们不是说好做了错事就受到惩罚，并能及时改正吗？不管怎么样，我们都得问问自己这样做会不会伤害到父亲。任何想退缩的人就会被开除修身会，永远不能到彩虹幽谷和大家一起玩。如果有争议，就请杰姆·布里兹当裁判。卡尔，不准再带昆虫到主日学校去了；菲斯，不能在公众场合嚼树胶了。"

"那你也不准取笑长老的祷告，也不准参加卫理公会的祷告会了。"菲斯反驳道。

"为什么啊？参加卫理公会的祷告会又没有什么不好。"杰瑞吃惊地说道。

"艾略特太太说了这是不对的，她说牧师家的孩子除了参加长老会的事务外，就不能去其他教会了。"

"该死的，我才不会放弃去卫理公会的祷告会呢。"杰瑞大叫道，"那比我们的祷告好玩十倍。"

"你说粗话了。"菲斯叫道，"现在，你就必须惩罚自己。"

"没变成白纸黑字前都不算。我们现在只是在谈论，等规则写下来，而且签上我们的名字，才正式生效。而且你自己也清楚，去祷告会根本就没有错。"

"但我们并不是只惩罚我们错误的行为，还包括可能伤害爸爸的任何事。"

"可这并不会伤害任何人。你知道，艾略特太太对卫理公会的事情特别敏感，其他人对这事都没有大惊小怪。再说，我在那里总是很注意自己的行为。你去问问杰姆或布里兹太太，看看他们会怎么说。他们要是也说不能去我就不去了。我现在就去拿纸，还有灯笼，这样我们在签字的时候才看得见。"

十五分钟后，在海希盖亚·波洛克的墓石上，一群孩子跪在被熏黑的灯笼前，神情严肃地签署了文件。那时，克洛长老的太太正好从旁边经过，于是第二天整个溪谷村都在谈论牧师家的孩子在墓地又开始了一场祷告比赛，还提着灯笼互相追逐打闹。之所以会出现这种情况，是因为在签完字后，卡尔提着灯笼小心地去观察了他的蚂蚁窝，而其他人都安静地回到牧师家中，并且乖乖地睡觉了。

"你认为爸爸真的要娶威斯特小姐吗？"睡前祷告做完后，尤娜战战兢兢地问菲斯。

"我不知道，可我还真喜欢那样。"菲斯说道。

"哦，我可不喜欢。"尤娜哭了起来，"她人是很好，可玛丽·范斯说，做了继母后就会完全变样的。继母都很可怕、卑鄙、邪恶，而且会让爸爸不喜欢我们。她说继母都会那样做的，她还没见过哪位继母好过。"

"我认为威斯特小姐不会那样做。"菲斯说道。

"玛丽说天下的继母都一样。她可了解继母了，菲斯。她还说她见过数百个继母，可你一个也没见过啊。啊，玛丽跟我讲了好多关于继母的邪恶事情。她还说她知道有一个继母还鞭打她丈夫的女儿们，把她们赤裸的胳膊打得鲜血直流，然后还把她们关在一个黑黢黢、冷飕飕的煤窑里。她说所有继母都喜欢那样做。"

"我相信威斯特小姐不会那么做。尤娜，我比你更了解她。你想想她送我的那只小鸟，我太喜欢它了，甚至胜过了我对亚当的喜欢。"

"可做了继母后，她就会变的。玛丽说她们会情不自禁那样做。我宁愿挨打，也不想让父亲讨厌我们。"

"你知道的，父亲是不会讨厌我们的。别傻了，尤娜。我敢说没什么可担心的。我们要是都按着修身会的规则去做，行为举止端正些，父亲可能就不会想娶别人了。如果他真要结婚，我觉得威斯特小姐也会对我们很好的。"

可尤娜并不那么认为，她哭着睡着了。

慈善的冲动

两个星期以来，他们都按照修身会的规则行事。看来这个还挺管用的，他们一次也没有请杰姆·布里兹过来当裁判。牧师家的孩子再也没做出什么出格的事招来人们的议论和不满。他们在家里也偶尔会犯下一些小错，不过他们总是互相监督，并自愿接受惩罚——通常是自觉缺席星期五晚上在彩虹幽谷的聚会，或者是在春意盎然的日子把自己关在屋子里不出门，而其他孩子都在户外玩耍。菲斯因为在主日学校里说悄悄话自愿一整天不出声，除非万不得已都不开口，而且她还居然做到了！可港口上的贝克先生却运气不太好了，那晚他到牧师家来拜访，菲斯碰巧在门口，对于贝克先生有礼貌的打招呼，菲斯一言不发，默默地去请父亲出来。贝克先生感到有些不高兴，回家后还对他妻子说，梅瑞狄斯家的大女儿似乎变得有些不好意思了，居然不回答他的话。但这也没有带来更坏的影响，毕竟他们的忏悔对别人也不会带来太多的伤害。孩子们过后都觉得自我管束其实也没那么难。

"我想人们很快就会发现我们和其他人一样有教养。"菲斯高兴地说，"只要我们下定决心，做起来就没那么难。"

菲斯和尤娜坐在波洛克的墓石上。那天天气寒冷，暴风雪还没有完全停息，不过牧师家的男孩子和壁炉山庄的男孩子都在彩虹幽谷钓鱼，但在这样的天气里，姑娘们是不可能出去玩的。雪已经停了，东风肆无忌惮地从海上刮来，真是冰冷刺骨啊。春天显然来得晚了些，墓地的北边角落里还有一些雪没有融化。琳达·玛希提着一篮子鱼，小心翼翼地走了过来。她住在港口嘴的渔村，她的父亲三十年来一直坚持把春天里捕到的第一网鱼送给牧师，不过他自己从不去教堂。他是个酒鬼和莽夫，但是他认为只要像他父亲以前一样，每年春天把他捕获的第一网鱼送给牧师，那他就会得到上帝的恩赐，这一年就会大获丰收。他认为要是没有这样做，他肯定一条鱼也捞不着。

琳达十岁了，可她看起来要小得多，因为她长得又小又单薄。今晚，她大大咧咧地出现在牧师家的孩子们面前时，看起来就像是自从生下来就没得到过温暖一样。她的脸冻得发紫，两只小眼睛也冻得红红的，穿着一条破破烂烂的印花裙子，消瘦的肩上挂着一条破破烂烂的羊毛围巾。她赤脚从港口嘴走了五公里路，那条路上的积雪还没有完全融化，十分泥泞，她的脚和腿像她的脸一样发紫，但琳达却不以为然。她已经习惯了寒冷，而且她和渔村的其他孩子一样已经打赤脚有一个月了。当她坐在墓石上，对着菲斯和尤娜咧嘴开心地笑着时，她并没有半点自怨自艾的情绪。菲斯和尤娜也冲着她笑了笑。她们和琳达也不太熟悉，去年夏天她们和布里兹家的孩子一起去港口玩的时候，曾经见过她一两次。

"你好！"琳达说，"今晚可真冷啊！我想狗都冻得不敢出门了吧。"

"那你为什么还要出来呢？"菲斯问道。

"爸爸让我把鱼送过来。"琳达回答道，说着打了个冷战，咳嗽着，伸出她的光脚丫。琳达其实并没有想着她的光脚，也没想着要博取她们的同情，她只是下意识地把脚从旁边的湿草丛中移开。可尤娜和菲斯的同情心油然而生。她看起来太冷了，太可怜了。

"啊，这么冷的天，你怎么还打赤脚呢？"菲斯喊道，"你的脚肯定都冻坏了吧。"

"差不多吧。"琳达骄傲地说，"说实话，这条路可真不好走啊。"

"那你为什么不穿上鞋子和袜子呢？"尤娜问道。

"没有啊，我的鞋子袜子都在冬天穿坏了。"琳达满不在乎地说。

菲斯惊得一语不发。多么可怕啊。旁边的这位小姑娘，在这严寒的春日里，居然没有袜子和鞋子穿，只能打赤脚。冲动的菲斯感到非常难过，立马脱下自己的鞋子和袜子。

"拿着，快穿上吧。"她把袜子和鞋子硬塞进吃惊的琳达手里，"赶快穿上，不然你会冻死的。我自己还有，你快穿上。"

琳达已经恢复了理智，一把抓起这突如其来的礼物，她迟钝的眼睛里闪着光。她当然要穿上了，而且还要快，免得有人把它们要回去。很快她就把菲斯的长袜和鞋子套在了自己的小脚上。

"我真感激你，但你的家人不会骂你吗？"她问道。

"不会——即便他们骂我，我也不会在乎的。"菲斯说，"难道我会眼睁睁地看着别人冻死而无动于衷吗？这样做可不对，何况我爸爸还是个牧师呢。"

"那你还要把它们要回去吗？港口嘴那边可真冷啊，现在我的脚都暖和了。"琳达狡猾地说。

"不，你留着吧，我给你的时候我就没想过要拿回来。我还有一双鞋子，而且我还有好几双袜子呢。"

琳达本来还想再待会儿，和这两个姑娘再聊一聊。可她觉得还是早点儿溜走比较好，免得有人过来把东西拿走了。于是，她匆忙告辞，沿着刚才那条小道走了回去。等她走到看不见牧师家的时候，她赶紧坐下来，脱掉鞋子和长袜，藏在鱼篮子里。她才不想穿着鞋袜走在那条泥泞路上呢。港口嘴那儿可没有哪个姑娘有这么好的开司米羊毛长袜和这么漂亮的鞋子，这鞋子还几乎是新的呢。琳达要把鞋子留到过节时再穿，而且她觉得这样做完全没什么不妥。在她看来，牧师家的人都很有钱，毫无疑问，牧师家的孩子肯定有很多鞋子和长袜。然后，琳达跑到弗拉格先生的商店前，和一群男孩子在泥坑里疯玩了一个小时，直到艾略特太太走过来命令她回家去。

"菲斯，我觉得你不应该那样做。"琳达走后，尤娜带着指责的口吻说，"现在你就只能天天穿你那一双靴子了，它很快就会磨破的。"

"没关系。"菲斯依旧沉浸在做了善事的喜悦中，"真不公平，我有两双鞋子，而可怜的小琳达一双也没有。那现在好了，我们一人一双了。尤娜，你知道的，爸爸上个星期布道时还说了，获得和拥有不会有真正的快乐，只有付出才能有快乐。真是这样的！我现在比以前任何时候都要感到快乐。想想现在小琳达穿着温暖舒适的鞋袜正高高兴兴地走回家去。"

"你知道，你可再也没有一双黑色的开司米羊毛长袜了。"尤娜说，"你另外一双袜子满是破洞，玛莎姨婆说她没办法补了，只好把它剪碎了当壁炉掸子。你现在就只有你最讨厌的那两双条纹袜子了。"

菲斯的热情和喜悦一下没了，她像一个泄了气的气球，闷闷不乐地坐那儿想了好几分钟，不得不面对她的冲动给她带来的后果。

"啊，尤娜，我完全没想到。"菲斯悲伤地说，"我在做事之前根本就没有细想一下。"

那双条纹长袜是玛莎姨婆冬天里为菲斯织的，又厚又沉，相当粗糙，还是鲜艳的红蓝相间的条纹。它们难看极了，菲斯从来不愿意穿它们，至今还放在抽屉里没动呢。

"以后你只能穿这些条纹长袜了。"尤娜说，"想想看学校里的男孩子会怎么笑话你。你知道他们是怎么取笑玛米·沃伦的，他们叫她理发店招牌，就因为她穿了一双条纹长袜，而你的比她的更难看。"

"我不会穿的。"菲斯说道，"不管冷不冷，我宁愿赤着脚。"

"你明天可不能赤脚去教堂，你想想人们会怎么议论啊。"

"那我就待在家里。"

"不行。你知道玛莎姨婆会逼着你去的。"

菲斯确实清楚。玛莎姨婆唯一坚持要他们做的事情就是必须去教堂，不管刮风还是下雨。但他们穿什么衣服，或者是穿还是不穿，她就不管了，因此他们必须得去教堂。七十年前玛莎姨婆就是这样被带大的，现在她也要这样带大这些孩子。

"尤娜，那你有没有袜子借我一双？"菲斯可怜地问道。

尤娜摇了摇头。"没有，你知道的，我只有这双黑色袜子。而且它太小了，我总要费很大劲才能穿上。你根本就穿不进去的，更不要说灰色的那双了。再说，袜筒都是补了又补的。"

"我决不会穿那双条纹长袜。"菲斯固执地说，"它们穿起来比看起来更糟糕。我穿上后我的双腿就像水桶一样粗，而且还很扎人。"

"嗯，那我就不知道你该怎么办了。"

"要是父亲在家，我就会让他在商店关门前给我买一双，但他要天黑了才能回来，我只能星期一再去告诉他了。明天我就不能去教堂了，我假装生病，这样玛莎姨婆就会让我待在家。"

"菲斯，那就是撒谎了。"尤娜叫道，"你不能那样做，你知道那样是不对的。要是爸爸知道了，他会怎么想啊？你难道忘记了，自从妈妈去世后，爸爸就告诉我们，无论发生什么事情，我们都要诚实吗？他说我们绝不能撒谎，他相信我们也不会那样做。所以，菲斯你不能那样做。你就穿上条纹袜子吧，就明天一次，而且又不是穿着去上学。再说了，你那条新的褐色裙子很长，可以把袜子遮很大一部分呢。玛莎姨婆把那条裙子做得那么大，好让你可以多穿几年，虽然你很讨厌那条裙子，可是现在想想，这不是很幸运吗？"

"我就是不想穿那袜子。"菲斯重复说。她说着在墓石上走来走去，还故意走到润湿的草上和未融化的雪地上，冻得直打哆嗦。

"你要干什么？"尤娜震惊地大叫道，"你会得重感冒的，菲斯·梅瑞狄斯。"

"我就是要感冒。"菲斯说道，"我希望我会得重感冒，明天生一场病，这样我就不算撒谎了。我会站在这儿，冻到受不了为止。"

"但是，菲斯，你可能会冻死的。你会得肺炎的，求你了，菲斯，别这样做。我们进屋去，暖暖脚。哦，杰瑞来了，谢天谢地。杰瑞，快把菲斯从雪地上拉开，你看她的脚冻成什么样了。"

"天啊！菲斯，你在干什么？"杰瑞问道，"你疯了吗？"

"没有。你走开！"菲斯说。

"那你是不是在惩罚自己啊？如果是的话，你这样做也是不对的。你会生病的。"

"我就想要生病。我不是在惩罚自己。走开。"

"她的鞋袜呢？"杰瑞问尤娜。

"她送给琳达·玛希了。"

"琳达·玛希？为什么啊？"

"因为琳达光着脚，她就把自己的鞋子袜子给她了。现在菲斯想要生病，这样明天就不用去教堂，也不用穿那双条纹长裤了。可是，杰瑞，她这样做可能会没命的。"

"菲斯，赶快下来，要不然我就把你拖下来。"杰瑞说道。

"你敢！"菲斯吼道。

杰瑞冲过去，拉着她的胳膊，使劲往前拖，可菲斯却拼命地挣扎。尤娜跑到菲斯身后帮忙推着，菲斯向杰瑞大吼大叫，让他放手。杰瑞也向菲斯大吼大叫，让她别犯傻，尤娜跟在后面哭。他们就这样一直吵闹着，慢慢挪到了墓地旁。亨利·沃伦和他的妻子正好驾车经过。很快，溪谷村又传开了，说牧师家的孩子在墓地里打架，还互相骂一些难听的话。菲斯最后还是被拖回了屋，因为她的脚实在是冻得受不了了。她们乖乖地进了屋，马上就上床睡觉了。菲斯晚上睡得像头猪一样，早上醒来的时候也没有感到丝毫的着凉。她想起爸爸之前说过的话，她知道自己不能装病，也不能撒谎。但是她还是绝不穿着那么一双丑陋的袜子去教堂。

又一桩丑闻及另一个"解释"

　　菲斯早早地就来到了主日学校，在其他人来之前先挑了一个角落的座位坐下。这样，这可怕的事实一直遮掩到主日学校放学，菲斯起身到牧师家的席位上时才被大家发现。教堂里几乎坐满了人，靠近走廊的人全部看到了牧师家的女儿穿着长靴却没穿长袜。

　　玛莎姨婆为菲斯做的那条样式过时的褐色裙子虽然很长，但是也没长到靴口处。至少有两寸白色的小腿赤裸裸地露了出来。

　　菲斯和卡尔两个人坐在了牧师的席位上。杰瑞到走廊处和一个好友坐到了一起，布里兹家的姑娘拉着尤娜和她们坐在一起。梅瑞狄斯家的孩子东一个西一个地坐着，让教堂里很多人都看不顺眼。回廊那里是很多轻浮的年轻小伙子聚集的地方，他们可以在那里窃窃私语，还可以嚼烟草，但牧师家的男孩子绝对不能去那里。杰瑞尤其讨厌坐在教堂的最前方，坐在克洛长老和他的家人的眼皮底下，因此他逮着机会就想溜走。

　　卡尔那时正全神贯注地观察着窗户边上的一只正在织网的蜘蛛，并没有注意到菲斯的腿。教堂散会后，菲斯和爸爸一起走回家，牧师也根本没注意到。在尤娜和杰瑞到家前，菲斯已经穿上了那讨厌的条纹袜子，所以牧师家没人知道菲斯那天做了些什么。可溪谷村的人几乎无人不知、无人不晓，从教堂回家的路上，所有的人都兴致勃勃地谈论着。埃里克·戴维斯太太说她早就料到了，而且不知道那些年轻人下次会不会光着身子去教堂。妇女援助会的主席决定在下次会上专门就这件事展开讨论，并组织大家去牧师家抗议。科尼莉娅小姐并没有参加，她已经不愿再为牧师家的孩子的事伤脑筋了。就连布里兹太太也觉得很震惊，虽然她把此事归咎为菲斯的粗心。苏珊不能立即动手为菲斯织一双长袜，因为那是礼拜天，但第二天她起了一个大早，开始忙着为菲斯织袜子。

"您什么都不用说了，这肯定是老玛莎的错，亲爱的医生太太。"她对安妮说，"我想那个可怜的小家伙肯定是没有像样的袜子穿。我想她的每双袜子都有破洞，你知道的，她们一向如此。而且，亲爱的医生太太，我觉得妇女援助会与其为布道坛织新的地毯，还不如给她们织些袜子实在。我并不是妇女援助会成员，但我都很乐意用这些漂亮的黑丝线为菲斯织两双袜子。亲爱的医生太太，你不知道当我看着她光着腿站在教堂的走廊时心里的那种感受。我真不知道眼睛应该往哪里看。"

"而且昨天教堂还有很多卫理公会的人。"科尼莉娅小姐说道，她上溪谷村来买点东西，碰巧遇到壁炉山庄的人在谈论此事，"我不知道这是怎么回事，但我敢肯定，牧师家的孩子一看到教堂里挤满了卫理公会的人便会做傻事。我看海泽德太太的眼珠子都气得差点儿掉下来了。当她走出教堂时说，'嗯，这真是让人大开眼界啊。我真为长老会的人难过。'而我们就只能哑口无言。我还能说什么呢。"

"亲爱的医生太太，要是我听到了，我就知道该怎么回答。"苏珊咧嘴笑了笑说道，"我就会说啊，干净的光腿不见得比满是破洞的袜子丢脸。而且我还会说，长老会的人并没有什么可怜的，至少我们还有会布道的牧师，而卫理公会却没有。亲爱的医生太太，我保准会让海泽德太太无言以对。"

"我宁愿梅瑞狄斯先生布道差一点儿，对自己的孩子能照顾多一点儿。"科尼莉娅小姐说，"在他们去教堂之前，他至少可以打量一下他的孩子是否穿着得体。我已经懒得为他找任何借口了，真的！"

此时，彩虹幽谷的菲斯也感到深深的内疚和自责。因为，玛丽又像往常一样开始教训起她来。她让菲斯明白，她的行为不仅丢了自己的脸，而且还丢了爸爸的脸。玛丽表示，她对菲斯已经彻底失望了。"人人"都在说闲话，"人人"说的都是同一件事。

"我只是觉得，我不能再和你好了。"玛丽最后说。

"我们会和她好的。"楠·布里兹说。楠私底下也认为，虽然菲斯做了一件可怕的事，但是她不会让玛丽这样嚣张地对菲斯说话，"如果你不和她好，那你以后也不用再来彩虹幽谷了，玛丽·范斯。"

楠和黛伸出手来抱着菲斯，轻蔑地看着玛丽。玛丽突然崩溃了，一屁股坐在树桩上哭了起来。

"不是这样的，我不想这样的。但是如果我还和菲斯好，人们就会说是我让她这样做的。有人已经在这样说了，真的。我不能容忍他们这样说我，因为现在我已经不一样了，我在努力成为一名淑女。而且就算在从前，我也不会光着腿去教堂的。我从未想过要这样做。可那讨厌的凯蒂·埃里克却说自从我到牧师家后，菲斯就变得和以前不一样了。她还说科尼莉娅小姐会一辈子后悔收养我的。这太伤我的心了，真的。不过我真正担心的还是梅瑞狄斯先生。"

"我想你不必为他担心。"黛讽刺地说，"没这必要。亲爱的菲斯，别哭了，你给我们说说你究竟为什么要那么做啊。"

菲斯哭着解释给她们听。布里兹家的孩子非常可怜她，就连玛丽·范斯也觉得那是个无可奈何的事。但杰瑞却认为这是一场灾难，反对就这样轻易放过。难怪他这几天在学校里感觉别人都以异样的目光看着他。他气愤地拖着菲斯和尤娜回去了，并且马上在墓地召开修身会，讨论对菲斯的处罚。

"我觉得它并没有造成任何伤害。"菲斯不服气地说，"我的大腿又没有露出很多。这样做并没错，而且也没有伤害到别人。"

"这会伤害到爸爸，你是知道的。你知道当我们做错了事，人们都会责备爸爸。"

"我没想到这个。"菲斯低声说道。

"问题就出在这里。你没有想到，可你本应该想到的啊。修身会就是要规范我们的行为，让我们学会思考。我们说了我们在做事之前应该停下来仔细想想，你既然没有这么做，那就应该受到惩罚。菲斯——真正的惩罚，罚你穿着条纹长裤上学一个星期。"

"啊，杰瑞，一天可以吗？要不两天？不能一个星期啊。"

"不，就得一个星期。"杰瑞态度坚决地说，"这才公正——不服你去问问杰姆·布里兹。"

菲斯认为她宁愿屈服，也不愿去问杰姆·布里兹。她开始明白自己的行为是多么可耻，便顺从地说道："那好吧。"

"已经便宜你了。"杰瑞严肃地说，"不管我们怎么惩罚你都没用了。人们全都会认为你是故意的，而且会责怪父亲没有及时阻止。我们没法向每个人解释清楚。"

这件事一直压在菲斯的心上。对她自己的指责她可以忍受，但她的父亲受到牵连让她痛苦万分。要是人们知道事情的真相就不会怪罪父亲了，但她怎么才能让大家知道呢？站在教堂里向大家解释是行不通的了。菲斯已经从玛丽那里听说了整个教区是怎么看待她在教堂解释这件事情的，她不能再那么做了。菲斯为这事烦恼了大半个星期。突然她得到了灵感，并决定立即采取行动。那天晚上她躲在阁楼里奋笔疾书，她满脸通红，眼里闪着光。她是多么聪明啊！一切都可以挽回了，她可以对每个人解释清楚，而且不会再引起丑闻。等她写完，已经十一点，然后满心欢喜地上床睡觉了。

几天后，溪谷村那份小小的周报便像往常一样发行了，但是头版却出现了一篇以"菲斯·梅瑞狄斯"署名的文章，这在溪谷村引起了轩然大波。

敬启者：

我想向各位解释一下为什么我没有穿长袜便去了教堂，现在大家都在指责我父亲，可我希望各位在看完此信后就不要再责备我父亲。我把我唯一的一双黑色长袜送给了琳达·玛希，因为她没有鞋袜，可怜的小脚冻得厉害，我很可怜她。在雪未融化之前，基督教区的孩子不应该没有鞋袜穿，而且我认为妇女海外援助会应该给他们捐助些袜子。当然，我知道她们一直在为那些异教徒孩子捐赠东西，这样做是非常正义的。只是那些异教徒孩子居住的地方远比我们这里暖和，而且我认为教堂里的妇女也应该去照顾一下小琳达，而不应该是我一个人去帮她。当我把自己的鞋袜送给她的时候，我忘记了那是我唯一的一双没有破洞的黑色袜子。尽管如此，我还是很高兴送给了她，因为要是我没有这样做，我的良心肯定会很不安的。当她高高兴兴、心满意足地离去的时候，我才想起我自己必须得穿那双丑陋的红蓝相间的袜子，那是玛莎姨婆用上溪谷村约瑟·波尔太太送给我们的纱线织成的。这线很粗，满是结头，我从未见过波尔太太家的孩子穿过这样的纱线袜。玛丽·范斯说波尔太太只是把他们自己用不了、吃不了的东西送给牧师家，而且她还把这算作是她丈夫答应给牧师的薪金的一部分。

我真的不能忍受穿上那双讨厌的袜子，实在是太粗糙，太丑了，而且穿上后奇痒无比。大家都会笑话我的，起初我想假装生病，这样第二天就不用去教堂了，但我想我不能那样做，因为那是在骗人。在母亲去世后父亲就告诉我们无论怎样都不能撒谎。我知道撒谎和骗人是一样的，尽管我知道溪谷村有一些人在骗人，但他们却丝毫不感到羞愧。我不会说出他们的名字，但我知道他们都是谁，我父亲也同样知道。

然后我就不顾一切地想要自己感冒，我光着脚站在卫理公会墓地的雪地里，后来杰瑞把我拖走了。可第二天我一点儿也没感到着凉，所以还是去了教堂。于是我便只好穿靴子去。我看不出这样做怎么就错了，我真不该把我的腿洗得跟脸一样干净。但不管怎样，这都不该责备我父亲，因为他在书房思考着布道和其他事情，我在去主日学校前就没见到他。父亲在教堂里也不会去看别人的大腿，所以他根本没注意到我的腿，但大家都在议论此事，所以我才想到要给周报写信来解释这一切。我想我肯定是犯大错了，因为大家都这么说。我也感到非常抱歉，于是我决定惩罚自己，穿着那双讨厌的条纹袜上学一个星期，虽然父亲星期一的早晨在弗拉格先生的商店开门的时候已经给我买了两双黑色长袜。我知道这都是我的错，如果大家在看完这封信后仍然认为这是我父亲的错，那我敢说他肯定不是基督徒，我也不用理会他们了。

我在停笔之前还想解释一件事。玛丽·范斯告诉我说，伊万·博伊德先生怀疑刘·巴克斯特去年秋天到他家地里偷了土豆。我想说的是他们并没有碰你家的土豆，他们虽然贫穷但却很诚实。这件事是我们做的——杰瑞、卡尔和我。尤娜并没有和我们在一起，我们当时也不知道那就是偷窃，我们那时需要几个土豆拿到彩虹幽谷去烤着和鳕鱼一起吃。博伊德先生的地离我们最近，就在彩虹幽谷和村庄之间，于是我们爬上了篱笆，开始掏土豆。那些土豆实在是太小了，因为博伊德先生根本没有施肥，我们只有多掏些才够，当时的土豆就跟葡萄一样大呢。沃尔特和黛也吃了土豆，但他们并不知道土豆是偷来的，所以不应该责备他们，这都是我们的错。我们不是有意这样做的，如果这算偷窃的话，我们非常抱歉，我们愿意赔偿博伊德先生的损失，如果他愿意等到我们长大的话。因为我们现在没有钱，也不能够去挣钱。玛莎姨婆说了为了维持这个家，可怜的父亲的薪水一分钱都没剩。

所以希望博伊德先生不要再怀疑巴克斯特一家了，他们都是无辜的，希望你不要玷污了他们的名声。

菲斯·梅瑞狄斯敬上

科尼莉娅小姐的新看法

"苏珊，如果我死了，每当这个花园的水仙花盛开的时候，我就会重新回来。"安妮高兴地说，"没人会看见我，但我就在那里。如果那时花园里有人——我想我会在像今晚这样的日子回来，但也有可能是在黄昏的时候——一个可爱的粉红色的春日傍晚。如果那个时候有什么人正好在花园里，他们看到水仙花频频点头，就好像一阵突如其来的风吹过，其实那就是我来了。"

"哦，亲爱的医生太太，你可别拿死后的事情来开玩笑啊。"苏珊说道，"我是不相信鬼的，不管看得见还是看不见。"

"啊，苏珊，我不会是个鬼！那听起来多恐怖啊。我还是我，我会在星光中穿梭，不管是早上还是黄昏，我都会跑遍所有我喜爱的地方。苏珊，你还记得吗，当我离开我们的梦中小屋时，我是多么难过？我以为我是不会爱上壁炉山庄的，可现在我却爱上了这里。我喜爱这里的每一寸土地、每一根小草和每一块石头。"

"我也很喜欢这里。"苏珊说，要是现在让她离开这个地方，她肯定会痛苦死的，"但是我们不应该太眷恋尘世的东西，亲爱的医生太太。世间还有火灾、地震之类的，我们应该随时做好准备。港口那边的汤姆·麦克阿利斯特家在三个月前就被烧为平地。有人说这是他故意这么干的，为了骗取保险金。但谁又说得清楚呢。我建议让医生立即请人检查一下我们的烟囱，提前预防总是没什么错的。我看见艾略特·马歇尔太太来了，她好像有什么事情呢。"

"亲爱的安妮，你今天看周报了吗？"

科尼莉娅小姐的声音在颤抖，可能是因为她太过激动了，也可能是由于她从商店到这里来跑得太快了，以至于有些上气不接下气。安妮把头埋向水仙花，忍住不笑。她和吉尔伯特那天看了周报的头版后没心没肺地大笑了一通，但她知道这对科尼莉娅小姐来说应该是个悲剧，她不能表现出一点儿也不在乎的样子，以免伤害到她的感情。

"这难道不可怕吗？我们该怎么办呢？"科尼莉娅小姐绝望地说道。科尼莉娅小姐曾发誓再也不管牧师家孩子的事情了，可她现在还和以前一样操心。

安妮带着她到了客厅，苏珊正在那里织东西，雪莱和里拉正坐在一边读初级读本。苏珊已经在为菲斯织第二双袜子了，她从来不会有可怜的人性烦恼，她只做自己该做的事情，其余的事情就交给老天去操心吧。

"科尼莉娅·艾略特认为她自己生下来就是为了管理这个世界的，亲爱的医生太太。"她曾这样对安妮说，"所以她总是爱多管闲事。我可从来不觉得我是个重要人物，因此才能平静以待。我只是有时才会认为事情原本可以更好一点儿的，但我们这些可怜的人又能怎样呢，这只会让我们更加不安。"

"我不知道可以做什么——现在——"安妮说着，给科尼莉娅小姐拉过一把漂亮的椅子，"但维克先生怎么会允许那封信登出来呢？"

"哦，他不在家，亲爱的安妮——他到新不伦瑞克出差一个星期，所有的事情都交给了一个叫作乔·维克的家伙负责。很显然，维克先生也绝不该让这封信登出来的，即便他是卫理公会的教徒，但乔却觉得这是个好笑的笑话。你看，我现在也不知道该怎么办了，只有听天由命吧。但我要是哪天碰着乔·维克了，我肯定要好好教训他一番。我想要马歇尔立即停止赞助周报，可他只是笑了笑说今天周报的内容是一年来最有趣的。马歇尔从来都不正经，真像个男人。幸运的是，伊万·博伊德也一样，他还把这当笑话一样到处宣扬呢。他也是个卫理公会教徒！至于上溪谷村的波尔太太，她都快要气疯了，准备全家离开教堂。这对我们来说也不会有什么损失，反正卫理公会教堂会欢迎她们的。"

"这是罪有应得。"苏珊说着，她也看不惯这个波尔太太，菲斯的信里居然提到了她，这真是大快人心。"她可别想拿那些破纱线来抵薪，卫理公会的教区牧师可没那么容易骗。"

"可糟糕的是，现在一点儿变好的希望都没有了。"科尼莉娅小姐忧伤地说，"看着梅瑞狄斯先生去拜访罗斯玛丽·威斯特小姐，我们还以为牧师家会有一个适当的女主妇，可现在全泡汤了。我想她可能是不喜欢这些孩子——至少，大家现在都是这么觉得的。"

"我觉得他应该还向她求婚。"苏珊说，她无法想象竟然有人会拒绝一个牧师。

"嗯，没人知道事情的究竟啊。但是有一件事情是可以确定的，牧师再也没去过她家了，而且罗斯玛丽整个春天看起来都是无精打采的，但愿她到金斯波特拜访后情况会有所好转。她已经去了一个月了，听说还要待上一个月。我想不起罗斯玛丽什么时候离开过家，她和艾伦总是形影不离。据我所知这次倒是艾伦坚持让她离开的，而且，艾伦和诺曼·道格拉斯又旧情复燃了。"

"真的吗？"安妮笑着问，"我也听说过，但我没当真。"

"当真！你完全可以当真的，亲爱的安妮。这件事情大家都知道。诺曼·道格拉斯做事情从来不隐瞒自己的意图，他总是在大庭广众之下为所欲为。他告诉马歇尔，他已经好多年没想过艾伦了，可去年秋天当他第一次去教堂时看见了艾伦，他便重新爱上了她。他有二十年没有见到过她了，真是不可思议啊。当然，他从来不去教堂，艾伦也很少出门。哦，我们全都知道诺曼在想什么，可艾伦是怎么想的我们就无从得知了。我也不愿去猜测他们到底会不会和好。"

"他抛弃过她一次——但似乎其他人并不因此记恨他，亲爱的医生太太。"苏珊生气地说道。

"他当时是年少轻狂才抛弃她的，而且他后悔终生。"科尼莉娅小姐说，"这与那种冷血的抛弃不一样。在我看来，我从不像有些人那样记恨他，他也不令我讨厌。我确实很好奇是什么使得他重新回到了教堂。我绝不相信威尔森太太所讲的故事，她说是菲斯到诺曼家去了，和他大吵了一通，然后说服他去了教堂。我一直想亲自问问菲斯，我每次见到她就搞忘了。她有什么办法来对付诺曼·道格拉斯？今天我过来的时候，他也在商店里，正为那封令人震惊的信乐开了花呢。你在四风港都能听到他的笑声。'她是世界上最伟大的姑娘，'他大叫道，'她那么有活力，所有老太婆都想要去驯服她，让她们见鬼去吧——她们休想

212.

得逞！她们这么做，无异于想淹死一条鱼。博伊德，你明年可得给土豆多施点儿肥。哈哈哈！'他就一直那样大笑着，笑声把屋顶都快震塌了。"

"至少道格拉斯先生付薪水倒是很大方。"苏珊说道。

"哦，诺曼在某些方面确实不小气，他眼睛都可以不眨一下就捐出一千美元，但如果买东西，想让他多付五美分，他就会像伯山家的公牛那样大吼起来。而且，他也很喜欢梅瑞狄斯先生的布道。只要合他胃口，他就舍得捐出一大笔钱。他根本不是什么基督徒，他就像非洲的又黑又瘦的异教徒一样。但他聪明好学，博览群书，能听出布道的好坏来。不论怎么说，他能支持梅瑞狄斯先生和他的孩子是件好事，因为这件事后，他们会更加需要朋友的帮助。我真的不想为他争辩了，相信我。"

"亲爱的科尼莉娅小姐，你知道吗？"安妮严肃地问，"我想我们辩解得太多了。这样做真的很愚蠢，我们应该立刻停止。我想告诉你我想怎么做。"——安妮发现苏珊的眼睛里闪过一丝担忧——"这样做虽然很不寻常，但我们必须这样，要不就彻底完蛋了，特别是当我们都上了一定的年纪。我真的想这样做。我想召集妇女援助会、妇女海外援助会和少女缝纫协社的成员一起开个会，包括所有批评梅瑞狄斯的卫理公会教徒——虽然我知道如果我们长老会的人自己停止批评和辩解，我们可能会发现其他教派的人对我们的牧师家庭并没有太多非议。我会这样对他们说，'亲爱的基督徒朋友们'——我要特别强调'基督徒'——'我有些话想对你们说，我要一字一句地告诉你们，这样你们回家后就可以转述给你们的家人听。你们卫理公会的不需要我们同情，而我们长老会的人也不用可怜自己。我们要勇敢真诚地对所

213.

有批评和怜悯我们的人说，我们以我们的牧师和他的家人为荣。梅瑞狄斯先生是圣玛丽溪谷村有史以来最好的传道者，而且，他是一位真诚、热心的老师，一位真挚的朋友，一位睿智的牧师，一位文雅的学者，一个有教养的绅士。他的家人也和他一样优秀。杰瑞·梅瑞狄斯是溪谷村学校最聪明的学生，海泽德老师说他肯定会有一个大好前程，而且他是一个真诚勇敢、光明磊落、富有男子气概的孩子。菲斯·梅瑞狄斯是那么美丽，而且她的热情和淳朴丝毫不比她的美貌逊色。她一点儿也不普通，就算溪谷村所有姑娘的活力、机智、快乐和精神加在一起也不及她。她在世界上没有一个敌人。每个认识她的人都那么喜欢她，有多少孩子或是成人能做到这样呢？尤娜·梅瑞狄斯真是个可人儿，她一定会成为一个可爱的淑女。卡尔·梅瑞狄斯那么热爱蚂蚁、青蛙和蜘蛛，有朝一日，他一定会成为一位闻名加拿大，哦，不，闻名世界的博物学家。大家还能说出溪谷村，或者溪谷村外还有这样的一户人家吗？请大家停止羞愧的讨论和道歉了，我们为我们的牧师和牧师家不同凡响的孩子感到由衷的自豪！’”

安妮停了下来，一方面是因为她的这番慷慨陈词让她有些上气不接下气，另一方面是因为她看着科尼莉娅小姐的脸，不知道该不该继续讲下去。善良的科尼莉娅小姐目瞪口呆地看着安妮，很显然她被这个新奇的想法弄得有点儿不知所措，但她很快就恢复了镇定。

“安妮·布里兹，我真希望你能召集这样的会议，并像刚才那样发表演讲！你已经让我感到惭愧，虽然我一度不肯承认。当然，我们就应该这样说——特别是对卫理公会的人。你说的句句是真，一个字也不假。我们真是瞎了眼，总是对重要的品质视而不见，抓着一些芝麻大小的问题纠缠不休。哦，亲爱的安妮，你这一席话，惊醒梦中人啊。科尼莉娅·马歇尔从此再也不用给别人道歉了！我会高昂着头，相信我——当然如果梅瑞狄斯家再做出什么令人吃惊的事，我可能还会跑来向你诉苦。甚至连那封令人胆战心惊的信我现在也不觉得有什么了不起了，毕竟，就像诺曼所说的那样，那只不过是一个玩笑。没几个姑娘能写这样的信——而且写得那么好，没一个标点拼写错误。卫理公会的人爱怎么说就怎么说吧——不过我还是不会原谅乔·维克的——相信我！你们家的孩子都到哪儿去了？"

"沃尔特和双胞胎在彩虹幽谷玩，杰姆在阁楼上学习呢。"

"他们可真喜欢彩虹幽谷，玛丽·范斯认为那是世界上最美的地方。要是我允许的话，她每天晚上都会跑过来玩，但我不会鼓励她这样到处闲逛的。而且，她不在身边的时候，我还怪想她的。亲爱的安妮，我从未想到我会这么喜欢她，当然看到她犯错，我还是会努力纠正她。但自从她到我们家后，从来没有顶撞过我，而且她还是一个好帮手——毕竟，亲爱的安妮，我已经不像过去那么年轻了，我必须得承认这一点。我已经五十九岁了，虽然我自己没觉得，可是《家庭圣经》上写得清清楚楚啊。[1]"

---

① 《家庭圣经》，家庭用《圣经》，一般附有空白页，可以记载亲属结婚、生死等重要事项。

神圣的音乐会

虽然科尼莉娅小姐已经有了新看法，但她对于牧师家的孩子接下来所做的事情仍然感到有些不安。在公众场合，科尼莉娅小姐会当着那些爱管闲事的人的面，郑重其事地转述安妮的话，而且她发现那些人听后都觉得过去的行为很傻，并且开始反思，他们对小孩子的恶作剧太大惊小怪了。但私底下，科尼莉娅小姐还是忍不住向安妮抱怨几句，以此来减轻自己的焦虑。

"亲爱的安妮，上个星期四晚上那些孩子在墓地里开音乐会了，而那时卫理公会教堂正在开祷告会。这些孩子坐在海希盖亚·波洛克家的墓石上，整整唱了一个小时。当然，他们唱的大都是赞美诗，要是他们没那么做就好了。可是听说他们在结束的时候还唱了一首《波利—伍利—嘟嘟》，而那时候巴克斯特先生正在祷告呢。"

"那天傍晚我也在那儿。"苏珊说，"虽然我什么也没说，亲爱的医生太太，但是我忍不住想他们真不该挑那个时间。他们当着死人的面，扯破喉咙唱那首轻佻的儿歌，差点儿让人气昏过去。"

"我不知道你跑去卫理公会的祷告会做什么。"科尼莉娅惊讶地说道。

216.

"我可没觉得卫理公会的祷告有什么意思。"苏珊赶紧说，"如果你不打断我，我正好要说，我是不会屈服于卫理公会的。当我们走出来的时候，巴克斯特执事太太说，'真是可耻的展览啊！'我逼视着她的眼睛说，'他们全都是美丽的歌唱者，而你们的唱诗班可找不出一个美丽的，而且你们唱诗班里的人似乎都不来你的祷告会。看来他们只有在礼拜天才会唱歌！'她乖乖地听着，我觉得我已经适当地回敬了。不过我本来可以做得更彻底的，亲爱的医生太太。如果这些孩子没有唱最后那首《波利—伍利—嘟嘟》就好了。想想他们在墓地里唱那种歌真是不太好啊。"

"墓地里的有些人生前也爱唱《波利—伍利—嘟嘟》，苏珊，或许他们喜欢听呢。"吉尔伯特说道。

科尼莉娅小姐瞪了他一眼，并且暗自下定决心，将来找个适合的机会，她要提醒一下安妮，让医生别再说这种不得体的话。说这样的话可能会影响他的事业，人们可能会认为他不够正经。当然，马歇尔经常会说一些比这更糟的话，但他毕竟不是一个公众人物。

"我知道他们那么做的时候，他们的父亲就在他的书房里，窗户也是开着的，但他似乎根本没注意到他们。当然，他肯定和往常一样又沉浸在书中了。昨天他过来拜访的时候，我已经告诉他了。"

"你怎么敢跟牧师这么说话呢，艾略特·马歇尔太太？"苏珊难以置信地问道。

"有什么不敢？事情已经刻不容缓了！大家都说他还不知道菲斯给周报写信的事，因为没人愿意向他提起此事，而且他自己又从来不看周报。但我觉得他应该知道此事，以此杜绝这样的事情再次发生。他说他会和孩子们谈话的，当然，他只要一走出了大门，立刻就会忘得一干二净。这个男人真是恍恍惚惚，安妮，真的！他上个礼拜天在教堂讲了'如何抚养孩子'，那真是一篇优秀的布道词啊，可教堂里的人边听边在想，'真遗憾啊，你自己却不能像你所说的那样去抚养你的孩子。'"

科尼莉娅小姐这次冤枉了梅瑞狄斯先生，他没有很快忘记她告诉他的事情。他忧心忡忡地回到家，等着孩子们从彩虹幽谷回来。孩子们回来时比平常晚了一个小时，他把他们全都叫进了书房。

他们都忐忑不安地走了进去，因为父亲很少这样做。他会对他们说些什么呢？他们绞尽脑汁回忆这几天是不是做错了什么事，可怎么也想不起来。两天前玛莎姨婆邀请皮特·弗拉格太太留下来吃晚饭时，卡尔把一勺果酱倒在了弗拉格太太的丝绸裙子上，可是梅瑞狄斯先生并没有注意到，好心的弗拉格太太也没有声张。而且，卡尔那晚穿着尤娜的裙子惩罚了自己一个晚上。

尤娜突然想到，或许父亲是要告诉他们他将迎娶威斯特小姐的事情。她的心扑通扑通地跳着，她的双腿都站不稳了。可她看着父亲的脸上满是严肃与哀伤，她就知道不会是这件事。

"孩子们，"梅瑞狄斯先生说，"我听说了一件事情，这让我非常痛心。上个星期四的晚上，卫理公会教堂正在举行祷告会的时候，听说你们在墓地里坐了一晚上，而且还高声唱着一些下流的歌。"

"天啊，爸爸，我们忘记那晚他们要开祷告会了。"杰瑞不安地说道。

"这么说是真的了——你们确实这样做了吗？"

"啊，爸爸，我不知道你所谓的下流歌曲是指什么，我们唱了赞美诗——那是一个神圣的音乐会。这有什么错呢？我刚才已经告诉你了，我们不知道那天晚上卫理公会教堂在举行祷告会。他们一般都是在星期三晚上举行的，现在把时间换到星期四晚上，我们很难记住啊。"

"你们就只唱了赞美诗？"

"怎么啦？"杰瑞的脸一下红了起来，"我们最后确实唱了《波利—伍利—嘟嘟》，因为菲斯说，'让我们唱首欢快的歌提提神吧'。但我们并没想到这有什么不对。爸爸——我们真不是故意的。"

"爸爸，开音乐会是我的主意。"菲斯害怕爸爸过多地责备杰瑞，便说道："你知道三个星期前的礼拜天，卫理公会的人在他们的教堂举行了一场神圣的音乐会，我于是也想效仿他们。不过他们中间还有祷告的部分，我们把它省去了，因为我听说在墓地祷告是很不好的。"末了，她又补充了一句，"您那天一直坐在这里的啊，您也没说我们这样做不对。"

"我没注意到你们在做什么。当然，那不是理由，我知道跟你们比起来，我更应该受到责备。可你们最后为什么要唱那首愚蠢的歌呢？"

"我们也不知道啊。"杰瑞低声说，他自己都觉得这个理由根本站不住脚，因为他几天前还在修身会上教训菲斯凡事要三思而后行。"我们错了——父亲，真的，我们很抱歉。您就揍我们一顿吧——我们应该挨揍。"

但梅瑞狄斯先生并没有打骂他们。他坐下来，让几个孩子们靠拢在他身旁，和蔼而睿智地跟他们谈了一会儿话。他们感到非常懊悔和羞愧，觉得以后再也不能做蠢事了。

"我们要好好惩罚自己。"杰瑞在上楼的时候低声说道，"明天我们要做的第一件事就是召开修身会，决定怎么来惩罚。我从未见过父亲这么沮丧。不过我真希望卫理公会的祷告会能固定一个日子，不要老是这样变来变去。"

"不管怎样，我真庆幸我不用为卫理公会的祷告会的日子而烦忧。"尤娜自己心里这样想着。

在他们身后的书房里，梅瑞狄斯坐在书桌旁，苦恼地把脸埋在双臂里。

"上帝啊，救救我！"他说道，"我真是一个可怜的父亲。啊，罗斯玛丽，要是有你来照顾这些孩子该多好啊！"

斋戒日

修身会在第二天早上上学前召开了特别会议。经过反复商量，大家一致决定应该采取斋戒日的方式来惩罚自己。

"我们今天什么都不能吃。"杰瑞说，"我一直都很想知道斋戒是什么样的。这正是个好机会，可以体验一下。"

"那我们选哪一天呢？"尤娜问道，她认为这种惩罚很轻，她在想为什么杰瑞和菲斯想不出一个更加严厉的惩罚方式呢。

"我们就定在星期一吧。"菲斯说，"礼拜天的时候我们大多吃得很饱，所以星期一吃不吃都无所谓了。"

"可这正是问题的关键。"杰瑞说道，"我们可不能选择这样一个轻松的日子，应该选一个最难的——就礼拜天吧，因为那天我们通常会吃烤牛肉，而不是吃冰冷的'同上'。放在平时斋戒，大家轻而易举就可以做到。我们就定在礼拜天吧，这个日子正好合适，因为爸爸要和上罗布里奇的牧师交换晨会，要晚上才回来。如果玛莎姨婆问起这是怎么回事，我们就直接告诉她，我们是为了救赎我们的灵魂举行斋戒，《圣经》里就是这样写的。我猜她不会阻止我们这样做的。"

玛莎姨婆确实没有阻止他们。她只是生气地嘀咕道："你们这些小鬼又在做什么傻事？”然后就再也没说什么了。梅瑞狄斯先生在大家还没有起床的时候就离开了。当然，他也没吃早餐，这是常有的事。很多时候他都忘记了吃饭，也没有人提醒他要这么做。早餐——玛莎姨婆所做的早餐——倒也不让人怀念。即便是这些“小鬼”也觉得，错过玛丽所谓的“块状粥，蓝牛奶”的早餐，也没什么难受的。可午餐的时候就不一样了，他们那时已经饿极了，而且烤牛肉那诱人的味道弥漫着整个家，虽然大家都知道烤牛肉做得并不怎么好，但闻着这味道却实在难受。于是他们只好逃到墓地去，那里可以免受牛肉香味的诱惑。但尤娜还是目不转睛地盯着饭厅的窗户，透过窗户可以清楚地看到上罗布里奇的牧师坐在餐桌旁，正津津有味地吃着午餐。

“要是我能吃上一块该多好啊，哪怕是一小块。”她叹息道。

“够了，别再这个样子了。”杰瑞说，“当然这样做是很不容易——不然怎么叫惩罚呢。我现在都可以吃下一头牛了，可我说什么了吗？我们想点儿别的什么事情吧，我们不要老是想着肚子。”

晚餐的时候，他们已经不像午餐时那样感到饥饿了。

“我想我们已经适应了。”菲斯说，“我只是有一种奇怪的感觉，但并不是觉得饥饿。”

“我的头很搞笑，”尤娜说道，“好像在转圈圈。”

但她还是和其他人一起去了教堂。要是梅瑞狄斯先生不那么沉浸于自己的话题，他就会发现牧师座位上那一张张苍白的小脸和那一双双空洞无神的眼睛。但他什么也没注意到，他的布道比往常还要长一些。接着，正当他要开始最后一首赞美诗的时候，尤娜突然从牧师家的席位上摔了下来，昏死过去。

长老克洛太太第一个跑过来，她立即从吓得脸色苍白、全身发抖的菲斯手上抱过尤娜那单薄的身子，把她抱进了法衣室。梅瑞狄斯先生忘记了赞美诗，忘记了一切，发疯似的跟在后面冲进了房间。教堂的人也自行解散了。

"啊，克洛太太。"菲斯惊恐地问道，"尤娜死了吗？我们把她害死了吗？"

"我的孩子怎么啦？"脸色苍白的牧师问道。

"我想，她只是晕倒了。"克洛太太说道，"哦，医生来了，谢天谢地。"

吉尔伯特发现要让尤娜清醒过来还很不容易，他费了好大的劲，尤娜才睁开了双眼。医生抱着她回到了牧师家，菲斯号啕大哭，紧跟在后面。

"她只是饿了，你知道的——她一整天都没吃东西——我们都没吃——我们都在斋戒。"

"斋戒！"梅瑞狄斯先生说。

"斋戒？"医生惊讶地重复道。

"是的——我们因为在墓地里唱了那首《波利—伍利—嘟嘟》而惩罚自己。"菲斯说道。

"我的孩子啊，我可不想让你们为了那件事而这样惩罚自己啊。"梅瑞狄斯先生苦恼地说，"我只是轻言细语地批评了你们——你们又都认错了——我也原谅你们了啊。"

"是的。但我们必须接受惩罚。"菲斯说，"这是我们的规定——修身会的规定——凡是我们做了错事，或是做了让父亲在教区丢脸的事，我们都要惩罚自己。我们要自己教育自己，因为除此之外就没有人教育我们了。"

223.

梅瑞狄斯呻吟了一声，医生松了一口气，从尤娜身旁站了起来。

"这孩子只是因为饿晕了，吃点儿东西就没事了。"他说，"克洛太太，你能不能帮她弄点儿吃的？而且从菲斯说的话来看，我想他们几个都应该吃点儿东西，要不然还会有人晕倒。"

"我想我们不应该让尤娜斋戒的。"菲斯后悔不迭地说，"我现在想，只是杰瑞和我应该受到惩罚，是我们提出要开音乐会的，而且我们俩又是最大的。"

"可我也和你们一起唱了啊！"尤娜虚弱地说道，"所以我也应该接受惩罚。"

克洛太太端了一杯牛奶过来，杰瑞、菲斯和卡尔偷偷溜到餐具室去找吃的，而梅瑞狄斯先生去了他的书房，一个人坐在黑暗中，陷入了痛苦的沉思。原来孩子们在自己管教自己，因为没人去管他们——面对人生的困惑，无人指导，无人帮助。菲斯那天真的话语像一支箭扎在了父亲的心上。无人去照顾他们——去安慰他们，去疼爱他们。尤娜昏迷地躺在沙发上，脸色是那么苍白，她是多么虚弱啊！她的手是那么小，她的脸是那么消瘦！她好像随时要离他而去——可怜的小尤娜，西西莉亚死前还特别交代一定要悉心照顾好她的。自从她去世后，想起这些孩子，他还从来没有如此痛苦不安过。他必须做点儿什么——可能做什么呢？难道要去求伊丽莎白·柯克嫁给他吗？她是一个好女人——她会善待孩子的。他要是没爱上罗斯玛丽，兴许他会这么做。除非他熄灭对她的爱，他就无法与别的女人结婚了。而他无法熄灭——他已经试过了，但却根本做不到。罗斯玛丽那晚也来教堂了，这是她从金斯波特回来后第一次来教堂。就在结束布道的时候，他在拥挤的教堂后排，瞥见了她的脸，他的心猛烈地悸动起来。当唱诗班唱到"收集碎片"时，他坐在那里，低着头，脉搏兴奋地跳动着。自从那晚向她求婚后，他再也没有见到过她。当他站起来领唱赞美诗时，他的双手在颤抖，他那苍白的脸一下红了起来，可尤娜的突然晕倒让他大脑一片空白。现在，在这黑暗孤独的书房里，一切思绪又回来了。罗斯玛丽是这世上他唯一想要的女人，他根本不会娶其他女人，哪怕是为了孩子，他也无法做到。他必须独自挑起重担——他必须尽量做一个更好、更体贴的父亲——他必须告诉孩子，不管遇到什么问题都可以向他求助。然后他便点起灯，拿起桌上的一本关于神学的新书来读，他要读一个章节让自己的心情平息下来。五分钟后，他已经完全沉浸在了书的世界里，忘却了世上所有的烦恼。

一个诡异的故事

　　六月初的傍晚，彩虹幽谷真是一个让人心情愉悦的地方。孩子们个个笑逐颜开，他们坐在开阔的林间空地上，情人树上的铃铛随风歌唱，"白衣少女"翩翩起舞。风在他们身边笑着、唱着，像一位知心朋友。幼小的羊齿蕨快活地生长着。野樱桃树星星点点地散布在山谷的云杉之间，给山谷罩上了一层白色的轻云。知更鸟在壁炉山庄后的枫树林叫个不停。溪谷村的远处斜坡上，正在开花的果园在薄暮里戴上了香甜、神秘和令人惊喜的面纱。这是春天，年轻的生命在春日里欢呼雀跃。彩虹幽谷里的每个人都享受着甜美怡人的夜晚，直到玛丽·范斯讲起了亨利·沃伦的鬼魂的故事，才让大家紧张得屏住了呼吸。

　　杰姆晚上没有出来玩，他在书房里刻苦学习，准备入学考试。杰瑞在附近的池塘钓鱼。沃尔特刚刚给大家朗诵了朗费罗的海洋之歌，他们都沉浸在美丽而神秘的航程中。然后大家又讨论了长大后想做什么，想到哪里去旅行——他们将会见到的遥远、神秘的海岸。楠和黛说她们想去欧洲。沃尔特想去埃及，到尼罗河上扬帆，去看看斯芬克斯。菲斯的想法有些沮丧，她估计自己要去做传教士——因为老泰勒太太说她应该那样做——那么她至少会去印度或中国那些东方的神秘土地。卡尔一心想去非洲丛林。尤娜什么都没说，她只想待在家里，因为家是世界上最美好的地方，一想到大家长大后就要各奔东西，她就感到无比难过。但是其他的人都憧憬着美好的未来，直到玛丽到来，将他们的美梦和诗意一一击破。

"哦，天啊！我都喘不过气了。"她大叫道，"我刚从那山上疯狂地跑了下来，巴里的老房子可把我给吓死了。"

"什么东西吓着你了？"黛问道。

"我不知道。我在老花园的紫丁香花下翻弄，想找找有没有百合。那里真黑啊！突然我看见花园的另一边，也就是那些樱桃丛中，有什么东西在动，还发出沙沙的声音。那东西还是白色的。我根本不敢再多看一眼，赶紧撒腿就跑。我想那肯定是亨利·沃伦的鬼魂。"

"谁是亨利·沃伦？"黛问道。

"怎么会有鬼魂呢？"楠问道。

"天啊，难道你们没听说过吗？亏你们还是在溪谷村长大的呢。哦，等一等，让我喘口气再告诉你们。"

沃尔特兴奋地打了个战，他喜欢听鬼故事，它们的神秘，它们戏剧性的高潮，它们的怪诞，让他既感到恐怖又有着奇怪的愉悦。朗费罗的诗一下就变得无趣了。他把书丢在一边，歪着脑袋，神采奕奕地盯着玛丽，仔细听着。玛丽真希望他不要这样看着她，如果沃尔特不这样看着她，她肯定会把故事讲得更加引人入胜。她会添油加醋，胡编乱造一些悬念，让故事变得更加恐怖。但是现在，她只能实话实说——把她听来的原原本本地转述一遍。

"哦。"她开始说，"你们知道吗？老汤姆·巴里和他的妻子三十年前就住在那幢房子里。他真是一个恶棍啊，人们说他的妻子也好不到哪里去。他们自己并没有孩子，但老汤姆的姐姐死后留下来一个小男孩——就是亨利·沃伦，他们便收养了他。那时他才十二岁，身子瘦弱。人们说，汤姆和他的妻子从一开始就虐待他——用鞭子抽打他，让他饿得半死。人们都说他们巴不得这孩子早点儿死，这样他们就可以捞到孩子母亲留下来的一笔钱。但是亨利并没有马上死掉，而是得了一种病——人们说是癫痫病——他就这样长到了十八岁。他舅舅还经常在花园里打他，因为那里很少有人过往，没人会看见的。但是人们经常听到可怜的亨利苦苦哀求舅舅不要杀他。尽管如此，也没人敢去干涉，因为老汤姆是个十恶不赦的家伙，他会想方设法报复的，他还把港口那边一位曾得罪过他的人的仓库给烧了。最后，亨利死了，汤姆和他老婆都说他是生病死的，可大家都知道是汤姆给打死的。不久，老花园闹鬼的事情就传开了，人们说晚上可以听到亨利的鬼魂在那里徘徊、呻吟、哭闹。老汤姆和他老婆便搬走了——去了西部，而且再也没回来过。这地方得了这样一个恶名，因此没人愿意买它或租它，所以就这样荒废着。那是三十年前的事情了，但是至今亨利的鬼魂都还在那里。"

　　"你相信吗？"楠不屑地问，"我可不信。"

　　"嗯，好多人都见过他和听到过他。"玛丽辩解道，"人们说他每次出现都像他活着的时候那样，在地上趴着，并且抓住你的双腿，呻吟着。我刚才在灌木丛里看见那个白色的东西时，立马就想到了他，要是他拖住我痛苦地呻吟，我肯定会当场吓死的，所以我就没命似的跑。也有可能不是他的鬼魂，但我还是不敢冒这个险。"

"有可能是斯提穆森太太家的小白牛，它经常在那里吃草，我曾亲眼见过。"黛说道。

"或许吧，但我再也不敢穿过巴里花园回家了。杰瑞钓了这么多鳟鱼啊，让我来为你们露一手吧，杰姆和杰瑞都说我是溪谷村最好的厨师。科尼莉娅小姐还让我带了些饼干过来，刚才看见亨利的鬼魂，我差点儿把这些全丢了。"

玛丽在煎鱼的时候，又绘声绘色地把这个鬼故事给杰瑞讲了一遍，杰瑞听完哈哈大笑。在这时候，沃尔特便去帮菲斯摆桌子。这个故事对杰瑞来说根本算不了什么，但菲斯、尤娜和卡尔却吓着了，虽然他们都不相信这是真的。大家聚在一起也没什么，可当聚会结束的时候天已经黑了，他们想起来心里直发毛。杰瑞跟着布里兹家的孩子去壁炉山庄找杰姆说点事，玛丽也绕道回家了。所以菲斯、尤娜和卡尔就只好一起回家。一路上，他们紧紧地挨在一起，而且离巴里的花园都远远的。当然，他们都不相信那里闹鬼，可他们还是不敢靠近它。

沟渠上的鬼魂

不知为何，菲斯、卡尔和尤娜始终无法把亨利·沃伦鬼魂的事情从头脑里抹去。他们本身并不相信有鬼，鬼故事他们也听过不少——玛丽·范斯讲过更加令人心惊肉跳的鬼故事，但是那些鬼故事都发生在遥远而陌生的地方。他们听的时候感到有些恐怖，但不久就忘了。但是这个鬼故事他们却怎么也忘不了。巴里的老花园离他们家那么近，离他们心爱的彩虹幽谷也那么近。他们无数次从那里经过，还在那里摘了那么多花，当他们想从家里直接到彩虹幽谷去的时候，还经常从那里抄近道。但是现在他们再也不敢那么做了！自从那晚玛丽讲了那个恐怖的故事后，他们再也不敢冒着死亡的危险靠近它半步。天啊，要是被亨利·沃伦的鬼魂抓住，他们肯定会被当场吓死。

七月里一个温暖的晚上，他们三个人坐在情人树下，感觉有些无聊。那晚其他人都没有到彩虹幽谷来，杰姆·布里兹去夏洛特敦参加入学考试了；杰瑞和沃尔特跟着克劳福德老船长一起到港口驾船了；楠、黛、里拉和雪莱都到梦中小屋去拜访肯尼斯和帕西丝·福德了，福德一家今年夏天又回来度假了。楠本来叫菲斯和他们一起去，但菲斯拒绝了。虽然她绝不会承认这一点，但却是事实，她有些忌妒帕西丝·福德，因为她已经听很多人称赞她的惊人美貌和都市风度。不，她才不愿去给人做陪衬呢。她和尤娜拿着她们的故事书到彩虹幽谷看书，卡尔在小溪边观察虫子，他们三个过得挺愉快的，不知不觉就到了黄昏，这才意识到天色已晚，而那恐怖的巴里花园就在附近。卡尔走过来，紧挨着姑娘们坐下。他们都想尽快回到家去，可谁也没说出来。

巨大的天鹅绒般的紫色云朵堆积在西方的天空上，慢慢朝幽谷上空移来。空气中没有一丝风，突然一切都静了下来，静得让人害怕。沼泽里成千上万只萤火虫飞来飞去，仙境今晚肯定有一场重要的聚会。总而言之，彩虹幽谷突然变成了一个让人不太舒服的地方。

菲斯惊恐地抬起头，顺着彩虹幽谷的方向往巴里花园望了望。如果说有人的血液曾经凝固过的话，那这一刻菲斯的血就真的凝固了。卡尔和尤娜朝着菲斯那恐惧的目光望去，瞬间一阵寒流传遍全身。因为在巴里花园的那些摇摇欲坠、杂草丛生的沟渠上，在一棵大松树下面，有一团白色的东西——奇形怪状的白色东西。牧师家的三个孩子吓呆了，像三个木头人一样一动不动地坐在那儿。

"那是——那是——小牛。"尤娜最终低声说道。

"小牛——没有——那么大。"菲斯回应道。她的嘴巴和双唇发干，字都难以吐清。

突然，卡尔惊叫起来："它朝这边来了。"

姑娘们鼓足巨大的勇气又瞥了一眼。是的，它已经翻过沟渠了，小牛是不会爬的。这三个孩子失去了所有的理智，那一刻大家都深信不疑，他们看见的一定是亨利·沃伦的鬼魂。卡尔跳起来，撒腿便跑。姑娘们尖叫一声，也跟着他一起没命地跑。他们像疯了一般爬上山丘，穿过道路，冲进家里。下午出门的时候，玛莎姨婆还在厨房里缝补衣服，但是现在她已经不在那里了。他们又冲进书房，那里黑乎乎的，一个人也没有。于是，他们只好到壁炉山庄去——但是决不能从彩虹幽谷穿过去。他们冲下小山，穿过溪谷村的街道。恐惧让他们长了翅膀，他们跑得飞快。卡尔领头，尤娜殿后。他们一路上撕心裂肺地尖叫着，街上没人阻止他们停下来，虽然看到他们的人心里都在纳闷，牧师家的小鬼们又中什么邪了。可就在壁炉山庄门口，他们撞上了罗斯玛丽·威斯特，她刚到一会儿，是来还书的。

她看到了孩子们惊慌失措的小脸和惊恐万状的眼睛，虽然还不知道是怎么回事，但她知道这些可怜的小家伙一定是碰上什么可怕的事情了。她一手抱着菲斯，一手抱着卡尔，尤娜跌在了她的怀中，紧紧地抱着她。

"亲爱的孩子们，怎么啦？"她说道，"是什么把你们吓成这样了？"

"是亨利·沃伦的鬼魂。"卡尔咬着牙战战兢兢地说。

"亨利·沃伦的鬼魂？"罗斯玛丽惊讶地问道，因为她从未听说过这个故事。

"是的。"菲斯歇斯底里地啜泣着，"它就在沟渠上——我们都看见了——它向我们追过来了。"

罗斯玛丽领着这三个吓坏的孩子到了壁炉山庄的走廊处。安妮和吉尔伯特都不在家，他们去梦中小屋了。但苏珊在家，她可是不信邪的。

"这是怎么回事啊？"她问。

孩子们战战兢兢地讲述了那个可怕的故事，罗斯玛丽一直抱着他们，轻轻地抚摩着他们。

"有可能是一只老鹰。"苏珊不以为然地说道。

一只老鹰？！牧师家的孩子从此以后再也不相信苏珊的判断了！

"那东西比老鹰大上万倍呢。"卡尔抽噎着说——几天后他对此感到不好意思——"它……它就像玛丽说的那样趴在地上……而且它从沟渠上爬下来，朝我们扑了过来。老鹰会翻越沟渠吗？"

罗斯玛丽看了看苏珊，说："他们肯定看到什么东西了，才会吓成这个样子。"

"那我倒要去看看。"苏珊冷静地说，"现在，孩子们，镇定点。不管你们看到的是什么，那都绝不会是鬼魂。至于那可怜的亨利·沃伦，我敢说他一旦躺在坟墓里，就会安安心心地待在那里，绝对不愿意出来的。威斯特小姐，你帮忙照看一下他们，我要去看看到底是怎么回事。"

苏珊说着便去了彩虹幽谷，临走前，她英勇地在屋后抓了一把干草叉。一把干草叉对付"鬼"可没多大用，但至少也可以让人心安一点儿。当苏珊到达彩虹幽谷时，那里什么也没有，根本就没有什么白色的鬼魂藏在黑影里，或在巴里的老花园外游荡。苏珊大胆地在花园里走来走去，拿着干草叉走到了花园的另一边。那里有一幢小屋，斯提穆森太太和她的两个女儿住在那里。

而在壁炉山庄，罗斯玛丽已经让孩子们平静了下来。虽然他们偶尔还要抽噎一两声，但他们开始有点儿觉得自己干了一件傻事，怀疑那可能不是鬼。等苏珊到家时，这种怀疑最终得到了证实。

"我已经知道你们所说的鬼魂是什么了。"苏珊笑着坐在摇椅上，抓起一把扇子扇凉，不紧不慢地说，"老斯提穆森太太把两床白色被单晾在巴里花园了，因为她觉得那里的草比较干净。可她忘记了这回事，都晾了一个星期，今天晚上她才想起来。当时她手里拿着棒针和毛线，所以就把被单披在肩上扛回去。可是走着走着，她的棒针掉在了地上，她只好趴在地上找。当她跪在地上找来找去的时候，突然听到山谷里传来可怕的尖叫，然后就看见三个孩子疯一般地朝山上跑。她还以为你们是被什么东西咬了呢，这把她着实吓坏了，她的身体都动弹不得，嘴巴也喊不出声，只能眼睁睁地看着你们跑过去。后来，她蹒跚着走回家，受了很大的刺激，现在还觉得心脏不舒服，她说大概整个夏天都难以恢复了。"

梅瑞狄斯家的孩子坐在那儿听着，只觉得羞愧难当。哪怕罗斯玛丽的理解和同情也不能让他们感到好受些。他们灰溜溜地回到了家，在大门口遇到了杰瑞，并从实向他招认了这件丢脸的事。于是他们决定第二天早晨召开修身会准备讨论如何处置。

"威斯特小姐今晚是不是对我们很亲切啊？"菲斯在床上低声说道。

"是的。"尤娜回答说，"真可惜当了继母后就会改变的。"

"我觉得她不会改变。"菲斯信誓旦旦地说。

卡尔的忏悔

"我不明白我们为什么要受惩罚。"菲斯阴沉着脸说,"我们并没有做错什么事。我们受惊吓,那是没法控制的事情,而且这件事又不会伤害父亲。这只是一个意外。"

"你们真是一群胆小鬼。"杰瑞像法官一样轻蔑地裁判道,"而且你们还自己吓自己,这就是你们受罚的理由。大家都会为这件事情笑话你们的,这真是让我们家丢脸。"

"你要是看到整个情形是多么恐怖,"菲斯打了一个寒战说,"你就会觉得我们受到的惩罚已经足够了。我是再也不愿经历那样的事情了。"

"我相信要是你在场,你一定也会被吓倒的。"卡尔嘀咕道。

"被一个披着被单的老妇人吓着了?"杰瑞哈哈地大笑起来。

"那看起来根本就不像个老妇人。"菲斯喊道,"那就是一个白色的大家伙在草地上爬着,就像玛丽·范斯所说的亨利·沃伦的鬼魂一样。杰瑞·梅瑞狄斯,你爱笑就笑吧,要是当时你在那儿,你就笑不出来了。好吧,那你说要如何处置我们?我觉得这不公平，你说要怎么办，梅瑞狄斯法官？"

"依我看，"杰瑞皱了皱眉头说道，"卡尔最应该受到惩罚。据我所知，你是带头逃跑的，而且你还是个男孩。无论发生什么事情，你都理应主动站出来保护姑娘们。你说是不是，卡尔？"

"我想是的。"卡尔恼羞成怒地吼道。

"那好。对你的惩罚就是今晚你一个人坐在海希盖亚·波洛克先生的墓石上，一直坐到十二点钟。"

卡尔打了个寒战，墓地离巴里的花园很近啊。虽然这是个严酷的考验，但卡尔却急于洗刷自己的耻辱，以此来证明他并不是一个胆小鬼。他坚强地说道："好吧，但我怎么知道到十二点了呢？"

"书房的窗子是开着的，你可以听到时钟的敲打声。我提醒你，不到最后一刻，你决不能离开墓地。至于姑娘们，就罚你们连续一个星期晚上吃饭时不能用果酱。"

菲斯和尤娜的脸一下子阴沉了下来。她们觉得相对来说，卡尔的处罚虽然严酷，但很快就能过去，而她们要经受漫长的一个星期，只能吃白面包，没有果酱吃，真是让人备受煎熬啊！但修身会的规定是不能不遵守的。姑娘们只好认命了。

那天晚上，除了卡尔，大家都在九点的时候上床睡觉了。卡尔是必须在墓石上熬夜的。尤娜悄悄溜出去和他道了晚安，她那柔软的心充满了同情。

"哦，卡尔，你害怕吗？"她低声问道。

"一点儿也不害怕。"卡尔轻声说道。

"十二点之前我是不会睡觉的。"尤娜说，"你要是孤单了，就朝我们的窗子看看，你要知道我就在里面，没睡着，还想着你呢，这样你就要好受一些，好吗？"

"我没事，别担心我。"卡尔说。

尽管卡尔嘴上这么说，可当他看到牧师家中的灯光熄灭后，他却倍感孤单与寂寞。他本希望父亲会像往常那样待在书房看书，这样他就不会那么孤独了，可是那天晚上，梅瑞狄斯先生被请到港口嘴的渔村看望一个垂死的男人，午夜时分他是不会回来的。卡尔必须默默地忍受着孤独。

溪谷村有人提着灯笼从那儿经过，灯笼在墓地上投下模模糊糊的影子，就像魔鬼或巫婆在墓地上狂舞。然后灯光渐渐走远，眼前又是一片漆黑。溪谷村的灯火一点点地熄灭。那是一个非常黑暗的夜晚，天空布满乌云，粗犷的东风一反季节的常态，吹来了凌厉的寒风。在遥远的地平线处，隐约可以看见夏洛特敦的朦胧灯光。风在冷杉树间哀号哭泣，埃里克·戴维斯先生的高大墓碑在黑暗中闪着寒森森的白光，旁边的柳树挥舞着长长的手臂，看起来似乎墓碑也在移动。

卡尔把双腿盘了起来，蜷缩成一团坐在墓石上。他不敢把腿吊下去，因为他害怕墓穴里的波洛克先生会突然伸出满是枯骨的手，一把抓住他的脚踝。曾经有一次，他们坐在这儿，玛丽给他们绘声绘色地讲过这样一个鬼故事，现在卡尔全想起来了。其实他并不相信那些鬼故事，甚至他也不相信亨利·沃伦鬼魂的事。至于波洛克先生，他死了都已经六十年了，现在根本就不会在乎谁坐在他的墓石上。可当全世界都在睡眠的时候，有一些非常奇怪和可怕的东西还醒着。面对这无边的黑暗和巨大的孤独，卡尔却孤身一人，手无寸铁。他那时才十岁，而周围到处都是死人。他多么期望钟声早点儿敲响十二下啊。它是不是永远不会敲十二下了呢？玛莎姨婆一定是忘了给钟上发条了。

钟响了，敲了十一下——只是十一下！他必须在这个鬼魅阴森的地方再待一个小时。要是天上有一些友好的星星该多好啊！黑漆漆的夜晚像座大山一样压得他透不过气来。墓地四周响起了诡异的脚步声，卡尔浑身直哆嗦，一方面是因为害怕，另一方面是因为寒冷。

天突然下起了雨——寒冷、细密的雨。卡尔那单薄的棉布外套和衬衫很快就湿透了，他感到彻骨的寒冷，身体的不适使他暂时忘记了心理上的恐惧。但他必须待到十二点——他在接受惩罚，他必须要挽回自己的名誉，虽然事先并没有说过下雨该怎么办——但是下雨也没什么两样。书房的时钟终于敲了十二下，被雨淋得湿透了、冻得发木的小小身体从波洛克的墓石上爬下来，跌跌撞撞地走回了牧师家，爬上楼躺在了床上。卡尔冷得牙齿直打战，他觉得自己再也暖和不起来了。

直到第二天早晨，他才感到有些暖和。杰瑞被他烧得通红的脸吓了一大跳，他马上冲出去叫父亲。梅瑞狄斯先生匆忙赶来，他自己因为在垂死的人的床榻前守候了一夜，脸色也像纸一样苍白，直到清晨才赶回家。他焦急地俯身看着他的小儿子。

"卡尔，你生病了吗？"他问。

"那个……墓石……在那儿，"卡尔迷迷糊糊地说，"它朝我………朝我……过来了，走开……求你……拦住它。"

梅瑞狄斯先生冲下楼去打电话。布里兹医生在十分钟内就赶到了牧师家。半个小时后，电话打到镇上，请求派一位训练有素的护士过来，整个溪谷村的人们都知道卡尔得了肺炎，病得很严重，布里兹医生都已经摇头了。

在接下来的两个星期里，吉尔伯特又摇了好几次头。卡尔的病发展成了双侧肺炎。有一天晚上，梅瑞狄斯先生忧心如焚，整夜在书房里走来走去，尤娜和菲斯在她们的卧室里抱头痛哭，杰瑞由于悔恨自责，整夜守在卡尔的门外寸步不离。布里兹医生和护士守候在卡尔床前不离左右。他们顽强地和病魔斗争着，终于击败了病魔，赢得了胜利，卡尔平安地度过了危险期。随后，消息传遍了溪谷村，人们奔走相告，此时他们才发现自己是多么喜爱他们的牧师和他的孩子们。

"自从听说那孩子生病后，我就没睡过一宿安稳觉。"科尼莉娅小姐这样对安妮说道，"玛丽·范斯也一直在哭，两只小眼睛都肿得像毛毯上被烧焦的破洞。那是真的吗，卡尔是因为和人家打赌在墓地过夜才得的肺炎吗？"

"不是的，他是在惩罚自己，因为他在亨利·沃伦的鬼魂那件事上表现得太胆小了。他们似乎成立了一个修身会，进行自我管教，如果做错事了，就会主动惩罚自己。杰瑞是这样告诉梅瑞狄斯先生的。"

"啊，可怜的孩子。"科尼莉娅小姐说。

卡尔恢复得很快，因为教区居民给牧师家送来了大量的营养品，多得足以供给一所医院了。诺曼·道格拉斯每晚都驾车过来，送上一打鲜鸡蛋和一罐泽西奶酪。他有时候会在书房待上一个小时，就宿命的问题争个不可开交。但更多的时候，他是驾车前往那座能俯瞰溪谷村的小山丘上的那所小房子。

当卡尔重回彩虹幽谷时，他们还在那里为他举行了一次特别的宴会，而且连布里兹先生也来帮忙为他们烧烤。玛丽·范斯当然也来了，但她没有讲任何鬼故事了。科尼莉娅小姐已经就这个问题找她谈过话，估计她一时半会儿还不会忘记的。

两个顽固的人

罗斯玛丽从壁炉山庄上完音乐课出来，在回家途中经过了彩虹幽谷，又去了那个隐蔽的泉水处。这个夏天她都还没去过那儿，那个美丽的小地方对她再也没有吸引力，她年轻的爱人再也不会与她在精神上相会了，而与梅瑞狄斯先生在一起的回忆又是那么痛苦和刻骨铭心。她随意地四下张望着，却无意中看见诺曼·道格拉斯像个年轻小伙子一样轻快地跳过巴里花园的沟渠，看样子是要到山丘上去。他要是看见了她，肯定要和她一起走回家的，她可不想那么做。于是她立刻躲在泉水旁边的枫树后，希望他没有看见她，径直离开。

但是诺曼已经看到她了，而且还跟了过来。他一直在找机会想和罗斯玛丽谈谈，可她好像总是在回避他。罗斯玛丽从来都不太喜欢诺曼·道格拉斯，他的狂乱和咆哮，他的火暴脾气，他的聒噪吵闹，都让她极其反感。很久以前，她就想不明白为什么艾伦会喜欢上他。诺曼非常清楚她不喜欢自己，对此他只是咯咯地笑几声，他从来不会因为别人不喜欢自己而烦恼，也不会因此而讨厌对方，因为他把这种事情看成是一种特殊的赞美。他觉得罗斯玛丽是个很好的姑娘，而他也很想成为她的优秀姐夫，可在成为她姐夫之前，他必须和她谈一谈。所以一看到她走出了壁炉山庄，他便跳出溪谷村的商店，赶了过来。

罗斯玛丽不安地坐在枫树上，大约一年前的那个傍晚，梅瑞狄斯先生就坐在这个位置上。羊齿蕨下的泉水汨汨作响，夕阳红宝石色的微光从树枝缝隙中透进来，一丛高大的紫菀就长在她身旁。这个小小的地方宛如梦幻般的仙境，又如古老的森林中仙女和精灵的休憩之地。可诺曼一踏进这个地方，所有的梦幻在瞬间便消散无踪，高大、粗犷、红胡子、自鸣得意的诺曼·道格拉斯的气质与这个地方格格不入。

"晚上好。"罗斯玛丽站起来冷冷地说道。

"晚上好。坐下吧——坐下。我想和你谈谈。天啊，你为什么要那样盯着我看呢？我又不会吃了你——我已经吃过晚饭了。坐下吧，放松点儿。"

"我站着也一样听得清楚。"罗斯玛丽说道。

"你是听得清楚，姑娘，如果你认真听的话。可我想让你好受点，你这样站着让我极不舒服。不管怎样，我可要坐下了。"

诺曼说着一屁股坐在了梅瑞狄斯先生以前坐的那个位置上。他们两人风格迥异，有着天壤之别，罗斯玛丽害怕自己忍不住会大声笑出来。诺曼脱下帽子，把那双巨大的红手放在了膝盖上，双眼望着罗斯玛丽。

"坐下吧，好姑娘，你不要那么严肃啊。"他讨好地说着。当他愿意的时候，他就会努力讨人喜欢。"我们通情达理、友好地谈谈吧，我想和你商量点事，艾伦说她不会和你谈，所以我就只好和你谈谈了。"

罗斯玛丽低头看着泉水，泉水好像一下子缩成了一滴露珠。

诺曼绝望地望着她。

"天啊，你就不愿意帮帮我吗？"他突然咆哮道。

"你想让我帮你做什么？"罗斯玛丽讽刺地说。

"你和我一样清楚啊，姑娘。不要摆出那副悲惨的样子，难怪艾伦不敢和你谈话。哦，姑娘，艾伦和我想结婚。这是句很简单的话，不是吗？你听明白了吧？艾伦说她不能结婚，除非你肯同意收回她曾经许下的一个愚蠢的誓言。所以，你愿意这么做吗？你愿意吗？"

"愿意。"罗斯玛丽说道。

诺曼跳了起来，握住她极不情愿的手。

"太好了！我就知道你会同意的——我早就告诉过艾伦你会同意的。现在，姑娘，你就回家去告诉艾伦，我们两星期后举行婚礼，当然你也得搬过来和我们一起住。我们不会把你一个人像只孤独的乌鸦一样留在山上的小屋里——你别担心。我知道你讨厌我，但是，老天，和一个讨厌我的人住在一起会有多少乐趣啊。从今往后，生活就将多姿多彩。艾伦会把我烤焦，你会把我冻僵，我一刻也不会觉得无聊了。"

罗斯玛丽才懒得告诉他，他休想让她到他们家去住。她看着他兴高采烈、得意扬扬地朝溪谷村走去，她自己则慢腾腾地走向山上的家。她知道迟早会有这么一天，自她从金斯波特回来后，她就发现诺曼成了家里的常客。虽然她和艾伦从来没有谈到过诺曼，但越是这样遮掩，越是值得可疑。罗斯玛丽不是那种记恨的人，她也不可能去记恨，所以她对诺曼总是客客气气的，对艾伦也还和以前一样。可艾伦心里却总觉得不安。

当罗斯玛丽回到家的时候，艾伦正在花园里和圣·乔治玩。

姐妹俩在开满大丽花的路旁坐着，圣·乔治坐在她们中间。它平滑的黑色尾巴优雅地放在白色的脚掌旁，一副漫不经心的样儿。

"你见过这样漂亮的大丽花吗？"艾伦骄傲地问道，"这可是我种过的最好的花。"

罗斯玛丽不喜欢大丽花。它们之所以出现在花园里，完全是因为艾伦个人的喜欢。她注意到其中有一朵红黄相间的大花，在花丛中显得格外引人注目。

"那朵大丽花，"罗斯玛丽指着那朵花说道，"就像诺曼·道格拉斯，说不定就是他的同胞兄弟呢。"

艾伦那黝黑的脸一下红了起来。她确实非常喜欢大丽花，但她知道罗斯玛丽并不喜欢，而且她的话似乎还有嘲讽的意味。可她那时却不敢反驳罗斯玛丽的话——可怜的艾伦居然不敢说什么。那可是罗斯玛丽第一次向她提到诺曼这个名字，她觉得这可能是什么事的征兆。

"我刚刚在彩虹幽谷遇到诺曼了。"罗斯玛丽盯着艾伦的眼睛说道，"他说他想和你结婚——如果我同意的话。"

"是吗？那你怎么说？"艾伦尽量装出一副自然和随意的样子，可她彻底失败了，她根本无法直视罗斯玛丽的双眼。她低着头，盯着圣·乔治光滑的背，感到非常害怕。罗斯玛丽到底是同意还是不同意呢？如果她同意，艾伦会觉得非常羞愧和懊悔，她不会成为一个心安理得的新娘；要是她不同意——好吧，在失去诺曼·道格拉斯的这些年里，她努力让自己生活下来，可是现在，她已经忘记她是怎么熬过来的，她觉得她再也无法承受再失去他的痛苦了。

"我说了，你愿意嫁谁就嫁，这是你的自由。"罗斯玛丽说道。

"谢谢。"艾伦依旧看着圣·乔治。

罗斯玛丽的脸一下柔和了起来，温柔地说："我希望你幸福，艾伦。"

"啊，罗斯玛丽。"艾伦不安地抬头看着她，说道，"我真羞愧，我不配得到你的祝福，我真后悔我对你说过的话……"

"我们别提那件事了。"罗斯玛丽斩钉截铁地打断了艾伦。

"但是——但是，"艾伦继续坚持说道，"你现在也自由了——还不迟——梅瑞狄斯他……"

"艾伦·威斯特！"罗斯玛丽那温柔的外表下其实有着刚强的性格，那蓝色的眼睛里迸发出怒火来，"你失掉理智了吗？你认为我还应该去可怜兮兮地求梅瑞狄斯，'先生，我已经改变我的想法了，我希望您还没有改变您的想法。'这就是你愿意看到的吗？"

"不——不——只需给他一点儿鼓励——他就会回来的。"

"不会的。他会鄙视我的。不说这些了，艾伦。我并不怨恨你——你愿意嫁谁都可以，但请你不要掺和我的事。"

"那你一定要过来和我们一起住。"艾伦说，"我不会让你一个人留在这里的。"

"你真的以为我会到诺曼·道格拉斯的家里去住？"

"为什么不可以？"艾伦气急败坏地问。

罗斯玛丽笑了。

"艾伦，我原以为你很有幽默感呢。你真觉得我会那么做吗？"

"我看不出你为什么不那么做。他家的房子很大——你可以随意挑选一间——他不会干涉的。"

"艾伦，这件事根本不可能。别再提了。"

"那么，"艾伦毅然决然地说，"我就不会嫁给他，我不会留下你一个人的。这件事就这么定了。"

"胡说，艾伦。"

"没有胡说。这是我的决定。你要想一个人住在这里才是荒唐——这附近两公里都没有一户人家。如果你不愿意和我们一起住，那我就留下来和你在一起。我们不用再争执了。"

"我会让诺曼来说服你的。"罗斯玛丽说道。

"我会和他说的，我能对付他。我从来没想过求你同意收回我的诺言——从来没这样想过——可我不得不告诉诺曼我为什么不肯嫁给他，然后他说他要找你谈话，我阻止不了他。你不要以为你是这世界上唯一拥有自尊的人，我从未想过丢下你一个人去结婚。你会知道我和你一样坚决。"

罗斯玛丽耸耸肩，转身回到了房间。艾伦低头看着圣·乔治，它在整个谈话过程中眼睛眨都不眨一下。

"圣·乔治，这个世界如果没了男人那将是非常无趣，我承认这一点，可我真希望世界就是这个样子。瞧瞧这些男人给这个地方惹的麻烦，圣·乔治，这把我们原本平静快乐的生活搅了个天翻地覆。先是约翰·梅瑞狄斯，接着又是诺曼·道格拉斯，现在他们两个人都要靠边站了。诺曼是我见过的人里唯一同意我观点的人，他也认为德国皇帝是世界上活着的人里最最危险的人。可我却不能嫁给他，就因为我妹妹是个顽固的人，而我比她更顽固。圣·乔治，记住我的话，如果她肯稍微示意一下，牧师肯定会回来的。可她就是不愿意——她不愿意这么做——她根本不容我商量——我也不敢去干涉。我不会生气的，圣·乔治；罗斯玛丽也没有生气，所以我也不会；诺曼肯定会气炸的，可从此我们这些傻瓜都不会再想着结婚的事。好了，好了，'绝望了才是自由的，有希望反而成为奴隶。'圣·乔治，回家吧，我给你准备了一大碟奶酪。不管怎么说，我们这座山丘上至少还有一个幸福快乐的家伙。"

卡尔没有挨打

"我有些事情必须得告诉你们。"玛丽·范斯神秘兮兮地说道。

菲斯、尤娜和玛丽在弗拉格的商店遇见了，然后便手挽着手在村里走着。尤娜和菲斯交换了一下眼色，"又要听到不愉快的事了。"每当玛丽认为她有必要告诉她们一些事的时候，她们就很少听到有什么好事情。她们俩也经常怀疑自己为什么还是这么喜欢玛丽——尽管发生了这么多的事情，她们还是一样喜欢她。当然，她的确是一个能经常带来愉快、刺激的好朋友。要是她不要觉得自己有责任告诉她们那些不愉快的事就好了。

"你们知道吗？罗斯玛丽拒绝嫁给你父亲就是因为你们。她担心不能把你们这群野孩子管教好，所以才拒绝他的。"

尤娜的心高兴得狂跳不已，听到威斯特小姐不愿意嫁给父亲，她不知道有多高兴。但菲斯却感到非常失望。

"你怎么知道的？"她问道。

"哦，大家都在议论。我听到艾略特太太和医生太太也在谈论，虽然她们以为我离得远听不到，可我的耳朵跟猫耳朵一样灵敏。艾略特太太说她绝对相信罗斯玛丽非常害怕做你们的继母，因为你们的名声实在是太糟糕了。你爸爸现在再也没有去过山上了。诺曼·道格拉斯也没有去过了。人们还说艾伦拒绝了诺曼，就像当年他抛弃她那样，可诺曼还到处宣扬说他还会去追求她的。我认为你们耽误了你爸爸的婚事，这真是可惜，因为他迟早会结婚的，而罗斯玛丽是我认识的最适合做他妻子的人选。"

"你告诉过我，所有的继母都很残酷邪恶啊。"尤娜说道。

"哦——是的。"玛丽含含糊糊地说，"她们大多都很坏。但罗斯玛丽·威斯特却不会对谁发脾气。我告诉你，要是你爸爸娶了艾米丽·德鲁，你们才要真的小心点儿。你们会后悔当初自己为什么不表现乖一点儿，你们会后悔因为自己而吓走了罗斯玛丽。哎，真是糟糕啊，你们现在声名狼藉，没有一个好女人愿意嫁给你们父亲。当然，我知道关于你们的那些传言大半都不是真的，但是人言可畏啊。人们还说，那天晚上是卡尔和杰瑞朝斯提穆森家的窗户扔的石头，可实际上是博伊德家的两个男孩子。不过我怀疑把鳗鱼扔进老卡太太马车的人就是卡尔，虽然刚开始我也不肯相信凯蒂·埃里克的话，除非有更好的证据。我是这样当着艾略特太太的面说的。"

"卡尔做什么了？"菲斯叫道。

"嗯，他们说——听着，我只是转述别人怎么说的，所以你们别责备我。上星期的一个晚上，卡尔和其他一些男孩子在桥上钓鳗鱼，老卡太太正好赶着她那辆破烂的敞篷马车经过，卡尔便跳起来，把一条鳗鱼扔进了马车的后座。当可怜的老卡太太驾车跑上壁炉山庄旁边的山丘时，那条鳗鱼钻到了她的两脚间，她以为那是一条蛇，吓得尖叫一声，赶紧跳下了马车。马吓得逃走了，但是它后来自己回家了，也没受伤。但老卡太太的脚却扭伤了，而且她现在只要一想到鳗鱼，就紧张得抽筋。我说，真是不该对那老太太开这种不光彩的玩笑啊。还好她身体好，要不然出了问题就难办了。"

菲斯和尤娜面面相觑。这件事情应该交给修身会处理，她们不想和玛丽讨论这个问题。

"你爸爸来了。"当梅瑞狄斯先生从她们身旁经过的时候，玛丽说，"他和平时一样，不会注意到我们，就好像我们不存在。好吧，我已经习惯了，倒无所谓，可别人却不这样认为了。"

梅瑞狄斯先生确实没有注意到她们，但是他今天并不是像往常那样因为沉浸在自己的梦想里而心不在焉，他沮丧地走上了山。埃里克·戴维斯太太刚刚告诉了他关于卡尔和鳗鱼的事。她怒气冲冲，因为老卡太太是她的三表姐。梅瑞狄斯先生听说了这事火冒三丈，他感到既伤心又震惊。他从未想到卡尔会做出这种事来。平时的一些恶作剧他并不在意，可这次不一样了，这里面有种恶劣的倾向。当他回家的时候，看见卡尔正在草坪上，耐心地观察一群黄蜂的生活习性。梅瑞狄斯先生把他叫到了书房，他的脸比以往任何时候都要严厉，他问卡尔那件事情是不是真的。

"是的。"卡尔红着脸，但是他勇敢地迎上他父亲的双眼。

梅瑞狄斯先生呻吟了一声。他还以为大家对这件事情有些夸大其词呢。

"告诉我整件事是怎么回事。"他说道。

"男孩子们在桥上钓鳗鱼。"卡尔说道，"林克·德鲁钓到了一条大鱼——真的特别大——是我见过的最大的一条。他刚去的时候就钓到了，然后它一直一动不动地待在篮子里，我以为它死了，真的我是那么以为的。然后老卡太太正好从桥上经过，她叫我们小流氓，让我们赶快回家去。而我们根本没有对她说什么，真的，爸爸。当她从商店再次回来的时候，男孩子们让我把林克的鳗鱼扔到她的敞篷马车里去，我以为它已经死了，不会带来什么伤害，便那样做了。可那条鳗鱼在山上的时候又活了过来，我们还听到了她的尖叫，看到她从马车上跳下来。我感到非常抱歉。事情就是这样的，爸爸。"

事情没有梅瑞狄斯想象的那么严重，但也已经很糟糕了。"我必须要惩罚你，卡尔。"父亲悲伤地说道。

"是的。我知道，爸爸。"

"我——我必须打你一顿。"

卡尔吓倒了，他可从没挨过打。但是，看到父亲是那么难过，他反倒痛快地说："好的，爸爸。"

梅瑞狄斯误解了他的痛快，以为他仍不知悔改。他让卡尔晚饭后到书房来，等孩子走出书房后，他一下瘫在椅子上，再次呻吟起来。对于晚上要做的事，他比卡尔还要害怕得多。这个可怜的牧师根本不知道应该拿什么来打卡尔。应该拿什么来打孩子呢？鞭子吗？手杖吗？不，那样太残忍了。那用树枝怎么样？那么，他，约翰·梅瑞狄斯还得自己去树林里折一根。这真是一个讨厌的想法。接着，他仿佛看到了一个场景，他看见老卡太太那皱巴巴的小脸在看到鳗鱼时的表情，他看见她像个巫婆一样从马车上跳下来的样子。牧师忍不住笑了起来，于是他对自己感到非常生气，对卡尔感到更加生气。他必须马上去折一根树枝——而且不能太柔软了。

卡尔在墓地里对刚回来的菲斯、尤娜说起这件事情。她们都对他要被鞭打的消息感到十分惊恐，而且还是被父亲鞭打。父亲可从没打过人啊！可她们都觉得卡尔挨打是应该的。

"你知道不应该这样做的。"菲斯叹了叹气说，"而且你还没有在修身会坦白这件事。"

"我忘记了。"卡尔说道，"而且，我没想到这会带来伤害。我也不知道她的脚扭伤了。可我现在要挨揍了，这不是受到惩罚了吗？"

"会很疼吗？"尤娜握着卡尔的手问道。

"嗯，我想，不会很疼吧。"卡尔快活地说，"不管怎样，我都不会哭的，不管疼不疼。因为如果我哭，父亲会很难过的。我真希望我能够狠狠地鞭打自己一顿，而不用他动手。"

晚饭时卡尔只吃了一点点，而梅瑞狄斯先生几乎什么也没吃。晚饭后，他们父子俩默默地走进了书房。树枝就在桌上，梅瑞狄斯先生好不容易才找到一根合适的树枝。他开始折了一根，但觉得太柔软了，卡尔可犯了一件不可饶恕的错；于是他又折了一根——这根相当结实，也不行，毕竟卡尔以为鳗鱼已经死了；于是他又折了第三根，他觉得差不多，可是当他从桌上拿起那根树枝时，他却感到无比的沉重——好像一根棍棒而不是树枝。

"伸出手来。"他对卡尔说道。

卡尔转过头，勇敢地伸出了手。可他毕竟是个孩子，眼睛里闪过一丝恐惧。梅瑞狄斯先生低头看着那双眼睛——啊，那不是西西莉亚的眼睛吗——就是她的眼睛，每当她走过来想告诉他一些事情，可又不敢说的时候，她的眼睛里就会流露出这种神情。卡尔那苍白的小脸上的，就是她的眼睛，而且在六个星期前，在那个可怕的无尽长夜里，他还以为他要永远失去这个小儿子了。

约翰·梅瑞狄斯扔掉树枝，说："你走吧，我不能打你。"

卡尔逃到了墓地，他觉得父亲脸上的神情比打他一顿更让他难受。

"这么快就结束了？"菲斯问道。她和尤娜手拉着手，心惊胆战地坐在波洛克的墓石上。

"他——他根本没打我。"卡尔啜泣着说，"可我真希望他打我一顿。他还在书房里，他看上去是那么难受。"

尤娜听后马上就溜走了，她急切地想要安慰父亲。她没发出一点儿声音，像只小老鼠一样，轻轻地打开了父亲书房的门，走了进去。屋子里漆黑，父亲坐在书桌前，他的头埋在双臂里，背对着她。他在自言自语——断断续续、痛苦不堪地说着——可是尤娜听到了，而且听懂了，这个敏感的、没有母亲的孩子一下全明白了。她又像进门时那样悄悄地走了出去，并关上了门。约翰·梅瑞狄斯先生继续述说着他的痛苦，以为不曾有人听到。

尤娜拜访山上的小屋

尤娜走上了楼。卡尔和菲斯已经在月光下漫步到彩虹幽谷了，刚才他们听到了杰瑞的口哨声，知道布里兹家的孩子肯定在那儿，于是他们都过去了。但尤娜不想去玩，她回到自己的房间，坐在床上哭了一会儿。她不想让任何人代替母亲的位置，她也不想要一个讨厌自己、让父亲讨厌孩子的继母。可父亲是那么不快乐——如果她能够做点什么让他快乐起来，她肯定会赴汤蹈火。她能够做的就只有一件事——当她离开书房的时候她就明白她必须这样做。可这是一件非常难办的事情。

当尤娜痛苦地哭过后，她擦干眼泪，去了客房。那里很黑，还有一股很难闻的霉味，因为窗户已经好久没开过了。玛莎姨婆并不喜欢新鲜空气，而且这间房很少有人用，只有那些倒霉的牧师偶尔会过来住一晚，他们不得不忍受这发霉的味道。

客房里有一个衣橱，衣橱里面挂着一件灰色的丝质裙子。尤娜钻进衣橱，关上门，双膝跪下，把脸贴在那柔软的丝质裙子上。这可是母亲的结婚礼服，它仍然散发着甜蜜的、淡淡的、令人难以忘怀的香气，充满了无尽的爱意。尤娜在那里总感觉和母亲非常亲近——就好像她跪在母亲的膝下，把头枕在她的膝盖上。当生活不如意的时候，她就会来这里待上一会儿。

"妈妈，"她低声对灰色丝质裙子说，"我永远也不会忘记你。妈妈，我将永远最爱你。但是我必须要这么做，妈妈，因为爸爸是那么不快乐。我知道你也不想看到他不快乐。我会对她友好的，妈妈。努力去爱她，即使她像玛丽所说的那些继母一样。"

尤娜从那个神圣的地方获得了一股强大的精神力量。那天晚上，她睡得很安稳，虽然泪光还在她那甜美可爱的小脸上闪烁。

第二天下午，她穿上她最好的裙子，戴上最好的帽子，它们都挺破烂的。那个夏天，除了菲斯和尤娜，溪谷村的小姑娘都有新衣服穿。连玛丽·范斯也有一件可爱的白色绣花裙子，上面还有红色丝带和蝴蝶结。但今天尤娜并不在乎自己的破烂衣服，她只是想穿得干净点。她仔细地洗过脸，把她黑色的头发梳得像缎子般光滑，她还小心地系上了鞋带，补好了长袜上的破洞。她本来想擦一下鞋子的，可是她找不到黑色的鞋油。最后，她悄悄地溜出了牧师家，下山朝彩虹幽谷走去，然后又穿过茂密的树林，最后爬上了山上的小屋。走了这么远的路，尤娜到达的时候感到又热又累。

她看见罗斯玛丽正坐在花园的一棵树下，就从大丽花旁悄悄地走过去。罗斯玛丽的膝盖上放着一本书，但是她正在凝视着远方的港口，心里充满了忧虑。最近山上小屋的生活并不太令人愉快。艾伦没有生气——她就如砖块一般刚强，但是有些东西虽然不说却能感受得到，这两个女人之间的沉默简直让人难以忍受，所有那些曾经给生活带来快乐的事物如今都变了味。诺曼·道格拉斯还时不时地闯进来，威胁或是引诱艾伦。罗斯玛丽相信他终有一天会把艾伦强行绑走的，而且罗斯玛丽觉得，如果真是那样的话，她会相当高兴。虽然从此以后会变得更加孤单，那也比现在这种沉闷可怕的生活好。

她不愉快的胡思乱想被她肩头上的胆怯的碰触唤醒。转头时，却发现尤娜·梅瑞狄斯站在那儿。

"哦，尤娜，亲爱的，这么热的天你是一路走过来的吗？"

"是的。"尤娜答道，"我是来……我是来……"

可她发现很难说出口她来这儿的目的。她的声音开始颤抖，双眼噙满了泪水。

"啊，尤娜，小姑娘，出什么问题了吗？别害怕，告诉我。"罗斯玛丽把手臂放在尤娜瘦小的肩膀上，把她揽在怀里。她的双眼是那么美丽——她的抚摸是那么温柔，这给尤娜带来了巨大的勇气。

"我是来……求你……嫁给我父亲的。"她喘着气说道。

罗斯玛丽目瞪口呆地盯着尤娜，一时竟不知该说些什么。

"啊，亲爱的威斯特小姐，请您不要生气。"尤娜恳求地说，"你知道的，每个人都在说你之所以不肯嫁给我父亲，是因为我们太坏了。父亲对此很不高兴，所以我就想我应该过来告诉你，其实我们不是要故意干坏事的。如果你肯嫁给我父亲，那我们一定都会乖乖地听你的话，而且我相信我们一定不会惹麻烦，威斯特小姐，求求你了。"

罗斯玛丽迅速反应过来了，她发现流言已经把错误的想法植入尤娜的小脑袋，她必须坦诚和真挚地向这个小女孩解释清楚。

"尤娜，亲爱的。"她轻声说道，"我不能嫁给你父亲的原因，并不是因为你们这些可怜的小人儿，我从未这样想过。你们并不坏，我从来都不认为你们是坏小孩。那是……那是因为别的原因，尤娜。"

"你不喜欢我父亲吗？"尤娜抬起了她那不解的眼睛问道，"啊，威斯特小姐，你不知道他有多好。我相信他会是一位好丈夫的。"

虽然罗斯玛丽感到十分的苦恼和不解，但她还是难以掩饰自己的微笑。

"哦，不要笑，威斯特小姐。"尤娜激动地哭着说道，"我爸爸可难受了。"

"我想你误会了，亲爱的。"罗斯玛丽说道。

"没有，我没有误会。真的，威斯特小姐，爸爸昨天本来准备鞭打卡尔的——卡尔做了淘气的事情——可爸爸并没有打他，因为他从来没那样做过。当卡尔走出来告诉我们爸爸是多么难受时，我就悄悄溜进了书房，想看看能不能帮帮爸爸——他喜欢我安慰他，威斯特小姐——可他根本不知道我进了屋，但我却听到了他在说什么。威斯特小姐，如果你肯让我在你的耳朵旁悄悄说的话，我就告诉你我听到了什么。"

尤娜认真地趴在罗斯玛丽的耳朵旁说着悄悄话，罗斯玛丽的脸一下子变得绯红。看来约翰·梅瑞狄斯还很在乎她，他还没有改变他的想法。如果他真那么说了，那他一定还非常喜欢她——比她想象的还要喜欢她。她抚摸着尤娜的头，静静地坐了一会儿，然后说道：

"你可以帮我带封信给你爸爸吗，尤娜？"

"啊，你是不是要嫁给我爸爸了，威斯特小姐？"尤娜急切地问道。

"或许吧——如果他真的想娶我。"罗斯玛丽红着脸说道。

256.

"我太高兴了——我太高兴了。"尤娜大声地说。然后她抬起头，颤抖着双唇不安地说，"哦，威斯特小姐，你不会唆使爸爸与我们为敌吧——你不会让他讨厌我们的，对吗？"

罗斯玛丽又一次惊得目瞪口呆。

"尤娜·梅瑞狄斯！你觉得我会那么做吗？你这小脑袋怎么会有这样的想法呢？"

"玛丽·范斯说继母都一个样儿——她们都讨厌前妻生的孩子，还会唆使父亲不喜欢他们——她还说继母都会情不自禁那么做——当了继母都会变成那样。"

"可怜的孩子！即使这样，你还是专门大老远跑过来，恳求我嫁给你父亲，就因为你想让他变得快乐一点儿？你真是太可爱了，是个真正的女英雄——像艾伦说的，你像砖头一样刚强。现在，仔细地听着，亲爱的，玛丽·范斯是一个傻姑娘，她自己知道的东西并不多，而且好多说法都是错误的。我不会让你爸爸不喜欢你们，我会好好地爱着你们，我也不想代替你妈妈的位置——她必须永远在你们的心里。而且我也不想成为你们的继母，我想成为你们的朋友、帮手和知己。你觉得这样好不好，尤娜——你和菲斯、卡尔、杰瑞就都把我当成一个好朋友，一个大姐姐，怎么样？"

"啊，那太好了。"尤娜兴高采烈地说道。她激动地扑向罗斯玛丽，伸出手来搂抱着她的脖子。她太高兴了，感觉自己都要飞起来了。

"其他人——菲斯和男孩子对继母是不是也有同样的看法呢？"

"不，菲斯从不相信玛丽所说的话，我是个大傻瓜才相信她。菲斯已经很喜欢你了——自从她那可怜的亚当被吃掉后，她就喜欢上你了。杰瑞和卡尔也会很高兴的。啊，威斯特小姐，你跟我们一起住的时候，你可不可以——教我做饭——缝衣——和其他事情？我什么都不会。我不会太麻烦你的——我会学得很快的。"

"亲爱的，我会竭尽全力来教你，帮助你。现在，你不能对任何人说起此事，就连对菲斯也不能说，直到你爸爸告诉你可以说的时候再说，好吗？你想留下来和我一起喝茶吗？"

"哦，谢谢！可是，可是，我想我还是快点儿回去，把信拿给父亲。"尤娜结结巴巴地说，"这样，他就可以快点儿高兴起来，威斯特小姐。"

"我明白了。"说着，罗斯玛丽便进屋写了一张便条交给了尤娜。当小尤娜接过便条，蹦蹦跳跳地跑远后，罗斯玛丽走到艾伦身前，她正在后门处剥豌豆。

"艾伦。"她说道，"尤娜·梅瑞狄斯刚才跑过来，求我嫁给她父亲。"

艾伦抬起头看着妹妹的脸，说道："你答应了吗？"

"很有可能。"

艾伦继续剥了好几分钟豆子。然后她突然掩面哭起来。

"我——我希望我们都会幸福。"她哭着说道，说完笑了笑。

山下的牧师家里，全身热乎乎、满脸通红、兴高采烈的尤娜，得意扬扬地走进父亲的书房，将那封信放在他面前的书桌上。看着信封上那熟悉的字迹，他那苍白的脸顿时通红。他打开了信，仔仔细细地读了一遍又一遍。虽然信很短，罗斯玛丽只是问他能否当晚在彩虹幽谷的泉水处见面。看着这封信，牧师突然感觉自己一下年轻了二十岁。

来吧，魔笛手

　　"这么说，"科尼莉娅小姐说道，"两场婚礼将同时在这个月中旬举行。"

　　九月初的傍晚，空气已经有些微冷，所以安妮在她的大客厅里准备好了漂流木，她和科尼莉娅小姐坐在炉火前高兴地谈论着。

　　"真是让人高兴啊，特别是看到梅瑞狄斯先生和罗斯玛丽能在一起。"安妮说道，"我一想着这事，心里就特别喜滋滋的，就好像我自己要结婚一样。昨晚我在山上看到罗斯玛丽的嫁妆的时候，真的感觉自己就是新娘子一样。"

　　"听说她的嫁妆多得就像一位公主的。"坐在角落里抱着雪莱的苏珊说，"我也接到邀请去看看，我准备找个晚上去。我听说罗斯玛丽要穿一件丝质的白色裙子和面纱，而艾伦要穿深蓝色的裙子，我觉得那挺合适的，亲爱的医生太太。但是要是我结婚的话，我一定要穿上白色裙子，戴上面纱，这样才更有做新娘子的感觉。"

　　安妮想着苏珊穿着白色裙子，头戴面纱的样子，忍不住想笑。

　　"至于梅瑞狄斯先生，"科尼莉娅小姐说，"他们订婚后就变了一个人似的。他不再像以前那样心不在焉了，真的。当我听说他决定度蜜月期间要关闭牧师家门，让孩子暂且住在别人家里的时候，我真感到欣慰。他要是把老玛莎和孩子们单独留在家里，我可能每天晚上都睡不安稳，说不定这个地方会被翻个底朝天。"

"玛莎姨婆和杰瑞要到我们家来住。"安妮说，"卡尔会去克洛长老家。我还没听说姑娘们要去哪里住。"

"哦，我邀请她们去我家住。"科尼莉娅小姐说，"当然了，我很高兴这样做，而且我要是不这样的话，玛丽也会让我不安生的。妇女援助会决定在新郎新娘回来之前把牧师家从里到外好好打扫一番，而且诺曼·道格拉斯打算把地窖装满蔬菜。相信我，这些天诺曼·道格拉斯简直和从前判若两人。追求了一辈子，他终于可以娶到艾伦·威斯特了，可把他乐坏了。如果我是艾伦——当然我不是，我也会心满意足的。我听说多年前当她还是个小学生的时候，她就说她可不愿意嫁给一个如小狗般驯服的男人。这个诺曼可不是那么好驯服的，真的。"

太阳慢慢落下了彩虹幽谷，池塘披上一件紫色、绿色、金黄和红色交织的绚丽外衣。有一片淡蓝色的薄雾笼罩在东方的小山上，在那上面，一轮圆月如银色的泡泡一样挂在空中。

他们全都在那里，在林间的空地上——菲斯和尤娜，杰瑞和卡尔，杰姆和沃尔特，黛和楠，还有玛丽·范斯。他们在举行一场特别的仪式，因为这将是杰姆在彩虹幽谷的最后一晚了，第二天他就要到夏洛特敦的奎恩学校读书了。他们这个快活的圈子就要少一人，虽然他们在欢快地庆祝，可大家心里都有一种说不出的伤感。

"快看——晚霞处有一座巍峨的金色宫殿。"沃尔特指着天空说，"看那个闪亮的高塔，上面还飘扬着红旗呢。也许征服者正骑着战马凯旋——红旗飘飘，无限荣耀。"

"啊，我真希望我们能再回到过去的年代。"杰姆大叫道，"我真希望我能成为一名军人，一位伟大的、战无不胜的将军。我真想见识一场硝烟滚滚的战场。"

是的，杰姆将来会成为一名军人，并且见识到一场史无前例的战争，但那是很久以后的事情了。可他的母亲，却不会像他的长子那样，渴望回到那些"过去的勇敢年代"，她希望加拿大的儿子永远不必奔赴"父辈的埋骨和先祖的宗庙"所在的地方，投入到残酷的战争中。

但是此时战争的阴影并没有完全笼罩着他们的欢乐，现在的他们都还是些朝气蓬勃的学生，过着无忧无虑的生活。将来他们会投入到战争中，或许还将奔赴法兰西、加里波底和巴勒斯坦的战场，或许还将倒下一些年轻人。此时这些满怀希望和梦想的快乐少年，今后，远方战场的亲人将让他们牵肠挂肚。

慢慢地，晚霞上的旗帜褪去了红色和金黄色。慢慢地，征服者的盛典也结束了。星光洒满彩虹幽谷，大家都沉默了。沃尔特那天又看了一遍他心爱的神话书，他记得有一次也像今晚一样的夜晚，他曾经幻想着魔笛手吹着笛子向山谷走来。

于是，他开始梦呓一般地说起来，一方面他是想吓一吓他的伙伴们，另一方面似乎是某些遥远的信息想通过他的嘴传达出来。

"魔笛手要来了。"他说道，"他比我上次见到他的那个晚上走得还要近了，他那长长的斗篷在随风飘舞。他吹着笛子，吹着笛子，我们必须跟随他，杰姆、卡尔、杰瑞和我，跟着他去周游世界。你听，你听，你听到他那美妙的笛声了吗？"

姑娘们打了个寒战。

"就知道你是在假装。"玛丽·范斯说，"真希望你别再说了。你说得就好像和真的一样。我真讨厌你的老魔笛手。"

但是杰姆却开怀大笑起来。他站在小小的山丘上，看起来是那么的高大、英勇，他的剑眉高扬，双眼透出大无畏的英雄气概。一下子，枫林王国里仿佛出现了成千上万个杰姆。

"来吧，魔笛手，欢迎你！"他挥舞着双手大声喊道，"我很乐意追随你周游世界。"

图书在版编目（CIP）数据

彩虹幽谷 /（加）露西·莫德·蒙格玛丽著；刘千玲，李华彪译. — 2版. — 成都：四川文艺出版社，2019.3

（红发安妮系列）

ISBN 978-7-5411-5221-4

Ⅰ.①彩… Ⅱ.①露… ②刘… ③李… Ⅲ.①儿童小说—长篇小说—加拿大—现代 Ⅳ.①I711.84

中国版本图书馆CIP数据核字（2019）第025980号

CAIHONG YOUGU

彩虹幽谷

[加] 露西·莫德·蒙格玛丽　著

刘千玲　李华彪　译

责任编辑	范雯晴
封面绘图	江显英
封面设计	叶　茂
内文设计	史小燕
责任校对	汪　平
责任印制	周　奇

出版发行　四川文艺出版社（成都市槐树街 2 号）
网　　址　www.scwys.com
电　　话　028-86259285（发行部）　　028-86259303（编辑部）
传　　真　028-86259306

邮购地址　成都市槐树街 2 号四川文艺出版社邮购部　610031
排　　版　四川胜翔数码印务设计有限公司
印　　刷　三河市华东印刷有限公司
成品尺寸　203mm×140mm　　开　本　32开
印　　张　8.75　　　　　　　字　数　200千
版　　次　2019 年 3 月第三版　　印　次　2019 年 3 月第一次印刷
书　　号　ISBN 978-7-5411-5221-4
定　　价　22.00 元

彩　虹　幽　谷